suhrkamp taschenbuch 3255

Sascha Sokolow, geboren 1943 in der Sowjetunion und heute in den USA lebend, macht den Leser in seinem ersten Roman aus dem Jahr 1976 zum Zeugen von Gedanken, Erinnerungen, Wünschen und Vorstellungen eines russischen Hilfsschülers, in denen die Grenze zwischen Realität und Phantasie, zwischen Traum und Wirklichkeit, Wunsch und Tatsache, Gegenwart und Zukunft, ja die zwischen Leben und Tod aufgehoben wird:
»Liebe Mama, ich weiß nicht, ob man Ingenieur und Schüler zusammen sein kann, mancher darf das vielleicht nicht und mancher kann es nicht, manchem ist das nicht gegeben, aber ich habe die Freiheit gewählt, eine ihrer Formen, ich bin frei zu machen, was ich will, und zu sein, was ich mag, gleichzeitig oder für sich, verstehst du denn das nicht?«
»Was sollen wir mit Wetterfahnen, Siegellack, Rattenmist, Heidekraut, Schlafanzügen, Petroleumlampen, Fahrradklingeln, Ziegenmelkern, die dem plappernden Idioten den Blick auf die große Welt verstellen?« fragt Iris Radisch in der *Zeit*: »Nichts sollen wir damit. Hier gibt es nichts zu holen. Kein spätsozialistisches Epochendiagramm, kein Panorama des sowjetischen Endspiels. Nur das Glück der Dummheit, das ansteckend ist. Nur die zügellose Sprache, den wilden zutraulichen Plauderton, der sich wie eine nie gehörte Musik im Ohr festsetzt. Nur den Herzschlag einer galoppierenden, rücksichtslosen, anarchischen Literatur, der fröhlich und traurig und schwindlig macht und den man nicht vergißt – ein grandioses Buch, richtig genial.«

Sascha Sokolow
Die Schule der Dummen

Roman

Aus dem Russischen
von Wolfgang Kasack
Mit einem Vorwort
von Iris Radisch

Suhrkamp

Titel der Originalausgabe: *Škola dlja durakov*

Das Vorwort von Iris Radisch wurde 2001
für die vorliegende Ausgabe geschrieben

suhrkamp taschenbuch 3255
Erste Auflage 2001

Druck: C. H. Beck, Nördlingen
Printed in Germany

1 2 3 4 5 6 – 06 05 04 03 02 01

Vorwort
von Iris Radisch

»Die Schule der Dummen« ist ein Werk, das in der Weltliteratur seinesgleichen sucht. Als das Manuskript des bis dahin völlig unbekannten Sascha Sokolow zu Beginn der siebziger Jahre des vorigen Jahrhunderts von einer jungen österreichischen Lehrerin aus der Sowjetunion herausgeschmuggelt und im amerikanischen Verlag Vladimir Nabokovs verlegt wurde, war dieses Ereignis eine literarische Sensation. Die angelsächsische Kritik war begeistert, Vladimir Nabokov ließ den Autor wissen, daß ihm mit diesem Roman ein »bezauberndes, tragisches und rührendes Buch« gelungen sei. In Deutschland erschien »Die Schule der Dummen« in der vorliegenden Übersetzung von Wolfgang Kasack schon im Jahr 1977, stieß aber – ein Unglück, das dieses ungewöhnliche Buch mit vielen bedeutenden Werken teilt – auf wenig Resonanz.

Das mag nicht zuletzt daran liegen, daß über den Autor bis heute wenig bekannt ist. Sascha (eigentlich Alexander) Sokolow wurde, soviel scheint sicher, 1943 als Sohn eines sowjetischen Diplomaten in Ottawa geboren. Er studierte in der Sowjetunion Journalistik, schrieb Reportagen für Regionalzeitungen im Kaukasus und interviewte Schriftsteller für die »Literaturnaja Rossija«. Damit endet auch schon der öffentliche Lebenslauf. Um »Die Schule der Dummen« zu schreiben, fuhr Sascha Sokolow an die Wolga, in die Nähe von Twerj, schloß sich einigen Wilderern an, arbeitete in einem Forstbetrieb, wohnte und schrieb in einem Forsthaus. 1974 verlobte er sich mit einer jungen Österreicherin, die am Moskauer Institut für Fremdsprachen Deutsch unterrichtete und die nicht zögerte, das Ausreisevisum für den jungen Dichter durch einen Hungerstreik vor dem Wiener Stephansdom zu erwirken. Das Paar heiratete, der Bräutigam durfte auf Vermittlung des damaligen Bundeskanzlers Kreisky im Wienerwald als Holzfäller tätig werden, ein Kind war unterwegs, doch Sokolow zog es vor, seinem Roman in die USA nachzureisen, wo er sich dem Literaturbetrieb unter anderem in Vermont und Florida bisher erfolgreich entzieht. Nach der »Schule der Dummen« sind in den USA und seit 1989 auch in Rußland die beiden folgenden Romane »Zwischen Hund und Wolf« und »Palisandrija« erschienen.

Von Sascha Sokolow gibt es kaum Photos, er entzieht sich nicht nur dem sogenannten bürgerlichen Leben, sondern auch der modernen Schriftstellerexistenz, er meidet Journalisten, gibt selten Interviews, macht keine Lesereisen, meldet sich nicht in der Presse zu Wort, tritt nicht im Fernsehen auf. Diese, nennen wir es Lebensdienstverweigerung teilt der Autor in gewisser Weise mit seinem Helden, dem Sonderschüler soundso in der »Schule der Dummen«. Dieser Junge, der keinen Namen hat und ständig mit seiner anderen Hälfte, seinem doppelten Ich im Streit liegt, ist ein überaus liebenswürdiger, gebildeter, phantasievoller, mitfühlender und anrührender Charakter, dessen sogenannte »Dummheit« oder Krankheit vor allem darin besteht, daß er die (in diesem Fall: sowjetisch) verwaltete Welt vollständig ignoriert. Rund 400 Jahre nach Montaignes Traum von einer »escolle de bestise«, einer Schule der Dummheit, in der man die Geduld und Ungezwungenheit erlernen kann, die auf den Tod vorbereiten, ist Sokolows Buch eine zeitgemäße Hymne an die hohe Kunst der Naivität.

Sonderschüler soundso, der hier spricht, ist ein geistesschwaches Kind. Das hat nicht nur Dr. Sause festgestellt, der ihn behandelt, das merkt auch der Leser: Es gelingt dem Jungen einfach nicht, erwachsen zu werden. Mal hält er sich für eine Wasserlilie, mal redet er mit den Toten, mal ist er schon Ingenieur und hat ein Auto, mal rast er mit dem Fahrrad in voller Fahrt durch die Datschensiedlung und klingelt mit der Fahrradklingel. Er träumt davon, mit der Biologielehrerin Weta schon verheiratet zu sein und ist »mit den Einzelheiten der Begattung« jedoch noch nicht im mindesten vertraut. Er sieht in die Zukunft und durch Häuserwände, er verkehrt in der Festung von Mailand mit Leonardo, und immer wieder debattiert er mit seiner anderen Hälfte, die ihm ins Buch redet und die Frauen wegnehmen will, obwohl Dr. Sause den beiden Schlimmstes prophezeit hat, wenn es ihnen nicht gelingt, sich wie ein einziger zu benehmen.

Sein Wertesystem ist, um das mindeste zu sagen, anarchisch. Ökonomische und gesellschaftliche Ziele, wie sie ein Leben gewöhnlicherweise zieren, sind ihm fremd. Was er nicht versteht, sind grobgeschätzt einige tausend Begriffe aus dem Wörterbuch des Normalmenschen, Begriffe wie Erfolg, Gehalt, Staat, Karriere. »Wer braucht denn das alles?« fragt er. »Wer braucht denn das, wenn über die ganze liebe Erde lauter schnelle Autos rasen und mit ihren Reifen das trübe Wasser der Pfützen verspritzen und auf diese Art all unsere lieben Freundinnen von der Straße in ihren kurzen Röckchen bespritzen?« Was der Idiot braucht, ist beinahe nichts, nichts als die Ingredienzien einer kindlichen Lebensfreude, die Datscha am Fluß, das Schmetterlingsnetz, den Wind, ein Löschwasserfaß zum Hineinschreien. Für seinen infantilen Eigensinn, sein grenzenloses Wahrnehmungsvermögen und sein unaufschiebbares Glücksverlangen bezahlt er mit der Degradierung zum Behinderten. Was dem Idioten fehlt, ist Distanz, der landesübliche Sicherheitsabstand zur Wirklichkeit, der die Begriffsbildung erst ermöglicht. Der aufrechte Stellvertreter des Nichtidentischen sieht zuviel und begreift zu wenig. Seine Dummheit stellt die Klugen bloß – und zeigt nebenbei, wie wenig wir noch sehen, wenn wir meinen zu begreifen.

Insofern ist »Die Schule der Dummen« im besten Sinn ein dummes und einfältiges Buch. Es handelt vom Leben eines

Idioten in einer Feierabendkolonie in den siebziger Jahren, unweit von Moskau. Was es berichtet, ist vorderhand belanglos. Abends kommen die Leute mit dem Vorortzug angefahren, atmen schwer und schleppen volle Einkaufsnetze. Später gehen sie im Pyjama durch den Garten, lesen in der Hängematte. Der Idiot legt sich auf einen Heuhaufen, zählt die Sterne und möchte vor Glück und Erwartung weinen. Es riecht nach Birnen, Siegellack, Bindfaden und Packpapier. Im Bahnhofsbüfett deklamiert der Bahnhofsvorsteher Gedichte des japanischen Autors Yasunari Kawabata. Die Kinder spielen im Hof mit ausrangierten Backöfen. Eine alte Jüdin hört immer wieder dieselbe alte Schallplatte. Ein freundlicher Lehrer erscheint zum Unterricht ohne Schuhe. Jenseits des Datschenflusses Lethe leben die Toten. Der strenge Vater des Jungen ist Staatsanwalt und die geduldige Mutter betrügt ihn mit dem Musiklehrer. Vielmehr ist nicht zu vermelden. Wäre da nicht der geistesschwache Schüler, der durch seine mäandernden Reden, seine provozierenden Fragen und seinen hellen Wahn alles verwandelte, wäre dieser ungewöhnliche Roman vielleicht mit der sowjetischen Dissidenten-Boheme untergegangen. Allein den wilden, zutraulichen, kindlich-komplizierten Plauderton des Idioten, der sich wie eine nie gehörte Musik im Ohr festsetzt und der das Selbstverständliche fremd erscheinen läßt, wird man nicht mehr vergessen.
Idioten hat es in der Literatur von Dostojewskij bis Kempowski häufig gegeben, Helden von naiven, kindlichen oder kleinlichen Zuschnitt, plappernde, trommelnde, schwadronierende Zeitgenossen, die am Zügel eines wesentlich intelligenteren Autors durch einen Roman trotten. Meist sind es Abgesandte einer besseren, vom Nützlichkeitsdiktat befreiten Welt, Taugenichtse, pubertierende Zöglinge, heilige Trinker, gescheiterte Künstler, deren wirre Geisteszustände ein mitfühlender Autor ins Allgemeinverständliche übersetzt hat. Bei Sascha Sokolow fehlt diese Übersetzung. Hier

spricht der Idiot selber oder zumindest ein Autor, der die Idiotie seines Textes so unvergleichlich simuliert, daß kein Satz nicht trunken ist. Was die Lektüre zunächst erschwert, weil die herkömmlichen Orientierungen an Figuren, Orten und Zeitabfolgen fehlt, macht den Roman bald unvergleichlich. Alles ist in Bewegung, nicht nur die sich unermüdlich drehenden Windmühlen und Fahrradreifen, die flatternden Wetterfahnen und Schmetterlinge, auch die Bilder, Assoziationen und Figuren, die bald so, bald anders heißen und ständigen Metamorphosen ausgesetzt sind. Ohne Absatz fliegt das dahin, hingetuscht, ausgeschüttelt wie ein Sack Flöhe, auf hundert filigranen Wegen miteinander verbunden, eine poetische Predigt, mehr Oratorium als Roman, ein Wirbel aus Stimmen, die durch den Kopf des irren Knaben ziehen, Symbole, die wiederkehren und aufeinander antworten, christliche Ikonographie, Chiffren einer Relativitätstheorie der Zeit, die im wesentlichen darin besteht, daß es die Zeit nicht gibt und alles, was da ist, zugleich nicht da ist und schon da war.

Ein Protestbuch gegen das Sowjetregime ist das schillernde Werk nebenbei auch. Der Vater des Sonderschülers, der Herr Staatsanwalt, dessen umgenähte Röcke der Junge tragen muß, verkörpert nicht nur das Realitätsprinzip, sondern auch die staatliche Gewalt: Er verurteilt den Geographielehrer Norwegov für das Hissen einer Wetterfahne, einer Fahne der Freiheit. Er hat die Datscha, Ort und Sinnbild des freien Lebens, verkauft. Er zwingt seinen Sohn, die Leitartikel aus der Zeitung abzuschreiben. Er ist der Zement, aus dem das Regime seine Untertanen backt. Die Dummheit des Sohnes ist der Widerstand gegen einen solchen Vater Staat. Regimegegner landeten in der Sowjetunion ohnehin nicht selten im Irrenhaus.

Aber nicht nur bis in die sowjetischen Irrenhäuser lassen sich die Spuren dieses Werks zurückverfolgen. Es mag stimmen, was die Forscher behaupten: Vielleicht hat Sokolow in

diesem anarchischen Buch auf vieles zurückgegriffen. Auf ein paar pubertätsselige Gedanken aus Musils »Zögling Törleß«, auf die Absurditäten des Daniil Charms, auf ein paar romantische Züge aus Eichendorfs »Taugenichts«, auf die symbolische Erzählweise des Andrej Bely, auf die doppelte Stimme bei Dostojewskij, die Wortspiele von Gogol und die Schmetterlinge von Nabokov.
Doch das Außerordentliche des Romans ist damit nicht erfaßt. Mehr als die politische Rebellion und die berühmte Verwandtschaft trifft das Buch ein schlichtes Wort, das ein deutscher Philosoph für ein solches Exemplum wahrhaft naiver Dichtkunst geprägt hat: die Aufrichtigkeit. »Die Schule der Dummen«, hätte Immanuel Kant gesagt, ist ein literarischer »Ausbruch der der Menschheit ursprünglich natürlichen Aufrichtigkeit wider die zur anderen Natur gewordenen Verstellungskunst«. Es ist so real, daß es surreal, so wahr, daß es falsch, so einfach, daß es kompliziert wirkt. Und doch kann es die Verstellung, die Kant für unser Leben hält, für eine Weile vertreiben. Eine Radfahrt lang im grauen Licht. Einundzwanzig, zweiundzwanzig, dreiundzwanzig. Bis das Leben wieder einsetzt.

Die Schule der Dummen

Dem geistesschwachen Jungen Witja Pljaskin,
meinem Freund und Nachbarn.

Saulus, der auch Paulus heißt, blickte ihn,
vom Heiligen Geist erfüllt, scharf an und
sagte: Du Mensch voll List und Gaunerei,
Sohn des Teufels, du Feind aller Gerechtigkeit,
willst du nicht endlich aufhören, die
geraden Wege des Herrn zu durchkreuzen?
Apostelgeschichte 13,9-10

Jagen, halten, fliehen, kränken,
hören, sehen, atmen, wenden,
hassen, dulden und auch abhängig sein.
*Gruppe von Verben der russischen
Sprache, die eine gewisse Ausnahme
von den Regeln bilden; rhythmisch
zur leichteren Einprägung geordnet.*

Derselbe Name! Dasselbe Gesicht!
Edgar Allan Poe »William Wilson«

Erstes Kapitel
Die Wasserlilie

So, doch womit soll man anfangen, mit welchen Worten? Ganz gleich, fang mit den Worten an: dort am Bahnhofsteich. Am *Bahnhofs*teich? Doch das ist nicht richtig, ein stilistischer Fehler, Suppenkelle hätte das bestimmt verbessert, Bahnhofs- nennt man ein Büfett oder einen Zeitungskiosk, doch keinen Teich, ein Teich kann *beim Bahnhof* sein. Nun, nenne ihn Teich beim Bahnhof, spielt das denn eine Rolle. Gut, dann fange ich auch so an: dort am Teich beim Bahnhof. Einen Augenblick, der Bahnhof, das Bahnhofsgebäude selbst, bitte, wenn es dir nicht schwerfällt, beschreib den Bahnhof, was das für ein Bahnhof war, was für ein Bahnsteig: aus Holz oder aus Beton, was für Häuser ringsum gestanden haben, wahrscheinlich erinnerst du dich an ihre Farbe, oder vielleicht kennst du die Menschen, die in jenen Häusern bei jenem Bahnhof lebten? Ja, ich kenne, richtiger kannte einige Menschen, die am Bahnhof gelebt haben, und ich kann etwas von ihnen erzählen, doch nicht jetzt, später, irgendwann, aber jetzt beschreibe ich den Bahnhof. Ein gewöhnlicher Bahnhof: ein Weichenstellerhäuschen, Büsche, ein Häuschen für die Kasse, ein Bahnsteig, übrigens aus Holz mit knarrenden Brettern, oft standen die Nägel hervor und barfuß sollte man dort nicht gehen. Um den Bahnhof wuchsen Bäume: Espen, Fichten, also verschiedene Bäume, verschiedene. Der Bahnhof selbst war ein ganz gewöhnlicher Bahnhof, aber das, was hinter dem Bahnhof war, das war sehr hübsch, ungewöhnlich: ein Teich, hohes Gras, ein Tanzplatz, ein kleines Wäldchen, ein Erholungsheim und noch mehr. Im Teich bei dem Bahnhof badete man meist abends, nach der Arbeit, Leute kamen mit den Vorortzügen und badeten. Nein, erst sind alle ihres Wegs gegangen, in ihre Datschen. Müde, schnaufend, wischten sie sich die Gesichter ab, schleppten Aktentaschen, Netze, atmeten schwer. Weißt du noch, was in den Netzen war? Tee, Zucker, Butter, Wurst; frische Fische, die mit dem Schwanz schlugen; Makkaroni, Grieß, Zwiebeln, Konserven; seltener – Salz. Sie gingen in ihre Datschen, tranken Tee auf den Veranden, zogen sich Pyjamas an, gingen – die Hände auf dem Rücken – in ihren Gärten spazieren, warfen einen Blick in die Löschwasserfässer mit dem blühenden Wasser, wunderten sich über die vielen Frösche – sie sprangen überall im Gras herum –, spielten mit den Kindern und den Hunden, spielten Federball, tranken Kwas aus dem Eisschrank, saßen vor dem Fernseher, unterhielten sich mit den Nachbarn. Und wenn es dann noch nicht dunkel war, begaben sie sich gruppenweise zum Teich, um zu baden. Aber warum gingen sie nicht zum Fluß? Sie hatten Angst vor den Strudeln und Stromschnellen, vor dem Wind und den Wellen, den Untiefen und den Schlingpflanzen. Vielleicht gab es auch einfach keinen Fluß? Vielleicht. Doch was hatte er für einen Namen? Der Fluß hatte einen Namen.

Zum Teich führten im Grunde genommen alle kleinen Pfade und Wege, alles in unserer Gegend. Von den fernsten Datschen, die am Rande des Waldes lagen, führten dahin schmale schwache Pfade, die fast keine waren. Abends hoben sie sich nur wenig ab, sie schimmerten kaum, während die etwas bedeutenderen Pfade, die seit Urzeiten und auf ewig ausgetreten sind, Wege, die so ausgetreten waren, daß auch nicht die Rede von irgendwelchem Gras sein konnte, das darauf hätte wachsen können, – solche Wege und Pfade schimmerten klar, weiß und gleichmäßig. Das war bei Sonnenuntergang so, ja, natürlich bei Sonnenuntergang, unmittelbar nach Sonnenuntergang, in der Dämmerung. Und alle Pfade flossen ineinander und führten in Richtung auf den

Teich. Schließlich vereinigten sie sich einige hundert Meter vor dem Ufer zu einer herrlichen Straße. Und diese Straße verlief durch Heuwiesen, führte dann in das Birkenwäldchen. Denk mal zurück und gib es zu: war es etwa nicht schön, am Abend bei dem grauen Licht auf dem Fahrrad in das Wäldchen hineinzuradeln? Es war schön. Denn ein Fahrrad – das ist immer schön, in jedem Wetter, in jedem Alter. Nehmen wir doch zum Beispiel den Kollegen Pawlow. Er war Physiologe, machte verschiedene Versuche mit Tieren und radelte viel. In einem Schulbuch – du erinnerst dich natürlich an dieses Buch – ist ein besonderes Kapitel über Pawlow. Erst sind da Bilder, wo Hunde gezeichnet sind mit irgendwelchen speziellen physiologischen Röhrchen, die in die Kehle genäht sind, und es wird erklärt, daß die Hunde sich daran gewöhnt haben, auf ein Klingelzeichen etwas zu essen zu bekommen, und als Pawlow ihnen nichts zu essen gab und bloß so klingelte, da wurden die Tiere ganz unruhig und ihr Speichel fing an zu fließen, einfach toll. Pawlow hatte ein Fahrrad, und dieses Akademiemitglied ist viel geradelt. Eine Radfahrt ist auch im Schulbuch abgebildet. Pawlow ist darauf schon alt, aber rüstig. Er radelt, beobachtet die Natur und die Klingel am Lenker ist genauso wie die bei den Versuchen. Außerdem hat Pawlow einen langen grauen Bart wie Michejew, der in unserer Datschensiedlung lebte oder vielleicht auch jetzt noch lebt. Michejew und Pawlow radelten beide gern, aber der Unterschied liegt in folgendem: Pawlow radelte aus Vergnügen, erholte sich dabei, für Michejew aber war das Radfahren immer Arbeit, der hatte nämlich solche Arbeit. Er mußte mit dem Fahrrad die Post austragen. Über ihn, den Briefträger Michejew – vielleicht war, ist und bleibt sein Name Medwedjew? –, ist gesondert zu sprechen, ihm muß etwas besondere Zeit gewidmet werden und einer von uns – du oder ich – wird das bestimmt machen. Übrigens, ich glaube, du kennst den Briefträger besser, denn du hast auf der Datscha erheblich länger als ich gelebt, obwohl, wenn man die Nachbarn fragt, sie sicher sagen werden, das sei eine komplizierte Frage und es sei fast unmöglich, sie zu klären. Wir, werden die Nachbarn sagen, haben nicht so sehr auf euch geachtet – also auf uns, und das sei überhaupt so eine seltsame Frage, warum habt ihr es denn überhaupt plötzlich nötig, irgendwelche törichten Dinge zu klären, ist es denn nicht ganz gleich, wer wie lange gelebt hat, das ist einfach nicht ernsthaft, befaßt euch doch besser mit etwas Vernünftigem: im Garten ist bei euch Mai und rund um die Bäume ist noch gar nicht umgegraben, Äpfel aber eßt ihr doch gerne, sogar Norwegow, der Windbeutel, so werden sie sagen, – auch der gräbt von morgens an im Vorgarten. Ja, er gräbt, antworten wir – einer von uns – oder wir sagen es im Chor: ja, er gräbt. Der Präfekt Norwegow hat dafür Zeit und Lust. Außerdem hat er einen Garten, ein Haus, wir aber – wir haben so etwas nicht mehr – keine Zeit, keinen Garten, kein Haus. Sie haben es einfach vergessen, wir leben doch schon lange nicht mehr hier in der Siedlung, sicher neun Jahre. Wir haben doch die Datscha verkauft – kurz entschlossen verkauft. Ich vermute, daß du als Mensch, der gesprächiger und kontaktfreudiger ist, etwas hinzufügen möchtest, dich auf ein Gerede einläßt, anfängst zu erklären, warum wir sie verkauft haben und warum es deiner Ansicht nach nicht nötig war, sie zu verkaufen, und nicht nur nicht nötig, sondern einfach falsch. Aber gehen wir lieber von ihnen weg, nehmen wir den nächsten Vorortzug, ich möchte ihre Stimme nicht hören.

Unser Vater hat die Datscha verkauft, als er pensioniert wurde, obwohl die Pension so groß war, daß der Datschenpostbote Michejew, der sein ganzes Leben von einem guten neuen Fahrrad träumt, doch nie genug Geld zusammenbekommt, weil er zwar kein Verschwender ist, doch sein Geld einfach nicht zusammenhalten kann, also daß Michejew, als er von einem unserer Nachbarn, dem Zweiten Staatsanwalt erfahren hatte, was für eine Pension unser Vater bekommen würde, fast vom Fahrrad gefallen wäre. Der Briefträger radelte ruhig am Zaun entlang, hinter dem sich die Datscha des Nachbarn befand – übrigens erinnerst du dich an seinen Namen? Nein, so schnell fällt es dir nicht ein: schlechtes Namengedächtnis, ja und was hat es auch für einen Sinn, all diese Vor- und Nachnamen zu behalten – nicht wahr? Natürlich, wenn wir den Nachnamen wüßten, dann wäre es bequemer zu erzählen. Aber man kann auch einen fiktiven Namen erfinden, wie man es auch dreht, sie sind ja doch alle fiktiv, selbst wenn es die richtigen sind. Andererseits, wenn man ihm einen fiktiven Namen gibt, dann denkt man noch, wir würden das alles erfinden, würden versuchen, jemanden zu betrügen, ihm etwas vorzumachen, aber wir haben absolut nichts zu verbergen, es handelt sich um einen benachbarten Menschen, um den Nachbarn, den alle in der Siedlung kennen und von dem sie wissen, daß er als Zweiter Staatsanwalt arbeitet und eine der üblichen Datschen hat, nicht sehr schick, und es ist wohl leeres Geschwätz, daß sein Haus aus gestohlenen Ziegelsteinen gebaut ist – was meinst da dazu? Nun? Woran denkst du? He, du – hörst du nicht zu? Nein, ich höre zu, ich habe nur eben daran gedacht, daß in jenen Flaschen sicher Bier war. In was für Flaschen? In den großen, beim Nachbarn im Schuppen, da war normales Bier drin – was glaubst du? Ich weiß nicht, ich erinnere mich nicht, ich habe seit langem nicht mehr an jene Zeit gedacht. Und in dem Moment, als Michejew am Haus des Nachbarn vorbeifuhr, stand der Hausherr auf der Schwelle des Schuppens und sah sich das Gefäß mit dem Bier gegen das Licht an. Michejews Rad klapperte stark, wenn es über die Fichtenwurzeln holperte, die aus der Erde hervortraten, und der Nachbar mußte hören und begreifen, daß da Michejew auf dem Fahrrad vorbeifuhr. Kaum hatte er das gehört und begriffen, da lief er schon zum Zaun, um zu fragen, ob er Post habe, teilte aber stattdessen – unerwartet für sich selbst – dem Briefträger mit: den Staatsanwalt – so sagte der Zweite Staatsanwalt –, hast du gehört? hat man in Pension geschickt. Er lächelte. Wie viel hat man ihm gegeben? reagierte Michejew, ohne anzuhalten und nur ein bißchen bremsend – wieviel bekommt er? Er drehte sich in seinem Schwung um, und der Nachbar sah, daß das braungebrannte Gesicht des Briefträgers nichts ausdrückte. Der Briefträger sah wie immer ruhig aus, nur sein Bart mit den daran haftenden Tannennadeln wehte im Wind: in dem Wind, der durch die Geschwindigkeit entstanden war, im Geschwindigkeitswind des Fahrrades, und wenn der Nachbar nur ein bißchen von einem Dichter gehabt hätte, wäre es ihm unbedingt so vorgekommen, als ob Michejews Gesicht, vom Durchzug in jeder Datscha geprägt, gleichsam selbst den Wind ausstrahle und als ob Michejew derjenige sei, den im Dorf alle unter dem Namen der Windbringer kannten. Genauer gesagt *nicht kannten*. Diesen Menschen hatte sogar niemand gesehen, es gab ihn vielleicht gar nicht. Aber abends nach dem Baden im Teich trafen sich die Datschenbewohner auf ihren verglasten Veranden, ließen sich in ihren Korbsesseln nieder und erzählten einander verschiedene Geschichten, und eine von ihnen war die Legende vom Windbringer. Die einen behaupteten, er sei jung und weise, andere, er sei alt und dumm, die dritten bestanden darauf, daß er mittleren Alters sei, doch zurückgeblieben und ungebildet, die vierten, daß er alt und klug sei. Es fanden sich auch fünfte, die erklärten, daß der Windbringer jung und hinfällig sei, ein Dummkopf – doch genial. Man sagte, er würde an einem der sonnigsten und wärmsten Tage des Sommers auftauchen, auf einem Fahrrad fahren, auf einer Nußholzpfeife pfeifen und nichts anderes tun, als Wind an die Stelle bringen, über die er fährt. Dabei stellte man sich vor, daß der Windbringer den Wind nur an die Stelle bringt, wo schon zu viele Datschen und Datschenbewohner seien. Ja, ja, da war auch gerade eine solche Stelle. Wenn ich mich nicht irre, gab es im Bereich des Bahnhofs drei oder vier Datschensiedlungen. Und was für einen Namen hatte der Bahnhof? – Ich kann es aus der Ferne nicht erkennen. Der Bahnhof hatte einen Namen.

Das ist die fünfte Zone, eine Fahrkarte kostet 35 Kopeken, der Zug braucht eine Stunde und zwanzig Minuten, nördlicher Zweig, ein Zweig der Akazie oder, sagen wir, des Flieders, er blüht mit weißen Blüten, riecht nach Kreosot, nach dem Staub im Eisenbahnwagen, nach Zigarettenrauch, er schimmert am Bahndamm, abends kehrt er auf Zehenspitzen in den Garten zurück und horcht auf die Bewegung der elektrischen Vorortzüge, er erbebt vom Rauschen, dann schließen sich die Blüten und schlafen, geben dem beharrlichen Drängen eines beflissenen Vogels namens Nightingale nach; der Zweig schläft, doch die Züge, die symmetrisch darauf liegen, laufen erhitzt in der Dunkelheit wie kleine Ketten darüber, rufen jede Blüte mit dem Namen, verdammen die alten galligen Frauen an den Bahnhöfen zur Schlaflosigkeit, die Ziehharmonikaspieler in den Eisenbahnwaggons, die vom Krieg her ohne Beine und blind sind, die blauen Streckenwärter in den orangefarbenen Westen, die klugen Professoren und die törichten Dichter, die gescheiterten Existenzen, die in der Datscha leben, und die, denen das Glück nie hold ist – die frühen und späten Angler, die sich in den elastischen Schlingen der durchsichtigen Angelschnüre verheddern, aber auch die alten Bakenwärter auf den Inseln, deren Gesichter, wenn sie über dem kupfern dröhnenden schwarzen Wasser der Fahrrinne schwanken, bald blaß, bald rot leuchten, und schließlich die Leute, die an den Bootsanlegestellen arbeiten, die das Geräusch einer gelösten Bootskette zu hören meinen, das Plätschern der Ruder, das Rauschen des Segels, die, den Gogolschen Mantel ohne Knöpfe über die Schulter geworfen, aus ihren Wächterhäuschen herauskommen und über den Porzellansand am Ufer entlanggehen, über die Dünen und Grasböschungen; stille schwache Schatten der Bediensteten legen sich auf die Binsen, auf Heidekraut, und ihre selbstgemachten Pfeifen leuchten wie faules Ahornholz und locken die erstaunten Nachtfalter an; doch der Zweig schläft, die Blütenblätter haben sich zusammengezogen, und die Züge, die über die Schienenstöße rattern, werden ihn um keinen Preis wecken und keinen Tautropfen herabschütteln – schlafe schlaf du nach Kreosot riechender Zweig morgens wach auf und blüh dann verblühe und laß die Blütenblätter in die Augen der Lichtsignale fallen und tanz im Takt deines hölzernen Herzens lach auf den Bahnhöfen laß dich verkaufen den Durchreisenden und Abreisenden wein und schrei wenn du nackt bist in den Coupés mit den Spiegeln wie ist dein Name ich heiße Zweig Wetka ich bin die Wetka der Zweig der Akazie ich die Wetka der Eisenbahn ich die Weta schwanger von einem zärtlichen Vogel mit dem Namen Nightingale ich bin schwanger vom künftigen Sommer und vom Unfall des Güterzuges da nehmt mich nehmt mich ich verblühe ja doch das ist gar nicht teuer ich koste auf dem Bahnhof nur einen Rubel ich werde gegen Fahrkarten verkauft und wenn Sie wollen fahren Sie umsonst es kommt kein Kontrolleur er ist krank warten Sie ich knöpfe selbst auf sehen Sie ich habe eine weiße Haut wie Schnee nun überschütten Sie mich ganz überschütten Sie mich doch mit Küssen niemand wird es bemerken die Blütenblätter sind auf weiß nicht zu sehen mir ist doch alles über manchmal komme ich mir einfach wie eine alte Frau vor die ihr ganzes Leben über glühende Lokomotivschlacke geht über Bahndämme sie ist ganz alt und schrecklich ich möchte keine alte Frau sein mein Lieber nein ich möchte nicht ich weiß ich sterbe bald auf den Schienen ich ich es tut mir weh es wird mir wehtun laßt sie los wenn ich sterbe laßt sie los diese Räder Sie haben Schmieröl an Ihren Händen was haben Sie an Ihren Händen sind das denn Handschuhe ich sprach nicht die Wahrheit ich bin Weta die Reine der weiße Wetka-Zweig ich blühe Sie haben nicht das Recht ich wohne in den Gärten schreien Sie nicht ich schreie nicht da schreit der der entgegenkommt ra ta ta worum geht es ra ta ta was ra wer da ta wo da da da Weta Wetter Wärter Wetka-Zweig hinterm Fenster im Haus da ra ta in dem von wem wovon von Wetka Wetter vom Wind ratatam die Straßenbahn *Straßenbahn* ahn guten Abend Fahrkarten fahr Kahn warum ist der Kahn über die Lethe nicht da die Lethe nicht da kein Kahn da Schönwetter schön Weta schön Alpha Weta Gamma und soweiter weiß keiner weil keiner uns Griechisch beibringen wollte das war ein unverzeihlicher Irrtum ihrerseits deswegen können wir kein einziges Schiff richtig aufzählen und der eilende Hermes sieht aus wie ein Schönwetter doch wir verstehen das und jenes nicht das Kap Horn blas doch die Köpfe und die Trommel natürlich schlag sie ra ta ta Frage ist es ein Konduktor Antwort nein ein Konstriktor was schreien Sie da ist Ihnen schlecht es kommt Ihnen so vor mir ist gut das ist der Gegenzug verzeihen Sie jetzt weiß ich genau das war der Gegenzug und ich wissen Sie bin etwas eingeschlafen und höre plötzlich da singt wer singt nicht singt doch nicht doch nichtig nicht doch nicht doch Nichte netto brutto Italien in Italien ein Mensch Dante ein Mensch Bruno ein Mensch Leonardo ein Künstler Architekt Entomologe *wenn du das Fliegen mit vier Flügeln sehen willst geh in die Gräben der Festung von Mailand und du wirst schwarze Libellen sehen* eine Fahrkarte nach Mailand sogar zwei für mich und Michejew Medwedjew ich will das Fliegen der Libellen bei jedem Wetter auch miesem an Flüssen und Wiesen in ungemähten Gräben an der Hauptstrecke des Wetagestirns im Heidekrautgestrüpp wo Tinbergen der aus Holland stammt eine Kollegin heiratete und ihnen bald klar wurde daß die Ammophila den Weg nach

Hause durchaus nicht so findet wie ein Philanthus sondern ein Tamburin natürlich schlag drauf wer ist da im Tambour da an der Tür in der Bahn da am Gang in der Bahn bam tam tam ein einfaches lustiges Liedchen erklingt auf einem Schilfrohr einem Zweiglein einer Wetotschka von der Eisenbahn ra ta ta ra ta ta eine Katze nahm den Kater nahm den Kater Tinbergen und tanzt den Alptraum dazu die Hexe lebt mit dem Baggerführer läßt einen nie schlafen singt um sechs Uhr morgens in der Küche macht ihm Essen im Kessel es lodern die Flammen es brodeln die Kessel einen Namen muß man ihr geben wenn Tinbergen der Kater ist ist sie die Hexe Tinbergen und tanzt auf dem Flur vom frühen Morgen und läßt keinen schlafen singt von dem Kater und schneidet dabei wahrscheinlich wohl üble Grimassen. Aber warum – *wahrscheinlich?* hast du denn nicht gesehen, wie sie tanzt. Nein, ich glaube, ich hab sie überhaupt nie gesehen. Ich lebe schon viele Jahre in derselben Wohnung wie sie, es liegt daran, daß die Hexe Tinbergen keineswegs jene alte Frau ist, die hier gemeldet ist und die ich morgens und abends in der Küche sehe. Diese alte Frau – das ist eine andere und sie heißt Trachtenberg, Schejna Solomonowna Trachtenberg, eine Jüdin, Rentnerin, alleinstehend, jeden Morgen sage ich zu ihr: guten Morgen, abends aber: guten Abend, sie antwortet, sie ist eine recht füllige Frau, die Haare sind rot, schon etwas grau, Locken, so um fünfundsechzig Jahre alt, wir unterhalten uns kaum, wir wissen nicht, wovon wir reden könnten, aber von Zeit zu Zeit, etwa alle zwei Monate, bittet sie mich um den Plattenspieler und läßt darauf ein und dieselbe Platte laufen. Mehr hört sie nie, sie hat nur diese eine Platte. Was ist das für eine Platte? Ich erzähle es gleich. Nehmen wir einmal an, ich komme nach Hause. Von irgendwoher. Ich muß bemerken, daß ich schon im voraus weiß, wann die Trachtenberg mich um den Plattenspieler bitten wird, einige Tage im voraus spüre ich, das wird bald sein, schon sehr bald, daß sie sagt: hören Sie mal mein Bester, seien Sie so gut, wie ist es denn mit Ihrem Plattenspieler? Ich steige die Treppe hinauf und spüre: die Trachtenberg steht schon dort, hinter der Tür, im Flur, und wartet auf mich. Ganz tapfer gehe ich hinein. Tapfer. Ich gehe hinein. Guten Abend. Tapfer. Guten Abend mein Bester, seien Sie so gut. Ich hole den Plattenspieler vom Schrank. Ein Vorkriegsplattenspieler, irgendwann und irgendwo gekauft. Von irgendwem. Er hat einen roten Kasten, er ist immer verstaubt, denn ich wische zwar im Zimmer Staub, wie unsere gute geduldige Mutter es uns beigebracht hat, aber bis zum Plattenspieler komme ich nie. Ich selbst ziehe ihn seit langem nicht mehr auf. Erstens habe ich keine Schallplatten, zweitens funktioniert der Plattenspieler nicht, ist kaputt, die Feder ist seit langem gebrochen und der Plattenteller dreht sich nicht, glaub es mir. Schejna Solomonowna, sage ich, der Plattenspieler tut es nicht, Sie wissen das doch. Das spielt keine Rolle, antwortet die Trachtenberg, es geht mir nur um eine Platte. Ach, nur um eine, sage ich. Jajaja, lächelt Schejna, sie hat fast nur goldene Zähne, trägt eine Schildpattbrille, pudert ihr Gesicht, nur eine Platte. Sie nimmt den Plattenspieler, trägt ihn in ihr Zimmer, macht die Tür zu und schiebt den Riegel vor. Nach zehn Minuten dann höre ich die Stimme von Jakow Emmanuilowitsch. Aber du hast nicht gesagt, wer dieser Jakow Emmanuilowitsch ist. Erinnerst du dich denn nicht an ihn? Er war ihr Mann, er ist gestorben, als wir zehn Jahre alt waren und wir mit den Eltern in jenem Zimmer lebten, wo ich jetzt allein lebe oder wo du allein lebst, kurzum – einer von uns beiden. Aber immerhin – wer eigentlich? Was wäre das für ein Unterschied! Ich erzähle dir eine so interessante Geschichte, und du fängst schon wieder an, mir Vorhaltungen zu machen, ich mache dir doch keine Vorhaltungen, meiner Ansicht nach hatten wir uns ein für allemal geeinigt, daß zwischen uns keinerlei Unterschied besteht, oder möchtest du wieder *dahin?* Entschuldige, ich will mich künftig bemühen, dir keine Unannehmlichkeiten zu bereiten, verstehst du, mit meinem Gedächtnis ist nicht alles in Ordnung. Ach glaubst du, mit meinem sei es in Ordnung? Nun, entschuldige bitte, entschuldige, ich wollte dich nicht beleidigen. Also, Jakow starb an irgendeiner Medizin, an irgendeinem Gift. Schejna hatte ihn sehr gequält, irgendwelche Gelder verlangt, sie hatte angenommen, daß ihr Mann einige Tausend vor ihr verbirgt, aber er war ein gewöhnlicher Apotheker, ein Provisor, und ich bin überzeugt, daß er keinen Groschen hatte. Ich glaube, Schejna machte sich einfach über ihn lustig, wenn sie Geld forderte. Sie war fünfzehn Jahre jünger als Jakow und, wie es auf dem Hof, auf den Bänken hieß, betrog sie ihn mit dem Hausverwalter Sorokin, der nur einen Arm hatte und der später, ein Jahr nach Jakows Tod, sich in der leeren Garage aufgehängt hat. Eine Woche vorher hatte er das deutsche Beuteauto verkauft, das er aus Deutschland mitgebracht hatte. Wenn du dich erinnerst, die Leute auf den Bänken sprachen gern davon, wozu der Sorokin das Auto braucht, er könne ohnehin nicht fahren und einen Chauffeur würde er sich ja nicht halten. Aber dann klärte sich alles. Wenn Jakow auf Dienstreise ging oder Nachtdienst in der Apotheke hatte, dann brachte Sorokin Schejna in die Garage, und dort, im Auto, betrog sie den Jakow. Das ist schon etwas Gutes, sagte man auf den Bänken, das ist schon etwas Gutes – so ein eigenes Auto. Wie man sieht, muß man nicht einmal selbst fahren können: auf in die Garage, von innen zugeschlossen, Licht an, den Sitz zurückgekippt und, bitte schön, mach dir dein Vergnügen. Nun, dieser Sorokin, so hieß es auf dem Hof, dabei hat er nur einen Arm. Beschreib unseren Hof, wie er damals ausgesehen hat, vor so vielen Jahren. Ich würde sagen, er war eher ein Müllhaufen als ein Hof. Da wuchsen ein paar kümmerliche Linden, standen zwei oder drei Garagen und hinter den Garagen waren haufenweise zerschlagene Ziegel und überhaupt lauter Müll. Aber das Wichtigste – dort türmten sich alte Gasherde, drei- oder vierhundert, man hatte sie auf unseren Hof aus allen Nachbarhäusern gleich nach dem Krieg gebracht. Wegen dieser Gasherde roch es bei uns auf dem Hof immer nach Küche. Wenn wir ihre Backröhren öffneten, die Klappen der Backröhren, quietschten sie schrecklich. Aber weshalb machten wir die Klappen auf, weshalb? Seltsam, daß du das nicht begreifst. Wir machten die Klappen auf, *um* sie sodann gleich mit einem Knall zuzuschmeißen. Aber wollen wir nicht zu den Menschen zurückkehren, die auf unserem Hof lebten, wir kannten viele. Ach nein, mit denen ist es so langweilig, ich möchte lieber von etwas anderem sprechen. Siehst du, bei uns stimmt doch etwas mit der Zeit nicht, wir verstehen die Zeit nicht richtig. Du hast doch nicht vergessen, wie wir einmal, vor vielen Jahren, auf dem Bahnhof unseren Lehrer Norwegow getroffen haben? Nein, ich habe es nicht vergessen, wir begegneten ihm auf dem Bahnhof. Er sagte, daß er vor einer Stunde vom Ufer des Wasserreservoirs aufgebrochen sei, wo er mit Mottenlarven geangelt habe. Er hatte auch tatsächlich eine Angel und einen Eimer bei sich, und ich konnte erkennen, daß im Eimer irgendwelche Tiere schwammen, jedoch keine Fische. Unser Geographielehrer Norwegow hatte sich seine Datscha auch im Gebiet dieses Bahnhofs gebaut, aber auf der anderen Seite des Flusses, und wir besuchten ihn nicht selten. Aber was hat uns der Lehrer an jenem Tag noch gesagt? Der Geographielehrer Norwegow sagte uns etwa folgendes: junger Mann, Sie haben sicher bemerkt, was für ein schönes Wetter in unserer Gegend nun schon einige Tage hintereinander herrscht; sind Sie nicht der Ansicht, daß unsere verehrten Datschenbewohner eine derartige Bevorzugung nicht verdienen? Scheint Ihnen nicht, mein junger Genosse, es wäre bereits an der Zeit, daß, wie es heißt, ein Sturm ausbräche, ein Gewitter? Norwegow hatte zum Himmel geschaut, die Hand zum Schutz vor der Sonne über den Augen. Und es wird ausbrechen, mein lieber

Freund, und wie es losbrechen wird – da werden die Fetzen fliegen! Und nicht irgendwann, sondern heute oder morgen. Übrigens, Sie scheinen darüber nachzudenken, glauben Sie daran?

Pawel Petrowitsch *stand mitten auf dem Bahnsteig,* die Bahnhofsuhr zeigte zwei Uhr fünfzehn, er trug wie üblich seinen hellen Hut mit den vielen kleinen Löchern, der so aussah, als hätten ihn die Motten angefressen oder als sei er mehrfach vom Schaffner gelocht worden, während die Löcher in Wirklichkeit in der Fabrik ausgestanzt worden waren, damit dem Käufer, im gegebenen Falle Pawel Petrowitsch, bei heißem Wetter nicht der Kopf schwitze. Außerdem hatte man sich in der Fabrik gedacht, dunkle Löcher auf hellem Hintergrund, das bedeute immerhin schon etwas, sei schon etwas wert, sei besser als nichts, das heißt besser mit Löchern als ohne Löcher, so hatte man in der Fabrik beschlossen. Schön und gut, doch was trug unser Lehrer noch in jenem Sommer und überhaupt in den besten Monaten jener unvergeßlichen Jahre, als wir in der Nähe desselben Bahnhofs wohnten wie er, wobei seine Datscha in der Siedlung jenseits des Flusses lag, unsere in einer der Siedlungen, die auf demselben Ufer wie auch der Bahnhof lagen? Es ist ziemlich schwierig, auf diese Frage zu antworten, ich erinnere mich nicht genau, was Pawel Petrowitsch trug. Einfacher ist es zu sagen, was er nicht trug. Norwegow trug niemals Schuhe. Jedenfalls im Sommer. Und an jenem heißen Tag auf dem Bahnsteig, auf dem alten hölzernen Bahnsteig, hätte er leicht einen Splitter in den Fuß bekommen können, oder gleich in beide. Ja, passieren konnte das jedem, nur nicht unserem Lehrer, verstehst du, das war so ein kleiner, zerbrechlicher, und wenn man ihn über einen Datschenpfad laufen sah oder über den Schulflur, dann hatte man den Eindruck, als ob seine bloßen Füße die Erde oder den Fußboden überhaupt nicht berühren, und als er nun an jenem Tage mitten auf dem hölzernen Bahnsteig stand, da wirkte es so, als ob er überhaupt nicht steht, sondern gleichsam über ihm schwebt, über seinen rauhen Brettern, über all seinen Zigarettenstummeln, abgebrannten Streichhölzern, den sorgsam abgeschleckten Eisstielen, den benutzten Fahrkarten und den getrockneten und daher unsichtbaren verschiedenartigen Spuckeresten der Passagiere. Darf ich dich einmal unterbrechen, vielleicht habe ich etwas nicht richtig verstanden. Ist denn Pawel Petrowitsch sogar in die Schule barfuß gegangen? Nein, ich habe mich offenbar versprochen, ich wollte sagen, er ist in der Datscha barfuß gelaufen, aber vielleicht hat er auch in der Stadt keine Schuhe angezogen, wenn er zur Arbeit ging, und wir haben das nur nicht gemerkt. Vielleicht haben wir es auch gemerkt, aber das fiel nicht allzusehr auf. Ja, warum nicht allzusehr, in solchen Fällen hängt viel vom Menschen selbst ab und nicht von denen, die auf ihn schauen, ja, ich erinnere mich, nicht allzusehr. Doch wie dem auch in der Schulzeit gewesen sein mag, du weißt genau, daß im Sommer Norwegow ohne Schuhe gegangen ist. So ist es. Wie einmal unser Vater festgestellt hat, als er mit der Zeitung in der Hand in der Hängematte lag, zu welchem Quatsch braucht der Pawel Schuhe und das noch bei solcher Hitze! Das sind nur wir bedauernswerten Staatsdiener, fuhr der Vater fort, die den Füßen überhaupt keine Ruhe geben: sind's nicht die Stiefel, sind's die Galoschen, sind's nicht die Galoschen, sind's die Stiefel, so quält man sich sein ganzes Leben. Regnet es draußen, muß man sie trocknen, ich meine die Halbschuhe, ist Sonne, muß man aufpassen, ich meine, daß sie nicht brüchig werden. Und vor allem – jeden Tag hat man morgens erstmal mit der Schuhwichse zu tun. Pawel aber ist ein freier Mensch, ein Träumer, der wird auch barfuß sterben. Ein Nichtsnutz ist er, dein Pawel, sagte uns Vater, deshalb geht er auch barfuß. Alles Geld hat er wohl für die Datscha ausgegeben, bis über die Ohren ist er in Schulden, und immer hat er nur ein Ziel – Fische fangen, sich am Ufer abkühlen, das ist mir so ein angeblicher Datschenbewohner. Sein Haus ist kümmerlicher als unser Schuppen, aber aufs Dach hat er sogar noch eine Wetterfahne gesetzt, man stelle sich vor – eine Wetterfahne! Ich frage ihn, diesen dummen Kerl: wofür denn eigentlich diese Wetterfahne, die knarrt doch nur sinnlos. Er aber gibt mir von da oben, vom Dach zurück: überlegen Sie nur, Herr Staatsanwalt, was alles passieren kann, zum Beispiel, sagt er, da bläst der Wind und bläst aus einer Richtung, plötzlich schlägt er um. Sie, sagt er, haben es gut, Sie lesen, wie ich sehe, immer Zeitung, da wird natürlich darüber geschrieben, über das Wetter, ich aber, wissen Sie, habe nichts abonniert, also ist für mich eine Wetterfahne ein absolut notwendiger Gegenstand. Sie, sagt er, erfahren es gleich aus der Zeitung, wenn etwas nicht so ist, ich aber werde mich an der Wetterfahne orientieren, wie sollte es genauer sein, genauer kann es gar nicht sein, – so erzählte unser Vater und lag mit der Zeitung in der Hand in der Hängematte. Dann stieg Vater aus der Hängematte heraus, machte – die Hände auf dem Rücken – ein paar Schritte zwischen den Kiefern, die voll im Saft und warmen Harz dort standen, pflückte sich vom Beet ein paar Erdbeeren und aß sie auf, blickte zum Himmel, wo in diesem Augenblick kein Wölkchen, kein Flugzeug und kein Vogel zu sehen war, gähnte, wiegte seinen Kopf und sagte in Gedanken an Norwegow: der soll Gott danken, daß ich nicht sein Direktor bin, den ließ ich schön springen, der würde bei mir schon irgendwo lernen, was Wind ist, dieser einfältige Faulpelz, dieser Barfüßler, diese trübe Wetterfahne. Der arme Geographielehrer, unser Vater hegte ihm gegenüber nicht die geringste Achtung, da sieht man, was es heißt, keine Schuhe zu tragen. Freilich, zu der Zeit, als wir Norwegow auf dem Bahnsteig trafen, war es ihm, dem Pawel Petrowitsch, allem Anschein nach schon gleichgültig, ob unser Vater ihn achtet oder nicht achtet, denn zu diesem Zeitpunkt existierte unser Präfekt nicht mehr, er war im Frühjahr des Jahres soundso gestorben, das heißt etwas über zwei Jahre vor unserer Begegnung mit ihm auf diesem Bahnsteig. Ich sage ja, irgendetwas stimmt bei uns mit der Zeit nicht, laß uns dem mal nachgehen. Er war lange krank, er hatte eine schwere langdauernde Krankheit, und er wußte sehr wohl, daß er bald sterben würde, aber er ließ es sich nicht anmerken. Er blieb der fröhlichste, genauer gesagt, der einzig fröhliche Mensch in der Schule und machte pausenlos Witze. Er sagte, er komme sich so mager vor, daß er fürchte, ein zufälliger Windstoß könne ihn forttragen. Die Ärzte, lachte Norwegow, haben mir verboten, an Windmühlen näher als einen Kilometer heranzugehen, aber verbotene Frucht ist süß: es zieht mich schrecklich zu ihnen hin, sie sind gleich neben meinem Haus auf den Hügeln mit dem vielen Wermut, und irgendwann halte ich es einmal nicht mehr aus. In der Datschensiedlung, wo ich lebe, nennt man mich Windbeutel und Wetterfahne, aber sagen Sie, ist es denn wirklich so schlimm, als Windvertreiber zu leben, besonders wenn man Geographielehrer ist. Ein Geograph ist sogar verpflichtet, ein Windvertreiber zu sein, das gehört zu seinem Fach, was meinen Sie, meine jungen Freunde? Man darf nicht Trübsal blasen, rief er schwungvoll und mit großer Geste, nicht wahr, man muß mit der vollen Geschwindigkeit eines Fahrrades leben, braunbrennen und baden, Schmetterlinge und Libellen fangen, die ganz bunten, vor allem jene großartigen Trauermantel und Heufalter, von denen ich so viele in meiner Datscha habe! Was noch, fragte der Lehrer, und klopfte seine Taschen ab, um Streichhölzer und Papirossen zu finden, was denn noch? Wißt Ihr, Freunde, es gibt kein Glück auf der Welt, nichts dergleichen, nichts Ähnliches, aber stattdessen – bei Gott! – es gibt schließlich Ruhe und Freiheit. Ein Geograph von heute, wie übrigens auch ein Monteur und Flaschner und ein General, lebt nur einmal. Laßt euch im Leben vom Winde treiben, Ihr jungen Leute, mehr Komplimente den Damen, mehr Musik und Lächeln, mehr Bootsfahrten und Erholungsheime, Ritterturniere, Duelle, Schachwettkämpfe, Atemübungen und sonstigen Kram. Und wenn man euch eines Tages einen Windbeutel nennt, sagte Norwegow und donnerte durch die ganze Schule mit der gefundenen Streichholzschachtel, macht euch nichts draus: das ist gar nicht so übel. Denn was sollte ich denn angesichts der Ewigkeit Angst haben, wenn heute der Wind meine Haare bewegt, das Gesicht erfrischt, in den Hemdkragen bläst, Taschen durchpustet und an den Knöpfen der Jacke rüttelt, morgen aber überflüssige alte Bauten umreißt, Eichen mit der Wurzel herausreißt, Wasserflächen aufrührt und wogen läßt und den Samen meines Gartens über die ganze Welt verteilt – was soll ich da fürchten, der Geograph Pawel Norwegow, ein ehrlicher braungebrannter Mensch aus der fünften Vorortbahnzone, ein bescheidener, doch seine Sache verstehender Lehrer, dessen schmale, doch immer noch königliche Hand von früh bis spät einen hohlen Planeten dreht, der aus trügerischem Pappmaché gemacht ist! Gebt mir Zeit, und ich werde euch beweisen, wer von uns recht hat, irgendwann werde ich euren quietschenden faulen Ellipsoid so in Drehung versetzen, daß eure Flüsse rückwärts fließen, daß ihr eure falschen Bücher und miesen Zeitungen vergeßt, daß euch von euren eigenen Worten, Namen und Titeln schlecht wird, daß euch Lesen und Schreiben vergeht, daß ihr zu flüstern wünscht wie eine Espe im August. Ein zorniger scharfer Wind wird die Namen eurer Straßen und Gassen wegblasen und die widerlichen Reklameschilder, ihr werdet nach Wahrheit lechzen. Verlaustes Schabenpack! Hirnlose, panurgische Herde, vermistet von Fliegen und Wanzen! Nach der großen Wahrheit werdet ihr lechzen. Und dann werde ich kommen, ich werde kommen und die von euch Ermordeten und Erniedrigten mitbringen und werde sagen: da habt ihr eure Wahrheit und da habt ihr die Rache. Und vor Entsetzen und Trauer wird euer sklavischer Eiter, der statt Blut in euren Adern fließt, zu Eis erstarren. Fürchtet den Windbringer, ihr Herren der Städte und Datschen, fürchtet die Brisen und den Zugwind, sie zeugen die Orkane und die Windhosen. Das sage euch ich, der Geograph der fünften Vorortbahnzone, ein Mensch, der die Hohlkörperkugel aus Karton dreht. Und indem ich das sage, nehme ich die Ewigkeit zum Zeugen – ist es nicht so, meine jungen Helfer, meine lieben Zeitgenossen und Kollegen –, ist es nicht so?

Er starb im Frühling des Jahres soundso in seinem Häuschen mit der Wetterfahne. An jenem Tage hatten wir das letzte Examen eines Jahresabschlusses ablegen müssen, gerade das Examen in seinem Fach, in Geographie. Norwegow hatte uns versprochen, bis neun Uhr da zu sein, wir hatten uns auf dem Flur versammelt und warteten auf den Lehrer bis elf, doch er kam und kam nicht. Der Direktor der Schule, Perillo, sagte, das Examen würde auf morgen verlegt, da Norwegow anscheinend erkrankt sei. Wir beschlossen, ihn zu besuchen, aber keiner von uns wußte die Stadtadresse des Präfekten, und wir begaben uns zum Lehrerzimmer, zur Konrektorin Tinbergen, die heimlich in unserer Wohnung wohnt und morgens im Flur tanzt, die aber wir, weder du noch ich, jemals gesehen haben, denn man brauchte nur die Tür vom Zimmer zum Flur mit einem Ruck weit aufzureißen und man ist – weit aufreißen, mit einem Ruck! – im Graben der Festung von Mailand und beobachtet das Fliegen mit vier Flügeln. Der Tag ist außerordentlich sonnig und Leonardo steht in einem alten ungebügelten Chiton am Reißbrett mit der Reißfeder in der einen und dem Fäßchen mit roter Tusche in der anderen Hand und zeichnet auf das Detailpapier irgendwelche Linien, zeichnet die Schößlinge des Riedgrases ab, das den schlammigen und feuchten Grund des Grabens dicht bewachsen hat (das Riedgras geht Leonardo bis zum Gürtel), macht einen Entwurf eines ballistischen Gerätes nach dem andern und, wenn er ein bißchen müde wird, dann nimmt er das Schmetterlingsnetz und fängt schwarze Libellen, um den Bau ihrer Netzhaut genau zu erforschen. Der Künstler blickt dich mürrisch an, er scheint immer mit irgendetwas unzufrieden zu sein. Du möchtest den Graben verlassen, zurückkehren in das Zimmer, du drehst dich schon um und versuchst schon, in der steilen Wand des Grabens die Tür zu finden, die mit Kunstleder beschlagen ist, doch der Meister packt dich gerade noch an der Hand, blickt dir in die Augen und sagt: Schulaufgabe: beschreibe den Kieferknochen des Krokodils, die Zunge des Kolibris, den Glockenturm des Nowodjewitschi-Klosters, beschreibe den Stengel des Faulbeerbaums, die Windung der Lethe, den Schwanz eines beliebigen Hundes der Siedlung, eine Liebesnacht, die Luftspiegelungen über heißem Asphalt, einen heißen Mittag in Berjosowo, das Gesicht eines leichtsinnigen Menschen, die Gefilde der Hölle, vergleiche eine Kolonie von Termiten mit einem Ameisenhaufen im Wald, das traurige Schicksal der Blätter mit der Serenade eines Gondoliere von Venedig und verwandele eine Zikade in einen Schmetterling; wandele Regen in Hagel, Tag in Nacht, unser täglich Brot gib uns heute, mach den Vokal zum Zischlaut, verhindere das Unglück des Zuges, dessen Lokomotivführer schläft, wiederhole die dreizehnte Heldentat des Herakles, gib dem Vorübergehenden Feuer für die Zigarette, erkläre Jugend und Alter, sing mir das Lied von der Meise, die am Morgen Wasser holte, wende dein Gesicht nach Norden zu den überhöhten Hinterhöfen von Nowgorod, dann aber erzähle, woher der Hausmeister weiß, daß es draußen schneit, wenn er den ganzen Tag im Vestibül sitzt, sich mit der Liftfrau unterhält und nicht aus dem Fenster schaut, weil es kein Fenster gibt, ja, erzähle, woher eigentlich; und außerdem pflanze in deinen Garten eine weiße Windrose, zeig sie dem Lehrer Pawel, und wenn sie ihm gefällt, – schenke dem Lehrer Pawel die weiße Rose, hefte ihm die Blüte an seine Windjacke oder an seinen Sommerhut, tu dem Menschen, der ins Nirgendwo gegangen ist, etwas Liebes, erfreue deinen alten Lehrer, den fröhlichen Mann, den Witzbold und Windbeutel. Oh, Rosa, wird der Lehrer sagen, weiße Rosa Wetrowa: weiße Windrose, liebes Mädchen, Grabesblume, wie sehne ich mich nach deinem unberührten Körper! In einer der Nächte des von seiner eigenen Schönheit betörten Sommers warte ich auf dich in dem Häuschen mit der Wetterfahne, hinter dem blauen Fluß, die Adresse: Datschensiedlung, fünfte Zone, den Postboten Michejew aufsuchen, nach Pawel Norwegow fragen, ein paarmal mit der Fahrradklingel klingeln, auf das Boot vom nebligen Ufer warten, ein Feuer als Leuchtzeichen anzünden, nicht verzagen. Oberhalb des steilen Sandufers sich auf einen Heuhaufen legen, die Sterne zählen und vor Glück und Erwartung weinen, sich an die Kindheit erinnern, die einem Wacholderbusch voller Glühwürmchen gleicht, einem Weihnachtsbaum, der mit lauter Klimbim behängt ist, und allein daran denken, was gegen Morgen geschehen wird, wenn der erste Vorortzug den Bahnhof passiert, wenn die Fabrikarbeiter verkatert aufwachen, ausspeien und mit einem Fluch auf die Maschinenteile und Mechanismen noch nicht nüchtern an den Teichen bei den Bahnhöfen vorbeistapfen zu den Bahnhofsbüfetts an die Biertheken, die grünen und blauen. Ja, Rosa, ja, wird der Lehrer Pawel sagen, das, was mit uns in jener Nacht geschehen wird, wird einer Flamme gleichen, die eine Eiswüste frißt, dem Sternschnuppenfall, wie ihn die Scherbe eines Spiegels wiedergibt, der plötzlich im Dunkeln aus dem Rahmen gefallen ist, um seinen Eigentümer vor dem nahen Tod zu warnen. Das wird der Hirtenpfeife gleichen und der Musik, die noch nicht geschrieben ist. Komm zu mir, Rosa Wetrowa, ist dir denn dein alter Lehrer nicht lieb, der über die Täler des Nichtseins und über die Berge der Leiden schreitet. Komm, um das Zittern deiner Lenden zu stillen und meinen Kummer zu lindern. Und wenn der Lehrer Pawel so spricht, sagt zu dir Leonardo, dann laß mich das in derselben Nacht wissen, und ich werde allen auf der Welt beweisen, daß *sich das Nichts in der Zeit, in der Vergangenheit und der Zukunft befindet und von der Gegenwart nichts hat und es in der Natur dem Nichtmöglichen nahe ist, wodurch, was daraus folgt, es keine Existenz hat, denn dort, wo das Nichts wäre, müßte die Leere sein,* doch nichts destotrotz, fährt der Künstler fort, mit Hilfe der Windmühlen mache ich zu beliebiger Zeit Wind. Und eine letzte Aufgabe für dich: diesen Apparat, der wie eine riesige schwarze Libelle aussieht – siehst du ihn? er steht auf dem steilen Grashügel – *den erprobe morgen über dem See und binde dir einen langen Blasebalg wie einen Gürtel um, damit du, wenn du fällst, nicht untergehst.* Und dann antwortest du dem Künstler: lieber Leonardo, ich fürchte, deine interessanten Aufgaben nicht ausführen zu können, höchstens die Aufgabe, wie erkennt der Hausmeister, ob es draußen schneit. Auf diese Frage kann ich einer beliebigen Prüfungskommission zu beliebiger Zeit ebenso leicht antworten, wie Sie Wind erzeugen können. Aber im Unterschied zu Ihnen brauche ich keine einzige Mühle. Wenn der Hausmeister von früh bis spät im Vestibül sitzt und sich mit der Liftfrau unterhält, Fenster im Vestibül aber *yok,* was im Tatarischen *gibt es nicht* bedeutet, dann erfährt der Hausmeister, daß es auf der Straße, oder, genauer gesagt, über der Straße oder auf die Straße schneit, an den Schneeflocken auf den Mützen und Kragen, die schnellen Schritts von der Straße ins Vestibül hereinkommen und zur Vorsprache bei einem Vorgesetzten eilen. Diese Leute, die auf ihrer Kleidung Schneeflocken tragen, lassen sich gewöhnlich in zwei Typen einteilen: die gut und die schlecht angezogenen, doch die Gerechtigkeit triumphiert – Schnee wird allen in gleicher Weise zuteil. Ich habe das bemerkt, als ich als Hausmeister im Alarmministerium tätig war. Ich bekam lediglich sechzig Rubel im Monat und erforschte dafür solche schönen Erscheinungen wie Schneefall, Laubfall, Regenfall und sogar Hagelschlag, was natürlich keiner der Minister oder ihrer Ministerialdirigenten von sich sagen kann, obwohl sie alle ein Mehrfaches verdienten. Da ziehe ich den einfachen Schluß: wenn du Minister bist, kannst du nicht richtig wissen und begreifen, was auf der Straße und im Himmel geschieht, denn auch wenn dein Zimmer ein Fenster hat, hast du nicht die Zeit hinauszuschauen: du hast zu viele Besucher, Gespräche und Anrufe. Und während der Hausmeister an den Schneeflocken auf den Mützen der Besucher leicht erkennt, daß es schneit, kannst du, Minister, das nicht, denn die Besucher lassen ihre Mäntel in der Garderobe, wenn sie sie aber dort nicht lassen, dann werden, solange sie auf den Lift warten und in ihm fahren, die Schneeflocken tauen. Das ist der Grund, Minister, warum es dir so vorkommt, als sei draußen immer Sommer, aber das ist nicht so. Folglich, wenn du ein kluger Minister sein willst, frag den Hausmeister nach dem Wetter, ruf ihn im Vestibül an. Als ich als Hausmeister im Alarmministerium diente, saß ich lange im Vestibül und unterhielt mich mit der Liftfrau, der Alarmminister aber, der mich als ehrlichen, seine Arbeit verrichtenden Mitarbeiter kannte, rief mich von Zeit zu Zeit an und fragte: ist das der Hausmeister soundso? Ja, antwortete ich, soundso, ich arbeite bei Ihnen seit dem Jahre soundso. Ich aber bin der Alarmminister soundso, antwortete er, arbeite im vierten Stockwerk, Zimmer Nummer 3, den Flur entlang, das dritte rechts, ich habe ein Anliegen an Sie, kommen Sie für ein paar Minuten zu mir, wenn Sie gerade frei sind, es ist recht dringend, wir wollen über das Wetter sprechen.

Ja, übrigens, ich war nicht nur mit ihm in demselben Ministerium beschäftigt, wir waren auch, und vielleicht sind wir es auch jetzt noch, Datscha-Nachbarn, das heißt in der Datschensiedlung, die Datscha des Ministers liegt der unseren schräg gegenüber. Aus Vorsicht verwendete ich hier zwei Worte: *waren* und *sind*, denn – obwohl die Ärzte behaupten, daß ich seit langem ausgeheilt bin – ich kann bis jetzt nicht mit Genauigkeit und Bestimmtheit über irgendetwas urteilen, was auch nur im geringsten mit dem Begriff *Zeit* zusammenhängt. Es kommt mir so vor, als hätten wir dazu, zu der Zeit, ein verworrenes Verhältnis, ein Durcheinander, als sei alles nicht so gut wie es sein könnte. Unsere Kalender sind zu fiktiv, und die Zahlen, die darauf geschrieben sind, bezeichnen nichts und sind durch nichts gesichert, wie Falschgeld. Warum ist es zum Beispiel üblich anzunehmen, daß nach dem ersten Januar der zweite folgt und nicht gleich der achtundzwanzigste. Ja und können denn überhaupt Tage einander folgen, das ist so ein dichterischer Unsinn – die Reihenfolge der Tage. Es gibt keinerlei Reihenfolge, die Tage kommen, wann es ihnen paßt, manchmal auch ein paar auf einmal. Es kommt auch vor, daß ein Tag lange nicht kommt. Dann lebt man in der Leere, begreift nichts und ist recht krank. Und andere Leute auch, sind auch krank, aber sie halten den Mund. Dann wollte ich noch sagen, daß jeder Mensch seinen besonderen Lebenskalender hat, der dem keines anderen gleicht. Lieber Leonardo, wenn Sie mich gebeten hätten, den Kalender *meines* Lebens aufzustellen, hätte ich ein kleines Blatt Papier mit einer Menge Punkte gebracht: das ganze Blatt wäre voller Punkte gewesen, nur Punkte, und jeder Punkt hätte einen Tag bedeutet. Tausend Tage – tausend Punkte. Aber fragen Sie mich nicht, welcher Tag dem einen oder anderen Punkt entspricht: davon verstehe ich nichts. Fragen Sie mich auch nicht, für welches Jahr, welchen Monat oder welches Jahrhundert des Lebens ich meinen Kalender aufgestellt habe, denn ich weiß nicht, was die genannten Worte bedeuten, und Sie selbst wissen es auch nicht, wenn Sie sie aussprechen, so wie Sie keinen Begriff der Zeit kennen, an dessen Richtigkeit ich nicht zweifeln würde. Seien Sie demütig! Weder Sie noch ich noch irgendeiner unserer Freunde kann erklären, was wir bei einer Erörterung der Zeit meinen, wenn wir das Verb *sein* konjugieren und das Leben in Gestern, Heute und Morgen zerlegen, als ob diese Worte sich dem Sinn nach unterschieden, als ob nicht gesagt sei: Morgen, das ist nur ein anderer Name für Heute, als ob uns gegeben sei, auch nur einen Bruchteil dessen zu begreifen, was mit uns hier in dem engen Raum des unerklärlichen Sandkörnchens geschieht, als ob alles, was hier ist, geschieht und existiert – wirklich, in der Tat *ist, geschieht und existiert.* Lieber Leonardo, soeben (in diesem Augenblick, in naher Zukunft) fuhr ich (fahre ich, werde ich fahren) mit einem Ruderboot auf einen großen Fluß. Bis dahin (danach) machte ich mich mehrfach gut vertraut (werde ich mich gut vertraut machen) mit der Umgebung. Es war (ist, wird sein) sehr gutes Wetter, und der Fluß – still und breit, am Ufer, an einem seiner Ufer rief (ruft, wird rufen) ein Kuckuck, und sobald ich die Ruder losließ (loslasse), um auszuruhen, zählte (zählt) er mir viele Jahre des Lebens zu. Aber das war (ist, wird sein) dumm von ihm, denn ich war (bin, werde sein) fest überzeugt, daß ich sehr bald sterben werde, wenn ich nicht schon gestorben bin. Doch der Kuckuck wußte nichts davon, und es ist anzunehmen, daß ihn mein Leben erheblich weniger interessierte als sein Leben mich. Also, ich ließ die Ruder los, und als ich gleichsam meine Lebensjahre zählte, stellte ich mir einige Fragen: wie heißt dieser Fluß, der mich zu seinem Delta zieht, wer bin ich, den es zieht, wie alt bin ich, wie heiße ich, was für ein Tag ist heute und welches Jahr eigentlich, aber auch: ein Boot, hier ist ein Boot, ein gewöhnliches Boot – doch wem gehört es? Und warum gerade ein Boot? Verehrter Meister, das waren einfache, doch so quälende Fragen, daß ich nicht auf eine davon antworten konnte und zu dem Schluß kam, ich hätte einen Anfall jener erblichen Krankheit, an der meine Großmutter, meine ehemalige Großmutter litt. Verbessern Sie mich nicht, ich benutze bewußt das Wort *ehemalige* anstelle von *verstorbene*, geben Sie es zu, das erste klingt besser, sanfter und nicht so hoffnungslos. Sehen Sie, als meine Großmutter noch unter uns war, da verlor sie gelegentlich das Gedächtnis, das geschah meist, wenn sie lange Zeit auf etwas ungewöhnlich Schönes schaute. Und nun, damals auf dem Fluß dachte ich: ringsum ist es sicher zu schön, und deshalb habe ich wie die Großmutter das Gedächtnis verloren und bin nicht in der Lage, mir auf die einfachsten Fragen Antwort zu geben. Einige Tage später fuhr ich zu Doktor Sause, der mich behandelt hatte, um mich beraten zu lassen, erbat seinen Rat. Der Doktor sagte mir: Wissen Sie, junger Freund, Sie hatten zweifellos dasselbe wie die Großmutter. Pfeifen Sie auf diesen Platz außerhalb der Stadt, fahren Sie da nicht mehr hin, was haben Sie denn dort eigentlich verloren. Aber, Doktor, sagte ich, dort ist es schön, schön, ich möchte dahin. In diesem Falle, sagte er und nahm die Brille ab oder setzte sie vielleicht auf, verbiete ich Ihnen, dahin zu fahren. Aber ich gehorchte ihm nicht. Meiner Ansicht nach gehört er zu jener Kategorie selbstsüchtiger Menschen, die selbst gern an schönen Plätzen sind und möchten, daß außer ihnen keiner dorthin fährt. Ich habe ihm natürlich versprochen, die Stadt nicht mehr zu verlassen, bin aber abgefahren, sobald man mich entlassen hatte, und den ganzen restlichen Sommer und sogar einen Teil des Herbstes habe ich in der Datscha gelebt, bis man das abgefallene Laub in Feuern verbrannte und ein Teil des Laubes den Fluß hinabschwamm. An jenen Tagen wurde es ringsum so schön, daß ich nicht einmal auf die Veranda hinausgehen konnte: ich brauchte nur auf den Fluß zu schauen und zu sehen, wie bunt das Laub in den Wäldern auf dem anderen, Norwegows, Ufer war, da kamen mir schon die Tränen, ich konnte nichts mehr dagegen tun. Die Tränen flossen von allein, und ich konnte ihnen keinen Halt gebieten, im Inneren aber war es unruhig und heiß (Vater hatte gefordert, daß Mutter und ich in die Stadt zurückkehrten – und wir taten es), aber das, was damals geschehen ist, auf dem Fluß, im Boot, hat sich nie wiederholt – nicht im Sommer, nicht im Herbst, und überhaupt niemals mehr seit jener Zeit. Klar, ich kann etwas vergessen: einen Gegenstand, ein Wort, einen Namen, ein Datum, doch nur damals, auf dem Fluß, im Boot, habe ich alles auf einmal vergessen. Aber, wie mir jetzt klar wird, jener Zustand war doch nicht der der Großmutter, sondern irgendein anderer, mein eigener, vielleicht einer, den die Ärzte bisher nicht erforscht haben. Ja, ich konnte mir auf die gestellten Fragen keine Antwort geben, doch begreift: das bedeutete durchaus nicht den Verlust des Gedächtnisses, das wäre ja noch gegangen. Lieber Leonardo, all das war erheblich ernsthafter, nämlich: ich befand mich in einem der Stadien des Entschwindens. Sehen Sie, der Mensch kann nicht in einem Augenblick und vollkommen entschwinden, zunächst verwandelt er sich in etwas, das sich von ihm der Form und dem Wesen nach unterscheidet – zum Beispiel in einen Walzer, in einen fernen kaum hörbaren abendlichen Walzer, das heißt er entschwindet teilweise und erst danach verschwindet er ganz.

Irgendwo auf der Waldwiese hatte sich das Blasorchester niedergelassen. Die Musiker hatten sich auf frische Tannenstümpfe gesetzt, die Noten hatten sie vor sich gelegt, nicht auf Notenständer, sondern auf das Gras. Das Gras ist hoch, dicht und stark wie Schilf an einem See, und es hält mühelos die Notenhefte, die Musiker unterscheiden mühelos alle Zeichen. Man weiß das nicht genau, vielleicht ist auch gar kein Orchester auf der Waldwiese, doch man kann die Musik durch den Wald gut hören und fühlt sich wohl. Schuh und Strümpfe möchte man ausziehen, sich auf die Zehenspitzen erheben und zu dieser fernen Musik tanzen, den Blick zum Himmel, nie sollte die Musik aufhören. Weta, Liebe, tanzen Sie? Natürlich, mein Lieber, ich tanze so gern. Nun denn, gestatten Sie, daß ich Sie zu einem Tanz bitte. Mit Vergnügen, mit Vergnügen, mit Vergnügen! Doch da kommen die Schnitter auf die Waldwiese. Ihre Instrumente, ihre zwölfgriffigen Sensen glänzen auch in der Sonne, doch nicht golden wie bei den Musikern, sondern silbern. Und die Schnitter fangen an zu mähen. Der erste Mäher nähert sich dem Trompeter und – die Sense ist gewetzt, die Musik spielt – haut mit einem scharfen Ruck jene Grasstengel ab, auf denen das Notenheft des Trompeters liegt. Das Heft fällt und klappt zu. Der Trompeter bleibt in einer halben Note stecken und geht leise ins Walddickicht, wo es viele Quellen gibt und wo alle möglichen Vögel singen. Der zweite Schnitter geht auf den Waldhornisten zu und macht dasselbe, – die Musik spielt – was der erste tat: er haut das Gras ab. Das Heft des Waldhornisten fällt. Er steht auf und folgt dem Trompeter. Der dritte Schnitter schreitet mit breiten Schritten zum Fagott: und auch sein Heft – die Musik spielt, wird aber leiser – fällt. Nun sind es schon drei Musiker, die geräuschlos, im Gänsemarsch, abziehen, um den Vögeln zu lauschen und Quellwasser zu trinken. Bald folgen ihnen – die Musik spielt piano –: das Kornett, das Schlagzeug, die zweite und dritte Posaune, auch die Flötisten, und sie alle tragen ihre Instrumente – jeder trägt das seine, das ganze Orchester verschwindet im Dickicht, keiner berührt mit den Lippen das Mundstück, doch die Musik spielt trotzdem. Sie blieb auf der Waldwiese und tönt nun pianissimo, die Schnitter, vom Wunder beschämt, weinen und wischen sich die feuchten Gesichter mit den Ärmeln ihrer roten Russenkittel mit dem Stehkragen. Die Schnitter können nicht arbeiten, ihre Hände zittern, ihre Herzen gleichen betrübten Sumpfkröten, die Musik aber – sie spielt. Sie lebt von selbst, das ist ein Walzer, der gestern noch einer von unseren Leuten war: ein Mensch ist entschwunden, ist in Töne verwandelt, aber wir werden das nie erfahren. Lieber Leonardo, was meinen Vorfall mit dem Boot, dem Fluß, den Rudern und dem Kuckuck betrifft, so bin ich wahrscheinlich auch entschwunden. Ich habe mich damals in eine Nymphea verwandelt, in eine weiße Wasserlilie mit einem langen goldbraunen Stengel, genauer gesagt: ich bin *teilweise* entschwunden in eine weiße Wasserlilie. So ist es besser, genauer. Ich erinnere mich gut, ich saß im Boot und ließ die Ruder los. An einem Ufer zählte der Kuckuck meine Jahre. Ich stellte mir einige Fragen und wollte schon antworten, konnte es aber nicht und wunderte mich. Und dann geschah etwas mit mir, dort, im Inneren, im Herzen und im Kopf, als hätte man mich ausgeschaltet. Und da spürte ich, daß ich entschwunden war, doch zunächst wollte ich es nicht glauben, sträubte mich. Und ich sagte mir: das stimmt nicht, das kommt dir nur so vor, du bist ein bißchen müde, heute ist es sehr heiß, nimm die Ruder und rudere nach Hause. Ich versuchte, sie zu packen, streckte die Hände nach ihnen aus, doch es geschah nichts: ich sah die Griffe, doch meine Hände spürten sie nicht, das Holz der Ruder floß durch meine Finger, durch die Fingerknochen wie Sand, wie Luft. Nein, im Gegenteil, meine früheren, jetzt aber nicht existierenden Handflächen umschlossen das Holz wie Wasser. Das war schlimmer, als wenn ich Geistergestalt angenommen hätte, denn ein Geist kann wenigstens durch Wände dringen, ich aber wäre nicht hindurchgekommen, ich hätte nichts gehabt, womit ich hätte hindurchdringen können, denn von mir war ja nichts übrig. Und auch das ist nicht richtig: irgendetwas war übriggeblieben. Geblieben war der Wunsch nach meinem früheren Selbst, und auch wenn ich mich nicht erinnern konnte, als was ich bis zum Entschwinden gelebt hatte, so fühlte ich doch, daß damals, also *vorher* mein Leben interessanter verlaufen war, voller, und ich wollte erneut jener unbekannte vergessene Jemand werden. Das

Boot wurde von den Wellen an einer einsamen Stelle ans Ufer getrieben. Ich machte ein paar Schritt am Ufer entlang und blickte mich um: auf dem Sand war nichts geblieben, das meinen Spuren glich. Trotzdem wollte ich es noch nicht glauben. Mancherlei Erklärung hätte sich finden lassen, erstens konnte sich herausstellen, daß das alles ein Traum ist, zweitens war es möglich, daß der Sand hier ungewöhnlich fest war und ich, der ich ja nur soundso viel Kilogramm wiege, wegen meines leichten Gewichts keine Spur hinterlassen hatte, und drittens war es durchaus wahrscheinlich, daß ich aus dem Boot noch nicht ans Ufer getreten war, sondern bis jetzt darin sitze und natürlich dort hatte keine Spuren hinterlassen können, wo ich noch nicht gewesen war. Doch danach, als ich mich rings umblickte und sah, wie schön bei uns der Fluß ist, was für großartige alte Silberweiden und Blumen auf diesem und dem anderen Ufer wachsen, da sagte ich mir: du bist ein unglücklicher und ganz verlogener Feigling, du hast einen Schreck bekommen, weil du entschwunden bist, und hast beschlossen, dich selbst zu betrügen, erfindest törichtes Zeug usw., du mußt schließlich ehrlich werden, wie Pawel, der Paulus, der ist ja auch Saulus. Was mit dir geschehen ist, ist durchaus kein Traum, das ist klar. Weiter: auch wenn du nicht einmal soundso viel wiegen würdest, sondern hundertmal weniger, so hätten sich selbst dann deine Spuren im Sand abgedrückt. Doch du wiegst von nun an nicht einmal ein Gramm, denn es gibt dich nicht, du bist einfach entschwunden, und wenn du dich davon überzeugen willst, dann drehe dich noch einmal um und blicke in das Boot: du wirst sehen, daß du auch im Boot nicht bist. Ja, nein, antwortete ich dem *anderen* Ich (obwohl Doktor Sause bemüht war, mir zu beweisen, es gäbe kein *anderes* Ich, bin ich nicht geneigt, seinen jeder Grundlage entbehrenden Behauptungen zu vertrauen), ja, im Boot war ich auch nicht. Doch dafür liegt dort im Boot eine weiße Wasserlilie mit einem goldbraunen Stengel und gelben schwach duftenden Staubfäden. Vor einer Stunde hatte ich sie am westlichen Ufer einer Insel gepflückt, in einer flachen Bucht, wo es so viele solcher Lilien und auch gelbe Wasserlilien gibt, daß man sie nicht berühren möchte, daß es besser wäre, einfach im Boot so dazusitzen, sie anzuschauen, jede einzeln oder alle zusammen. Man kann da auch blaue Libellen sehen, die auf lateinisch *Simpetrum* heißen, schnelle und fahrige Wasserläufer, die wie schiefbeinige Spinnen aussehen, und im Riedgras schwimmen Enten, Ehrenwort, Wildenten. Sie sind so bunt, schimmern auch perlmuttern. Auch Möwen gibt es dort: sie haben ihre Nester auf der Insel versteckt, zwischen den sogenannten Trauerweiden, die da trauern und silbern schimmern, doch haben wir nie auch nur ein einziges Nest finden können, wir können uns nicht einmal vorstellen, wie es aussieht – das Nest der Flußmöwe. Dafür wissen wir, wie die Möwe einen Fisch fängt. Der Vogel fliegt ziemlich hoch über das Wasser und blickt in die Tiefe, wo die Fische sind. Der Vogel sieht den Fisch gut, doch der Fisch sieht den Vogel nicht, er sieht nur Gnitzen und Mücken, die gern unmittelbar über dem Wasser fliegen (sie trinken den süßen Saft der Wasserlilien), der Fisch ernährt sich von ihnen. Von Zeit zu Zeit springt er aus dem Wasser und schluckt ein zwei Mücken herunter, in diesem Augenblick aber stürzt sich der Vogel, die Flügel angelegt, herab, fängt den Fisch und trägt ihn in seinem Schnabel in sein Nest, das Nest der Möwe. Freilich, manchmal gelingt es dem Vogel nicht, den Fisch zu fangen, dann steigt der Vogel wieder in die notwendige Höhe und fliegt mit dem Blick auf das Wasser weiter. Dort sieht er Fische und sein Spiegelbild. Das ist ein anderer Vogel, denkt die Möwe, der ist mir sehr ähnlich, doch ein anderer, er lebt auf der anderen Seite des Flusses und fliegt immer zusammen mit mir zur Jagd, er fängt auch Fische, aber das Nest dieses Vogels ist irgendwo auf der anderen Seite der Insel, direkt unter unserem Nest. Das ist ein guter

Vogel, denkt die Möwe. Ja, Möwen, Libellen, Teichläufer und ähnliches Getier, das ist es, was es am Westufer der Insel in der flachen Bucht gibt, wo ich die Wasserlilie gepflückt habe, die jetzt im Boot liegt und verwelkt.

Doch warum hast du sie abgerissen, war denn das nötig, du pflückst doch nicht gern – ich weiß es, – du pflückst nicht gern Blumen, beobachtest sie lieber oder berührst sie zart mit der Hand. Natürlich, ich mußte es nicht tun, ich wollte es nicht, glaube mir, erst wollte ich es nicht, niemals wollte ich es, mir schien, es würde, wenn ich sie einmal pflücke, etwas Unangenehmes geschehen – mit mir oder mit dir, oder mit anderen Menschen, oder mit unserem Fluß, könnte er nicht zum Beispiel verschlammen? Du hast eben ein seltsames Wort ausgesprochen, was hast du gesagt, was ist das für ein Wort – *shaku*? Nein, das kam dir nur so vor, du hast dich verhört, das Wort gab es nicht, etwas Ähnliches gab es, aber nicht dieses, ich kann mich schon nicht mehr erinnern. Aber wovon habe ich eben überhaupt gesprochen, kannst du mir nicht helfen, meinen Gedankenfaden wieder aufzunehmen, er ist abgerissen. Wir unterhielten uns darüber, wie einmal die Trachtenberg den Wasserhahn im Badezimmer abgeschraubt und irgendwo versteckt hat, als aber der Inspekteur kam, stand er lange im Badezimmer und inspizierte. Er schwieg lange, er begriff nichts. Das Wasser floß, rauschte und die Wanne füllte sich allmählich, da aber fragte der Inspekteur die Trachtenberg: wo ist der Hahn? Und die alte Frau antwortete ihm: ich habe einen Plattenspieler (das stimmt nicht, den Plattenspieler habe nur ich), aber ich habe keinen Hahn. Aber in dem Badezimmer ist doch auch kein Hahn, sagte der Inspekteur. Das müssen Sie beurteilen, Bürger, ich bin dafür nicht verantwortlich – und ging fort in ihr Zimmer. Der Inspekteur aber trat an die Tür und begann zu klopfen, doch weder die Trachtenberg noch die Tinbergen öffnete ihm. Ich stand auf dem Flur und dachte nach, und als der Inspekteur sich an mich wandte und fragte, was zu tun sei, sagte ich: klopfen Sie und es wird Ihnen geöffnet werden. Er klopfte wieder und bald öffnete ihm die Trachtenberg, und er forschte wieder: wo ist der Hahn? Ich weiß nicht, erwiderte ihm die alte Tinbergen, fragen Sie den jungen Mann. Und sie zeigte mit ihrem knochigen Finger in meine Richtung. Der Inspekteur bemerkte: vielleicht hat der junge Mann nicht alle Tassen im Schrank, doch ich habe den Eindruck, er ist nicht so blöde, Hähne abzuschrauben, das haben Sie getan, und ich werde mich bei dem Hausverwalter Sorokin beschweren. Die Tinbergen lachte dem Inspekteur ins Gesicht. Unheimlich. Und der Inspekteur ging fort, um sich zu beschweren. Ich aber stand auf dem Flur und dachte nach. Hier in der Garderobe hingen Mäntel und Kopfbedeckungen, hier standen zwei Container für Möbeltransport. Diese Sachen gehörten den Nachbarn, das heißt Trachtenberg/Tinbergen und ihrem Baggerführer. Zumindest war die schmierige achteckige Schiebermütze seine, denn die alte Frau trug selbst nur Hüte. Ich stehe gelegentlich im Flur und gucke mir allerhand Gegenstände an der Garderobe an. Ich habe den Eindruck, daß sie gut sind und daß man sich bei ihnen wohlfühlt, ich habe durchaus keine Angst vor ihnen, wenn sie niemand trägt. Dann denke ich noch an die Container, aus was für Holz sie gemacht sind, wieviel sie kosten und in was für einem Zug und über welche Strecke man sie in unsere Stadt gebracht hat.

Lieber Schüler soundso, ich, der Autor des Buches, stelle mir diesen Zug ziemlich deutlich vor – ein langer Güterzug. Seine meist braunen Waggons waren mit Kreide vollgeschrieben – Buchstaben, Ziffern, Worte, ganze Sätze. Offenbar haben die Eisenbahner in ihren besonderen Uniformen und Mützen mit den Bleikokarden Berechnungen, Notizen und Hinweise darauf gemacht. Nehmen wir einmal an, der Zug steht schon einige Tage auf einem Abstellgleis, und es ist noch nicht bekannt – keiner weiß das –, wann er wieder losfahren wird, und keiner weiß, wohin. Und zu diesem Abstellgleis kommt eine Kommission, prüft die Plomben, schlägt mit Hämmern gegen die Räder und schaut in die Büchsen, um zu überprüfen, ob keine Risse im Metall sind und ob auch keiner Sand ins Schmieröl geschüttet hat. Die Kommission streitet, schimpft, die eintönige Arbeit ist ihr seit langem über, und sie würde sich gern pensionieren lassen. Wie viele Jahre sind es noch bis zur Pensionierung? überlegt die Kommission. Sie nimmt ein Stück Kreide und schreibt auf die erste beste Fläche, meist auf einen der Waggons: Geburtsjahr – soundso, Anzahl der Berufsjahre – soundsoviele, das heißt bis zur Pension soundsolange. Dann tritt die nächste Kommission ihre Arbeit an, sie ist gegenüber ihren Kollegen aus der ersten Kommission in Verzug, deshalb gibt es in der zweiten Kommission kein Streiten und kein Fluchen, sondern sie bemüht sich, alles still zu machen und benutzt sogar nicht einmal die Hämmer. Diese Kommission ist traurig, sie holt auch Kreide aus der Tasche (hier muß ich in Klammern bemerken, daß der Bahnhof, wo die Handlung vor sich geht, sich niemals, auch nicht während der Weltkriege, über einen Mangel an Kreide beklagen konnte. Vieles hat im Laufe der Zeit gefehlt: Bahnschwellen, Draisinen, Streichhölzer, Molybdänerz, Weichensteller, Schraubenschlüssel, Schläuche, Schlagbäume, Blumen für die Verschönerung der Bahndämme, rote Transparente mit den obligatorischen Losungen zur Ehre des einen oder ganz anderen Ereignisses, Ersatzbremsen, Siphons und Aschenkästen, Stahl und Schlacke, Aufstellungen der Buchhaltung, Lagerbücher, Asche und Diamanten, Lokomotivschornsteine, Geschwindigkeit, Patronen und Marihuana, Hebel und Wecker, Vergnügen und Brennholz, Grammophone und Lastenträger, erfahrene Schriftführer, schützende

Wälder, rhythmische Fahrpläne, schläfrige Fliegen, Kohlsuppe, Kascha, Brot und Wasser. Doch Kreide hat es auf diesem Bahnhof immer so viel gegeben, daß, wie es in der Mitteilung einer Telegrafenagentur heißt, soundsoviel Güterzüge nötig wären mit soundsoeiner Ladefähigkeit für jeden davon, um von diesem Bahnhof die gesamte potentielle Kreide abzutransportieren. Richtiger, nicht von dem Bahnhof, sondern aus den Kreidegruben im Bereich des Bahnhofs. Der Bahnhof selbst hieß *Kreide* und der Fluß – ein trüber weißer Fluß mit Kreideufern – konnte nicht anders als *Kreide* heißen. Kurzum, alles hier am Bahnhof und in der Siedlung war auf diesen weichen weißen Stein gebaut: die Menschen arbeiteten in den Kreidegruben und -schachten, sie bekamen kreidige, mit Kreide beschmierte Rubel, aus Kreide bauten sie Häuser und Straßen, mit Kreide strichen sie die Wände, in den Schulen lehrte man die Kinder mit Kreide zu schreiben, mit Kreide reinigten sie sich die Hände, wuschen sie sich, putzten sie Töpfe und Zähne und schließlich, wenn sie an den Tod dachten, dann ordneten sie ein Begräbnis auf dem Siedlungsfriedhof an, wo anstelle von Erde Kreide war und jedes Grab ein Kreidestein schmückte. Es ist anzunehmen, daß die Siedlung *Kreide* ungewöhnlich sauber war, ganz weiß und geputzt, und daß die Wolken, die darüber hingen, stets mit Kreideregen schwanger waren, die, wenn sie herabfielen, die Siedlung noch weißer und sauberer machten, also ganz weiß wie ein frisches Laken in einem guten Krankenhaus. Was das Krankenhaus betrifft, so war es hier auch schön und groß. Die Bergmänner, die dort behandelt wurden und starben, litten an einer besonderen Krankheit, die im vertrauten Gespräch die Kreidekrankheit genannt wurde. Kreidestaub war den Arbeitern in die Lungen geraten, ins Blut gedrungen, und das Blut war schwach und dünnflüssig geworden. Die Menschen wurden blaß, die Gesichter schimmerten im Halbdunkel der Nachtwachen weiß und durchsichtig, während der Besucherstunden und der zur Übergabe von Geschenken vorgesehenen Zeiten schimmerten sie hell in den Krankenhausfenstern vor den ungewöhnlich weißen Vorhängen, zum Abschied schimmerten sie hell auf den Sterbekissen und schließlich fand sich dieser helle Schein nur noch auf den Fotographien in den Familienalben. Das Foto klebte man auf eine Sonderseite und ein Familienangehöriger zog sorgsam einen schwarzen Bleistiftstrich darum. Die Umrahmung geriet nicht gleichmäßig, aber feierlich. Indessen, kehren wir zur zweiten Eisenbahnkommission zurück, die aus der Tasche Kreide holt und – schließen wir die Klammer) und sie schreibt auf einen Waggon: für Petrow soundsoviel, für Iwanow soundsoviel, für Sidorow soundsoviel, insgesamt soundsoviel Kreiderubel. Die Kommission geht weiter und schreibt auf irgendwelche geschlossenen und irgendwelche offenen Güterwagen das Wort *geprüft*, auf andere aber – *zu prüfen*, man kann nicht alles auf einmal prüfen, gibt es doch in der Tat noch eine dritte Kommission: soll die doch die restlichen Waggons überprüfen. Doch außer den Komissionen gibt es auf dem Bahnhof *Nichtkommissionen*, mit anderen Worten, Menschen, die nicht Mitglied von Kommissionen sind, sie stehen außerhalb, sind mit anderen Arbeiten befaßt oder überhaupt nicht im Bahndienst. Trotzdem können auch sie den Drang in sich nicht unterdrücken, ein Stück Kreide zu ergreifen und etwas auf die hölzerne und sonnendurchwärmte Waggonwand zu schreiben. Da kommt ein Soldat mit einer Feldmütze, geht auf einen Waggon zu: noch zwei Monate beim *Barras*. Da kommt ein Bergmann, seine weiße Hand schreibt lakonisch *Säue*. Ein Sitzenbleiber der fünften Klasse, der vielleicht ein schwereres Leben hat als wir alle zusammen, schreibt: *Marija Stepanna – Hure*. Eine Bahnhofsarbeiterin in einer orangefarbenen Weste, zu deren Aufgaben es gehört, Schrauben anzuziehen und Überführungen zu fegen, wobei sie den Müll nach unten auf die Schienen wirft, kann ein Meer zeichnen. Sie zeichnet auf einen Waggon eine Wellenlinie, und tatsächlich sieht es so aus wie das Meer, ein alter Bettler aber, der weder singen noch auf der Ziehharmonika spielen kann, sich aber zum Kauf einer Drehorgel bis jetzt nicht aufschwingen konnte, schreibt zwei Worte: *vielen Dank.* Ein junger Bursche, betrunken und zottlig, dem man die Untreue seiner Freundin hinterbracht hat, notiert verzweifelt: *Walja liebten dreie.* Schließlich verläßt der Zug das Abstellgleis und rattert durch die Weiten Rußlands. Er ist aus Waggons zusammengestellt, die die Kommissionen überprüft haben, aus normalen Wörtern und Schimpfwörtern, Bruchstückchen seelischer Schmerzen von irgendjemandem, Erinnerungsnotizen, sachlichen Aufschriften, zwecklosen graphischen Übungen, aus Lachen und Schwüren, aus Aufschreien und Tränen, aus Blut und Kreide, aus weiß auf schwarz und braun, aus Todesangst, aus Mitleid zu Fernstehenden und zum Nächsten, aus nervöser Zappelei, aus guten Vorsätzen und rosa Träumen, aus Gemeinheit, Zärtlichkeit, Sturheit und Kriecherei. Der Zug fährt, mit ihm fahren die Container von Schejna Solomonowna Trachtenberg, und ganz Rußland blickt ihm, wenn es auf die zugigen Bahnsteige tritt, in die Augen und liest die Aufschriften – das vorüberfliegende Buch des eigenen Lebens, ein sinnloses, unbegabtes, langweiliges, von den Händen inkompetenter Kommissionen und bedauernswerter, verdummter Menschen geschaffenes Buch. Soundsoviele Tage später trifft der Zug in unserer Stadt ein, auf dem Güterbahnhof. Die Leute von der Bahnpost sind beschäftigt: sie müssen Schejna Trachtenberg mitteilen, daß die Container mit den Möbeln endlich eingetroffen sind. Draußen regnet es, der Himmel ist voller Wolken. In einer besonderen Poststelle an der sogenannten Bahnhofsgrenze brennt eine Hundertwattbirne, sie zerstreut das Halbdunkel und schafft eine wohnliche Atmosphäre. Im Amtszimmer sind einige geschäftige Bedienstete in blauer Uniform. Geschäftig wärmen sie Tee auf einer Kochplatte und geschäftig trinken sie ihn. Es riecht nach Schnur, Siegellack und Packpapier. Das Fenster blickt auf die rostige Reservestrecke, zwischen den Bahnschwellen drängt sich das Gras hoch und wachsen kleine aber schöne Blumen. Es macht viel Freude, sie durch das Fenster anzuschauen. Das Lüftungsfensterchen oben ist offen, daher sind einige für einen Verladebahnhof typische Geräusche gut zu hören: das Signalhorn des Rangierers, das Rumsen der Fahrköpfe und Puffer, das Zischen der Luftdruckbremsen, die Kommandos vom Stellwerk und verschiedene Arten von Eisenbahnsirenen. Es macht auch Freude, das alles zu hören, besonders wenn man vom Fach ist und sich das Wesen eines beliebigen solchen Geräuschs erklären kann, seinen Sinn und seine Bedeutung. Die Bediensteten der Bahnpost sind ja vom Fach, sie haben eine Menge Bahnkilometer auf dem Buckel, sie alle haben einmal als Chefs eines Postwagens gearbeitet oder als Schaffner derselben Züge, mancher sogar auf internationalen Strecken, und sie haben, wie man sagt, etwas von der Welt gesehen und wissen Bescheid. Und sollte man einmal ihre Vorgesetzten fragen, ob dem so ist . . .

Ja, lieber Autor, genauso ist es: man muß zu ihm nach Hause gehen, mit der schrillen Fahrradklingel an der Tür klingeln – damit er es hört und aufmacht. Wer da? Da – da, lebt hier der Chef soundso? Ja. Machen Sie auf, man ist da, um zu fragen und eine aufrichtige Antwort zu hören. Wer? Die-die-da-sind. Kommen Sie morgen, heute ist es schon zu spät, meine Frau und ich schlafen. Wachen Sie auf, denn die Zeit ist gekommen, die Wahrheit zu sagen. Über wen, über was? Über die Leute ihrer Poststelle. Warum nachts? Nachts sind alle Laute besser zu hören: der Schrei des kleinen Kindes, das Stöhnen des Sterbenden, der Flug der Nightingale, der Husten des Straßenbahn-Konstriktors: wachen Sie auf, öffnen Sie und stehen Sie Rede und Antwort. Einen Augenblick, ich ziehe den Schlafanzug an. Ziehen Sie ihn nur an, er steht Ihnen gut, ein nettes Karo, genäht oder gekauft? Ich weiß es nicht mehr, weiß es nicht, da müßte man mal meine Frau fragen, Mutter, da sind Die-die-da-sind, sie möchten vom Schlafanzug wissen, genäht oder gekauft, und wenn gekauft, dann wo und für wieviel. Ja genäht nein gekauft es schneite war kalt wir kamen aus dem Kino zurück und ich dachte mein Mann wird diesen Winter keinen warmen Pyjama haben ging mal kurz ins Kaufhaus hinein und du bliebst auf der Straße Bananen kaufen da stand man an ich beeilte mich nicht besonders schaute erst nach Teppichen und trug mich in die Warteliste für eineinhalb Meter ein ein Meter fünfundsiebzig drei Jahre Wartezeit denn die Fabrik ist wegen Reparatur geschlossen dann sah ich bei Männerunterwäsche gleich diesen Pyjama und die chinesischen Unterhosen und Unterhemden solche Frottierunterwäsche und kann mich noch immer nicht entscheiden was besser ist überhaupt gefielen mir besser die Unterhosen sie sind auch nicht teuer und die Farbe ist schön man kann in ihnen schlafen und kann sie zur Arbeit anziehen und zu Hause rumlaufen doch wir leben nicht allein das heißt auf den Flur oder in die Küche kann man nicht einfach so gehen im Pyjama ist es immerhin anständig und sogar hübsch da ließ ich mich für einen Pyjama vormerken gehe auf die Straße zurück und du stehst immer noch nach Bananen an und ich sage dir gib mir Geld ich habe mich für einen Pyjama vormerken lassen du aber sagst brauche ich nicht wozu denn ist sicher so ein Plunder nein sage ich gar kein Plunder sondern ein sehr hübsches Ding Import mit Holzknöpfen geh doch selbst und guck ihn an in der Schlange vor dir steht eine ältere Frau in einer Jacke mit Ohrklipsen so eine rundliche etwas graue Haare sie hat sich umgedreht und mir gesagt gehen Sie nur haben Sie keine Sorge ich werde hier stehenbleiben wenn was ist dann sage ich daß Sie hier hinter mir gestanden haben und wegen des Pyjamas sagt sie da brauchen

Sie mit Ihrem Gatten nicht zu streiten ich kenne diesen Pyjama der Kauf lohnt sich wirklich ich habe letzte Woche der ganzen Familie solche gekauft für den Vater gekauft für den Bruder gekauft für den Mann gekauft und einen dem Schwiegersohn nach Gomel geschickt er ist da zu einem Lehrgang also zögern Sie nicht kaufen Sie nur und die Sache ist erledigt denn ein andermal ists wieder knapp und man sucht denselben Pyjama in der ganzen Stadt und man sagt einem schauen Sie Ende des Monats herein schauen Sie Ende des Monats herein schaust du Ende des Monats herein sagt man dir gestern gab es welche sie sind alle verkauft also zögern Sie nicht Sie werden Ihrer Frau später danken und ich halte den Platz in der Schlange haben Sie keine Angst und du sagst schon recht gehen wir und gucken wir uns das mal an wir gehen in das Kaufhaus und ich frage dich nun wie gefällt er dir und du zuckst so mit den Schultern und antwortest ich weiß nicht der Teufel mag es wissen der Pyjama ist schon ganz recht nur das Karo ist so seltsam und die Hosen kommen mir etwas eng vor sagst du die Verkäuferin hört das so ein junges hübsches Mädchen schlägt vor gehen Sie doch anprobieren ziehen Sie ihn einmal über wozu haben wir denn eine Kabine nicht für mich ich nahm den Pyjama er hing an einem hölzernen Kleiderbügel wir gingen hinter den Vorhang da waren drei große Spiegel und als du anfingst dich auszuziehen da spritzten alle Schneeflocken das heißt nicht Schneeflocken sondern schon Wassertropfen all die Spiegel voll und ich stecke den Kopf zwischen den Vorhängen hinaus und rufe der Verkäuferin Mädchen haben Sie irgendeinen Lappen und sie wozu brauchen Sie einen Lappen und ich der Spiegel muß abgerieben werden und sie was haben Sie ihn denn bespritzt ja ein bißchen draußen schneit es und hier im Kaufhaus ist es so warm daß alles getaut ist da holte sie unter dem Ladentisch einen netten gelben Flanellappen hervor nehmen Sie sagt sie und fragt dann haben Sie ihn denn anprobiert und ich sage ja nein wir probieren ihn noch an ich sag Ihnen dann wenn alles fertig ist dann schauen Sie doch mal herein und raten Sie vielleicht sind die Hosen wirklich etwas eng dann guck ich hin und du stehst schon im Pyjama da und drehst dich nach allen Seiten hast dich sogar zweimal hingehockt um es im Schritt zu probieren nun wie ist es frage ich und du ja alles macht einen vernünftigen Eindruck nur die Hosen sind wohl etwas eng und das Karo irgendwie unruhig ist ja auch nicht von uns sage ich Importware und rufe die Verkäuferin um zu beraten sie hat gerade sehr viele Käufer gleich gleich erwidert sie kommt aber nicht und kommt nicht da sagst du ich werde selbst zu ihr gehen ich laß dich nicht ist doch peinlich vor dem Volk ringsum aber du antwortest nun was soll mir das Volk haben die denn die Pyjamas noch nicht gesehen die haben doch jeder von denen selbst zehn Paar was ist denn da schlimm sind wir denn selbst nicht auch vom Volk und du gehst aus der Umkleidekabine und fragst das Mädchen was meinen Sie sitzt er richtig und sie der sitzt wie angegossen wie für Sie maßgeschneidert nehmen Sie ihn Sie werden es nicht bereuen von dieser Größe sind nur noch anderthalb Pakete da bis zum Abend wird nichts mehr da sein die gehen schnell weg dann fragst du mich die Beine sind wohl etwas eng wie kommt Ihnen denn das vor da sagt das Mädchen das ist gerade der moderne Schnitt heute die Jacke lang und breit und die Hosen umgekehrt aber wenn Sie wollen dann kann man es auch ändern hier etwas weitermachen und dort zum Beispiel an der Jacke würde ich es etwas einhalten denn die Jacke ist an der Taille wirklich etwas weit das macht Ihnen Ihre Frau oder Sie bringen es zur Änderung und sie fragt mich haben Sie eine Nähmaschine zu Hause nur eine die nicht viel taugt früher hatte ich eine Singer mit Fußantrieb die stammte noch von der Mutter aber als meine Tochter heiratete da habe ich sie ihr geschenkt das tut mir natürlich nicht leid aber ein bißchen doch aber das Mädchen braucht sie doch auch sie haben jetzt was Kleines der wächst und man muß ihm ab und an etwas nähen soll doch meine Tochter auf der Singer nähen wir aber haben uns eine neue gekauft eine ganz elektrische aber es ist mühsam auf ihr zu nähen nicht daß sie schlecht wäre aber ich habe mich noch nicht daran gewöhnt und der Stich wird unregelmäßig der Faden reißt aber besser damit als zur Änderung bringen das dauert lange und ist teuer wir nähen das zu Hause zurecht natürlich und das Mädchen sagt selbstverständlich nähen Sie es zu Hause zurecht einen Abend sitzen Sie daran und dafür haben Sie dann einen wirklich schönen Pyjama der hält auch nicht nur ein Jahr und sie fragt dich gefällt er ihnen denn selbst du lächelst schämst dich glaube ich sogar ein bißchen ja ein normaler Pyjama sagst du was wollen Sie dann noch sagt das Mädchen zu dir arbeiten Sie nicht bei der Eisenbahn wir beide tauschen einen Blick aus wie kommt sie denn darauf und ich stelle ihr die Frage wie haben Sie das gemerkt das interessiert mich sehr sie antwortet einfach Ihr Mann hat eine Uniformmütze auf dem Kopf mit Hammer und Schraubenschlüssel mein Bruder ist auch bei der Eisenbahn arbeitet auf Vorortzügen kommt manchmal abends und erzählt von der Arbeit wo irgendein Zusammenstoß passiert ist und wo sonst etwas los ist ich beneide ihn jeden Tag gibt es etwas Neues und hier immer ein und dasselbe man weiß nicht wohin werden Sie ihn nehmen sagt sie da bitte ich Sie wickeln Sie den Pyjama bitte ein ich werde dann zur Kasse gehen Sie aber gehen Sie erst zur Kasse ich wickle ihn dann sofort ein ich ging zur Kasse da stand man an du zogst den Pyjama in der Kabine aus und ich gucke du trägst ihn schon auf dem Bügel sie fing an ihn zusammenzulegen tat sogar ein Bändchen darum das stimmt nicht Mama das stimmt nicht ich erinnere mich das war eine Schnur ich dachte noch so wie wir bei der Arbeit Drucksachen verpacken und Pakete verpacken wir haben immer ganze Knäule und Rollen da das geht nie aus so viel gute Schnur wie du willst das war Schnur da im Kaufhaus da bei dem Mädchen da da arbeiten wir mit

Übererfüllung der Norm machen Sie sich keine Sorgen kommen Sie einmal wieder schauen Sie herein überprüfen Sie klingeln Sie mit der Fahrradklingel wann Sie wollen sehen wir uns die Schnur an lesen wir japanische Lyriker Nikolajew Semjon kennt sie auswendig er ist überhaupt ein gescheiter Kerl liest viel.

Die Hundertwattlampe brennt, es riecht nach Siegellack, Bindfaden und Packpapier. Draußen sind die rostigen Gleise, die kleinen Blumen, Regen und die Geräusche des Verladebahnhofs. Die handelnden Figuren. Der Bahnhofsvorsteher Soundso – ein Mensch mit Beförderungsaussichten. Semjon Nikolajew – ein Mensch mit einem klugen Gesicht. Fjodor Muromzew – ein Mensch mit gewöhnlichem Gesicht. Diese und die übrigen Eisenbahner sitzen an einem großen Tisch und trinken Tee mit Kringeln. Die-die-da-sind stehen in der Tür. Es spricht der Bahnhofsvorsteher Soundso: Nikolajew, Die-die-da-sind sind da, sie möchten Gedichte oder Prosa japanischer Klassiker hören. S. Nikolajew schlägt ein Buch auf: ganz zufällig habe ich Yasunari Kawabata, er schreibt: »Ist hier wirklich solch eine Kälte? Ihr seid alle so vermummt. Ja, Herr. Wir haben alle schon Winterkleidung an. Besonders frostig ist es abends, wenn kein Schnee mehr fällt und es aufklart. Jetzt dürfte es unter Null sein. Schon unter Null? J-ja, kalt. Was man auch anfaßt, alles ist kalt. Im vorigen Jahr gab es auch eine große Kälte. Es war unter zwanzig Grad. Gab es viel Schnee? Im Durchschnitt betrug die Schneedecke sieben-acht Shaku, aber bei starkem Schneefall war mehr als ein Ze. Es wird sicher bald anfangen zu schneien. Ja, jetzt ist gerade die Zeit des Schneefalls, warten wir ab. Übrigens ist erst kürzlich Schnee gefallen, hat die Erde bedeckt, ist aber dann getaut, hat sich fast um einen Shaku gesenkt. Taut es denn jetzt? Ja, aber es kann jeden Augenblick schneien.« F. Muromzew:

das ist eine Geschichte, Semjon Danilowitsch, das ist eine hübsche Erzählung. S. Nikolajew: das ist keine hübsche Erzählung, Fjodor, das ist ein Auszug aus einem Roman. Bahnhofsvorsteher Soundso: Nikolajew, Die-die-da-sind möchten noch mehr. S. Nikolajew: bitte schön, hier schlage ich gerade auf: »Da saß ein Mädchen und schlug auf die Trommel. Ich sah ihren Rücken. Sie schien ganz nahe zu sein – im Nebenzimmer. Mein Herz schlug im Takt der Trommel. Wie eine Trommel das Tischgespräch belebt! sagte eine vierzigjährige Frau, die auch auf die Tänzerin blickte.« F. Muromzew: das muß man sich einmal vorstellen, nicht? S. Nikolajew: ich lese noch etwas, das sind Gedichte eines japanischen Lyrikers, der Zen-Lyriker Dógen. F. Muromzew: Zen? Ach so, Semjon Danilowitsch, aber Sie haben Geburts- und Todesjahr nicht genannt, tun Sie es, wenn es kein Geheimnis ist. S. Nikolajew: entschuldigen Sie, gleich werde ich mich erinnern, ja, ich hab's: 1200-1253. Der Bahnhofsvorsteher Soundso: nur 53 Jahre? S. Nikolajew: doch was für welche! F. Muromzew: was für welche? S. Nikolajew hebt sich vom Hocker: »Blumen im Frühling, Kuckuck im Sommer. Und im Herbst der Mond. Kalter reiner Schnee im Winter.« (Setzt sich). Das ist alles. F. Muromzew: alles? S. Nikolajew: alles. F. Muromzew: irgendwie wenig, Semjon Danilowitsch, nicht? Etwas wenig. Vielleicht kommt da noch was, geht das nicht noch weiter? S. Nikolajew: nein, das ist alles. Das ist so eine besondere Form eines Gedichts, es gibt lange Verse, Verserzählungen zum Beispiel, es gibt kurze, es gibt aber auch ganz kurze, nur einige Zeilen lang, oder sogar nur von einer Zeile. F. Muromzew: warum, weshalb? S. Nikolajew: ja wie soll ich dir das sagen – Lakonismus. F. Muromzew: so ist das also, das heißt, ich verstehe das so, wenn man es mal im Vergleich versteht: Züge rollen über verschiedene Strecken – rollen sie oder rollen sie nicht? S. Nikolajew: nun, sie rollen. F. Muromzew: sie unterscheiden sich aber auch. Es gibt so lange, daß man glaubt, das Ende käme nie, wenn man über die Gleise muß, es gibt auch kurze (er stellt einen Finger nach dem anderen auf) eins, zwei, drei, vier, fünf, ja, sagen wir fünf, geschlossene oder offene Waggons. Stimmt's? Ist das auch ein Lakonismus? S. Nikolajew: so allgemein gesehen schon. F. Muromzew: na also, da sind wir klar. Wie hieß es da: kalter reiner Schnee im Winter? S. Nikolajew: im Winter. F. Muromzew: das stimmt genau, Zuneo Danilowitsch, im Winter haben wir immer genug Schnee, im Januar nicht weniger als neun Shaku, Ende der Saison aber bis zu zwei Ze. S. Nikolajew: ob das genau zwei sind, weiß ich nicht, aber anderthalb sind es bestimmt. F. Muromazu: was heißt hier anderthalb, Zuneo-San, wenn es überall sichere zwei sind. Z. Nakamura: wie soll ich das sagen, je nachdem wo, wenn man die Windseite einer Böschung nimmt, dann natürlich. Aber auf freiem Felde ist es erheblich weniger, anderthalb. F. Muromazu: nun, anderthalb, lassen wir es bei anderthalb, Zuneo-San, was soll der Streit. Z. Nakamura: guck mal, es hört noch immer nicht auf zu regnen. F. Muromazu: ja, es regnet, das Wetter ist unschön. Z. Nakamura: der ganze Bahnhof ist naß, überall nur Pfützen, bis das schließlich austrocknet. F. Muromazu: bei solchem Regenwetter geht man besser nicht ohne Schirm auf die Straße – man wird bis auf die Haut naß. Z. Nakamura: im vorigen Jahr war zur selben Zeit auch solches Wetter, bei mir zu Hause regnete es durchs Dach, alle Tatami waren durchfeuchtet, und ich konnte sie überhaupt nicht draußen zum Trocknen aufhängen. F. Muromazu: schlimm, Zuneo-San, solch Regen nutzt niemandem, er schadet nur. Freilich, es heißt, daß das für den Reis sehr gut sein soll, aber dem Menschen, besonders dem Städter, bringt solch Regen nur Unannehmlichkeiten. Z. Nakamura: mein Nachbar steht wegen dieses Regens schon die ganze Woche nicht auf, er fühlt sich krank, hustet. Der Arzt sagte, wenn es noch einige Zeit regnet, dann müßte man den Nachbarn ins Krankenhaus schikken, sonst würde er nie wieder gesund. F. Muromazu: für einen Kranken gibt es nichts Schlimmeres als Regen, die Luft wird feucht und die Krankheit nimmt zu. Z. Nakamura: heute früh wollte meine Frau barfuß in den Laden gehen, aber ich bat sie, die Getas anzuziehen, denn Gesundheit läßt sich für Geld nicht kaufen, krank aber wird man ganz leicht. F. Muromazu: richtig, Herr, der Regen ist kalt, man darf auch nicht daran denken, ohne Schuhwerk hinauszugehen, in diesen Tagen müssen wir uns alle in acht nehmen. Z. Nakamura: ein kleiner Saké würde uns nicht schaden, was meinst du? F. Muromazu: ja, nur ein ganz bißchen, ein-zwei Gläschen, das würde das Tischgespräch nicht schlechter als eine Trommel beleben. Der Bahnhofsvorsteher Soundso: Die-die-da-sind interessieren sich für das Schicksal einiger Container. S. Nikolajew: welcher denn? Der Bahnhofsvorsteher Soundso: Die von Schejna Trachtenberg, F. Muromzew: sie sind da, wir kümmern uns darum, müssen ihr eine Nachricht zukommen lassen, sie stehen unter offenem Himmel, es regnet, sie feuchten ganz durch, man muß ihr schreiben, hier ist das Formular, hier ist die Adresse. Semjon Danilowitsch, schreiben Sie.

Sehr geehrte Schejna Solomonowna, – las ich im Flur stehend, der mir in diesem Augenblick fast riesig vorkam, denn die Container waren noch nicht da, – sehr geehrte Schejna Solomonowna, wir, die Angestellten der Bahnpost teilen Ihnen hierdurch mit, daß über unserer ganzen Stadt sowie über ihren angrenzenden Gebieten ein langanhaltender vorherbstlicher Regen beobachtet wird. Überall ist es feucht, die Feldwege sind aufgeweicht, die Blätter an den Bäumen sind vollgesogen von Feuchtigkeit und gelb geworden, die Räder der Lokomotiven, Waggons und Draisinen sind stark angerostet. An solchen Tagen haben es alle schwer, besonders wir, die Männer der Eisenbahn. Dennoch haben wir beschlossen, nicht aus dem guten Arbeitsrhythmus zu fallen, wir erfüllen unsere Norm und sind bemüht, uns streng an den üblichen Plan zu halten. Die Ergebnisse liegen auf der Hand: ungeachtet dessen, daß die Tiefe einiger Pfützen auf unserem Bahnhof zwei bis drei Shaku erreicht hat, haben wir in der letzten Zeit nicht weniger Briefe und Drucksachen befördert als in der entsprechenden Periode des Vorjahres. Abschließend beeilen wir uns, Sie davon in Kenntnis zu setzen, daß auf dem Bahnhof zwei Container auf Ihren Namen eingetroffen sind, und bitten wir Sie, unverzüglich ihren Abtransport vom Hof der Bahnpost veranlassen zu wollen. Hochachtungsvoll. Warum hast du mir das erzählt, ich hätte es nicht glauben wollen, daß du fremde Briefe lesen könntest, du hast mich betrübt, sag mir die Wahrheit, vielleicht hast du den Vorfall ausgedacht, ich weiß doch – du erfindest gerne verschiedene Geschichten, im Gespräch mit dir denke ich mir ja auch vieles aus. *Dort,* im Krankenhaus hat Sause schrecklich über uns gelacht, daß wir solche Phantasten sind. Kranker soundso, lachte er, ehrlich gesagt, ich bin keinem Menschen begegnet, der gesünder war als Sie, aber das Schlimme bei Ihnen ist: Sie sind ein unwahrscheinlicher Phantast. Und dann haben wir ihm geantwortet: in solchem Falle können Sie uns nicht so lange hier halten, wir fordern baldigste Entlassung aus dem Ihnen anvertrauten *hier.* Da wurde er sofort ernst und fragte: nun gut, nehmen wir an, ich entlasse euch morgen, doch was wollt Ihr tun, womit werdet Ihr euch beschäftigen, werdet Ihr arbeiten oder in die Schule zurückkehren? Wir aber antworteten: in die Schule? Nein, wir fahren aus der Stadt hinaus, denn wir haben eine Datscha, d.h., eigentlich haben nicht wir sie, sondern unsere Eltern. Dort ist es unvorstellbar schön, eine Stunde zwanzig Minuten, Warten auf Wind, Sand und Heidekraut, Fluß und Boot, Frühling und Sommer, Lesen im Gras, leichtes Frühstück, Kegel und ohrenbetäubend viele Vögel. Dann – Herbst, die ganze Siedlung in weißen Schwaden, doch – glauben Sie es ja nicht – weder

Nebel noch Rauch, sondern herrlicher Altweibersommer. Morgens – Tau auf den Seiten des im Garten liegengelassenen Buches, Petroleum holen zum Bahnhof. Doch, Doktor, wir geben Ihnen das Ehrenwort, wir werden kein Bier im grünen Laden am Teich trinken, wo das Stauwehr ist, nein, Doktor, Bier mögen wir nicht. Wissen Sie, wir dachten auch an Sie, Sie könnten sich eigentlich auch für einige Tage dorthin zurückziehen. Wir kommen mit dem Vater schon klar, er wird nicht nein sagen. Ja, Sie fahren mit dem Siebenuhr-Zug, und wir holen Sie mit einem speziellen Fahrrad mit Beiwagen ab. Verstehen Sie, ein altes Fahrrad, an der Seite aber ein Beiwagen von einem kleinen Motorrad. Aber wahrscheinlich wird es keinen Beiwagen geben: wir wissen ja noch nicht, woher wir ihn bekommen sollen. Aber ein Fahrrad ist da. Es steht im Schuppen, da steht auch ein Faß mit Petroleum und zwei leere Fässer, manchmal schreien wir hinein. Dort gibt es auch Bretter und verschiedene Gartengeräte, auch den großmütterlichen Sessel, das heißt, nein, entschuldigen Sie, so ist es nicht, Vater hat uns immer gebeten, es anders zu sagen: Großmutters Sessel. So wäre es höflicher, hat er erklärt. Einmal hatte er in diesem Sessel gesessen, wir aber saßen daneben im Gras und lasen verschiedene Bücher, ja, Herr Doktor, Sie wissen da ja Bescheid, es fällt uns schwer, lange ein Buch zu lesen, wir lesen erst eine Seite eines Buches und dann eine Seite eines anderen. Dann könnte man ein drittes Buch nehmen und auch eine Seite lesen und erst dann wieder zum ersten Buch zurückkehren. So ist es leichter, man wird weniger müde. Wir saßen also im Gras mit verschiedenen Büchern, und in irgendeinem solchen Buch war irgendetwas geschrieben, erst haben wir überhaupt nicht verstanden, worum es geht, denn das war ein ziemlich altes Buch, jetzt schreibt keiner in dieser Sprache, und wir sagten: Papa, erklär uns bitte, wir begreifen nicht, was hier geschrieben ist. Und da wandte sich Vater von der Zeitung ab und fragte: was hast du denn da, wieder solchen Blödsinn? Und wir lasen ihm laut vor: *Der Satan erbat von Gott das lichte Rußland, auf daß er es rot werden lasse von Märtyrerblut. Gut hast du, Teufel, dir das ausgedacht, auch uns ist es recht, wenn um Christi, unseres Lichtes willen gelitten wird.* Diese Worte haben wir aus irgendeinem Grunde behalten, wir haben an sich ein schlechtes Gedächtnis, das wissen Sie, aber wenn uns irgendetwas gefällt, dann behalten wir es gleich. Vater aber gefiel es nicht. Er sprang vom Sessel auf, riß uns das Buch weg und rief: woher hast du denn das, der Teufel soll dich holen, was für ein blödsinniger Quatsch! Wir aber antworteten: gestern sind wir auf die andere Flußseite gefahren, dort lebt unser Lehrer, und er interessierte sich dafür, womit wir uns beschäftigen und was wir lesen. Und wir sagten ihm, daß du uns ein paar Bände von demunddem zeitgenössischen Klassiker gegeben hast. Da hat der Lehrer nur losgelacht und ist zum Fluß gelaufen. Als er wiederkam, tropfte von seinen großen sommersprossigen Ohren das Wasser. Pawel Petrowitsch sagte uns: lieber Kollege, wie löblich, daß der von Ihnen vor nur einer Minute ausgesprochene Name sich aufgelöst hat, in der Luft vergangen ist, wie Staub auf dem Wege, und daß diese Worte jener nicht hört, den wir den Windbringer nennen, wie gut, lieber Kollege, wäre es nicht so, sondern anders gewesen, was wäre denn dann mit dem großartigen alten Mann passiert, er wäre sicher vor Wut von seinem Fahrrad gefallen, dann aber wäre von unseren verehrten Datschensiedlungen kein Stein auf dem anderen geblieben, und, übrigens, das hätte er nicht schlecht getan, denn es ist an der Zeit. Was meine feuchten Ohren betrifft, die Sie so aufmerksam betrachten, so sind sie deshalb feucht, weil ich sie im Wasser des vor Ihnen sichtbar liegenden Gewässers gewaschen habe, um sie von der Widerlichkeit des genannten Namens zu reinigen und dem bevorstehenden Nichtsein in der Reinheit der Seele, des Körpers, der Gedanken, der Sprache und der Ohren zu begegnen.

Mein junger Freund, Schüler und Genosse, sagte uns der Lehrer, man muß sich mit vielen Dingen gehörig auseinandersetzen, mit den bitteren Brunnen der Volksweisheit, mit den süßlichen Redewendungen und Reden, mit dem Verbleichen der Verdammten und dem Erbleichen der Vertrauten, mit dem Wandersack und dem Judaspack, mit der Bewegung *von* und dem Stehen *über*, mit der Lüge der Betrogenen und der Wahrheit der Verleumdeten, mit Krieg und Frieden, mit Sein und Schein, mit Stadien und Studien, mit Scham und Leid, mit Dunkelheit und Licht, mit Haß und Mitleid, mit dem Leben und den Dingen außerhalb des Lebens, mit all dem und noch mehr, denn in all dem ist irgendetwas, vielleicht ein wenig, aber da ist etwas. Hier und dort, hier und dort ist etwas geschehen, und wir können nicht mit Sicherheit sagen, was eigentlich, denn bisher kennen wir weder das Wesen noch den Namen einer Erscheinung, aber, lieber Schüler und Genosse soundso, wenn wir das zusammen klären und zusammen besprechen, wenn wir den Grund klären und die Folge bestimmen, dann wird unsere Zeit kommen, die Zeit, ein Wort zu sagen – und wir werden es sagen. Und wenn es dazu kommt, daß Sie das alles als erster begreifen, dann teilen Sie es mir sofort mit, die Adresse kennen Sie ja: am Fluß bei Sonnenuntergang stehen, wenn die von der Schlange Gebissenen sterben, mit der Fahrradklingel klingeln, besser noch gegen eine Sense aus dem Dorf schlagen und dazu sprechen: mäh früh das Gras, solang es naß oder: Schnitt und Schritt im gleichen Tritt usw., bis der braungebrannte Lehrer Pawel es hört und tanzend aus dem Haus herauskommt, das Boot losbindet, hineinspringt, die selbstgemachten Ruder in die Hand nimmt, über die Lethe rudert, auf dein Ufer tritt, dich umarmt, küßt, gute rätselhafte Worte spricht, den abgesandten Brief erhält, ach nein, liest, denn er, Ihr Lehrer, ist nicht unter den Lebenden, das ist das Unglück, das ist das Pech, er ist nicht unter den Lebenden, Sie aber – leben Sie, bis Sie sterben, schaukeln Sie Bier aus Fässern und Kinder im Wagen, atmen Sie die Luft der Fichtenwälder, laufen Sie in den Wiesen herum und sammeln Sträuße – ach, ihr Blumen! An euch kann ich mich nicht sattsehen, nicht sattsehen. Als ich diese Welt verließ, wollte ich einen Strauß Pusteblumen sehen, doch es war mir nicht gegeben. Was brachte man mir in meiner letzten Stunde ins Haus, was? Seide und Krepp. Man zog mir den verdammten Zweireiher an, nahm mir den Sommerhut weg, den so oft vom Bahnschaffner geknipsten, zog mir irgendwelche Hosen an, minderwertiges Zeug – streitet nicht – minderwertige Hosen für fünfzig schweißige Rubel, solche habe ich nie getragen, das ist gemein, sie kleben, mein Körper kann nicht atmen, nicht schlafen, und einen Schlips, oh! Man hängte mir einen gepunkteten Schlips um, nehmt ihn sofort ab, macht mir Luft und nehmt wenigstens den Schlips weg, ich bin kein kleiner Büroangestellter, ich war niemals – versteht das doch – einer von euch, nein, nicht von euch – nie habe ich irgendwelche Schlipse getragen. Ihr unverständigen armen Kerle, die ihr am Leben geblieben seid, krank in eurem armen Unvermögen und toter als ich, ihr habt, ich weiß es, für die Beerdigung zusammengelegt und dieses ganze Clownskostüm gekauft, wie konntet ihr denn wagen, mir diese Weste anzuziehen und die Lederschuhe mit Metallschnallen, wie ich sie nie im Leben getragen habe, ach, sie wußten es nicht, sie haben unterstellt, daß ich fünfhundert schweißige Rubel im Monat bekomme und mir dieselben überflüssigen Lumpen kaufe wie sie. Nein, ihr Gauner, ist es euch schon nicht gelungen, mich als Lebenden zu verleumden, wird es euch mit dem Toten noch weniger gelingen. Nein, ich bin keiner von euch, ich habe nie mehr als achtzig bekommen, aber das war anderes Geld, nicht eures, das war reines Windbeutelgeld, unbefleckt von der Lüge eurer gemeinen Theorien und Dogmen, lieber verprügelt mich, den Toten, aber zieht mir das Zeug aus, gebt mir den Hut wieder, der vom Konstriktor gelocht ist, gebt alles zurück, was ihr weggenommen habt, einem Toten stehen seine Sachen zu, gebt mir die Windjacke wieder, die Sandalen im Stil des römischen Imperiums zur Zeit des Baus des Aquädukts, die lege ich unter meinen kahlwerdenden Kopf, denn ich werde trotz allem, euch zum Trotz – sogar in den Gefilden des Nichtseins – barfuß gehen, und die Hosen, meine geflickten Hosen – sie haben nicht das Recht, mir ist zu heiß in ihrem Scheißzeug, gebt euer Nichts ins Kommissionsgeschäft, gebt denen das Geld zurück, die es gespendet haben, ich will keine Kopeke von euch, nein, ich will nicht, und bindet mir keinen Schlips um, sonst spucke ich euch meine giftige brennende Spucke in eure wurmzerfressenen Visagen, laßt den Geographielehrer Pawel Petrowitsch in Ruhe! Ja, ich schreie und werde schlaflos immer schreien, ich schreie von der großen Unsterblichkeit des großen Lehrers Saul, ich möchte euch wahnsinnig – widerlich sein, ich werde in eure Träume und euer Wachsein stürmen, wie ein unverschämter Junge während des Unterrichts in die Klasse stürmt, werde mit blutiger Zunge hineinstürmen und ich, unerbittlich, werde laut zu euch von meiner unerreichbaren und herrlichen Armut schreien, versucht nicht, mich mit Geschenken zu besänftigen, ich brauche eure schweißigen Lumpen und stinkigen Rubel nicht, und hört mit der Musik auf, oder ich mache euch mit dem Schrei des ehrlichsten der Gestorbenen wahnsinnig. Hört meinen Befehl, mein Schreien: bringt mir Pusteblumen und bringt mir meine Kleidung! Und zum Teufel mit eurer rotzigen Trauermusik, tretet den versoffenen Musikern in den Hintern und vertreibt sie. Ihr stinkenden Dreckskerle, Friedhofswürmer! Stopft den Liebhabern der Seelenmessen das Maul, weg von meinem Körper, oder ich werde auferstehen und euch alle selbst mit dem verdammten Zeigestock verjagen, ich, Pawel Petrowitsch, der Geographielehrer, der größte Dreher der Pappkugel, ich gehe fort, um zu kommen, laßt mich!

So sprach der Lehrer Pawel und stand am Ufer der Lethe. Von seinen gewaschenen Ohren tropfte das Flußwasser, der Fluß selbst aber strömte langsam an ihm vorbei und an uns vorbei zusammen mit all seinen Fischen, kiellosen Booten, alten Segelschiffen, mit seinen Wolkenspiegelungen, unsichtbaren und künftigen Ertrunkenen, Froschlaich, Entengrütze, mit den unermüdlichen Wasserläufern, den abgerissenen Netzstücken, mit den von irgendjemand verlorenen Sandkörnchen und goldenen Armbändern, den leeren Konservenbüchsen und schweren Monomach-Kronen, Erdölflecken, mit den kaum zu unterscheidenden Gesichtern der Flößer, mit Zankäpfeln und Kummerbirnen, mit kleinen Ventilgummis, ohne die man nicht Radfahren kann, denn man kann den Schlauch nicht aufpumpen, wenn man nicht so ein Gummiröhrchen auf den Ventilstift steckt, dann ist alles umsonst, denn wenn du das Fahrrad nicht benutzen kannst, dann hat man praktisch gar keins, es ist fast weg, ohne Fahrrad aber kann man auf der Datscha nichts machen: man kann kein Petroleum holen, man kann nicht zum Teich und zurück fahren, man kann am Bahnhof nicht Doktor Sause abholen, der mit dem Siebenuhrzug kommt: er steht auf dem Bahnsteig, blickt sich um, schaut in alle Richtungen, du aber bist nicht da, obwohl ihr verabredet habt, daß du ihn bestimmt abholst, und da steht er nun, wartet, und du kommst nicht, denn du kannst kein vernünftiges Ventilgummi finden, Doktor Sause aber weiß das nicht, übrigens hat er schon eine nebelhafte Ahnung: sicher, nimmt er an, ist bei dem Patienten soundso etwas mit der Fahrmaschine nicht in Ordnung, am ehesten mit dem Ventil, die übliche Geschichte, mit diesen Schläuchen ist das eine reine Strafe, schade, daß ich nicht daran gedacht habe, in der Stadt zwei drei Meter zu kaufen, dann hätte er für den ganzen Sommer genug, so denkt der Doktor. Entschuldige bitte, aber was hat uns Pawel Petrowitsch gesagt, als er uns das Buch gab, das Vater nicht gefallen hat? Nichts, der Lehrer hat nichts gesagt. Meiner Ansicht nach aber hat er gesagt: ein Buch. Sogar so: hier ist ein Buch. Und sogar noch mehr: hier ist ein Buch für euch, hat der Lehrer gesagt. Und was hat Vater zu dem Buch gesagt, als wir ihm unser Gespräch mit Pawel mitgeteilt haben? Vater hat kein Wort geglaubt. Warum, haben wir denn die Unwahrheit gesagt? Nein, die Wahrheit, aber du kennst ja unseren Vater, er glaubt niemandem, und als ich einmal eine Bemerkung darüber zu ihm gemacht habe, da antwortete er, daß die ganze Welt aus Lumpen bestehe, nur aus Lumpen, und wenn er den Menschen glauben würde, dann wäre er nie der leitende Staatsanwalt der Stadt geworden, sondern würde im besten Falle als Hausverwalter wie Sorokin arbeiten oder als Glaser in der Datschensiedlung. Und damals habe ich Vater nach den Zeitungen gefragt. Was meinst du mit den Zeitungen? hatte der Vater zurückgefragt. Und ich hatte gesagt: du liest immerzu Zeitungen. Ja, ich lese, hatte er geantwortet, lese Zeitungen, was ist daran Besonderes. Steht denn dort nichts drin? hatte ich gefragt. Warum denn, hatte der Vater gesagt, da steht alles drin; was nötig ist, das steht auch drin. Wenn aber, hatte ich gefragt, dort etwas drin steht, weshalb soll man es denn lesen: das schreiben doch Lumpen. Und da hatte der Vater gesagt, wer sind Lumpen? Ich hatte geantwortet: die, die schreiben. Da hatte der Vater gefragt, was schreiben? Und ich hatte geantwortet: die Zeitungen. Der Vater schwieg und blickte mich an, und ich blickte ihn an, und es tat mir etwas leid um ihn, denn ich sah, wie er unsicher wurde, wie über sein großes weißes Gesicht wie zwei schwarze Tränen zwei große Fliegen krabbelten und er sie nicht einmal wegscheuchen konnte, denn er war sehr unsicher geworden. Dann hatte er leise zu mir gesagt: scher dich fort, ich will dich nicht sehen, du Hundesohn, mach dich aus dem Staube. Die Sache ist auf der Datscha passiert. Ich holte mein Fahrrad aus dem Schuppen, band ein Schmetterlingsnetz an den Rahmen und fuhr den Weg unseres Gartens entlang. Im

Garten wurden schon die ersten Äpfel reif, und ich hatte den Eindruck, in jedem von ihnen Würmer zu sehen, die ohne Unterlaß unsere, das heißt Vaters Früchte fressen. Und ich dachte, wenn der Herbst kommt, gibt es nichts mehr zu ernten, da bleibt nur faules Zeug. Ich fuhr weiter, und der Garten hörte gar nicht auf, denn er hatte kein Ende. Als aber das Ende kam, da sah ich vor mir einen Zaun und das Gartentor, und am Gartentor stand Mama. Guten Tag, Mama, rief ich, du kommst ja heute so früh von der Arbeit! Gott bewahre, von was für einer Arbeit, entgegnete sie, seitdem du die Schule besuchst, gehe ich doch nicht mehr arbeiten, das sind bald vierzehn Jahre. Ach so, sagte ich, ich habe das also einfach vergessen, ich bin zu lange im Garten herumgerast, sicher, all diese Jahre, und da ist viel aus dem Kopf geflogen. Weißt du, in den Kipfeln, ach nein, in den Äpfeln unseres Würzgartens sitzen Würmer, wir müssen uns etwas einfallen lassen, irgendein Mittel, sonst bleibt nur faules Zeug übrig, und wir haben nichts zu essen, du kannst nicht einmal Marmelade kochen. Mutter warf einen Blick auf mein Schmetterlingsnetz und fragte, was ist das, hast du dich wieder mit dem Vater gezankt? Ich wollte sie nicht traurig machen und antwortete so: ein bißchen, Mama, haben wir uns über Fjodor Ioann, den ersten russischen Buchdrucker unterhalten, ich habe die Überzeugung geäußert, er sei Alpha, Beta, Cherubim, Dornen, Engel, Friedefürst, Gnade, Hilfe, Isaak usw., aber Vater glaubte mir nicht und riet mir, Schmetterlinge zu fangen, nun, so bin ich unterwegs. Auf Wiedersehen, Mama, rief ich, ich bin unterwegs, fahre Heufalter fangen, es lebe der Sommer, der Frühling und die Blumen, die Größe der Gedanken, die Macht der Leidenschaft und der Liebe, der Güte, der Schönheit! Ding-dong, bimbom, tick-tack, tuck-tuck, schrumm-schrumm. Ich habe diese Laute nicht umsonst aufgezählt, das sind meine liebsten Laute, die Laute des über einen Datschenpfad fliegenden fröhlichen Fahrrads, und die ganze Siedlung hat sich schon im Spinnennetz der kleinen Spinnen verworren, mag es noch so lang bis zum nächsten Herbst sein. Aber den Spinnen ist das ganz gleich, auf Wiedersehen, Mama, sei nicht traurig, wir sehen uns noch wieder. Sie rief: komm zurück! Und ich blickte mich um: Mutter stand aufgeregt an der Gartentür, und ich dachte: wenn ich zurückkehre, kann das nichts Gutes geben: Mutter fängt sicher an zu weinen, läßt mich aus dem Sattel des Fahrrades steigen, nimmt mich an die Hand, und wir gehen durch den Garten zurück in die Datscha, dann fängt Mutter an, mich mit Vater zu versöhnen, was noch einige Jahre dauert, und mein Leben, das in unserer Siedlung und den umliegenden üblicherweise mit den Maßstäben der sogenannten *Zeit* gemessen wird, mit den Tagen des Sommers und den Jahren des Winters, mein Leben wird stillstehen und wird stehenbleiben wie ein zerbrochenes Fahrrad im Schuppen, wo es viele alte vergilbte Zeitungen und Holzklötzchen gibt, und wo eine rostige Flachzange liegt. Ja, du wolltest dich mit unserem Vater nicht versöhnen. Aus diesem Grunde bist du auch, als Mutter dir nachrief, *komm zurück!* nicht zurückgekehrt, obwohl es dir ein bißchen um sie leidtat, um unsere geduldige Mutter. Du hast dich umgedreht und ihre großen Augen in der Farbe verdorrten Grases gesehen, langsam drangen aus ihnen Tränen hervor, und darin spiegelten sich hohe Bäume mit einer wundersamen weißen Rinde, der Pfad, auf dem du fuhrst, und du selbst mit deinen langen dünnen Armen und dem hageren Hals, und du – in deiner unaufhaltsamen Bewegung *von . . . weg*. Einem unbeteiligten Menschen, der sich ganz im quälenden Bann der Chimären des berühmten Mathematikers N. Rybkin befindet, des Verfassers vieler Lehrbücher und Sammlungen von Aufgaben und Übungen, einem Menschen ohne Vorstellungskraft und ohne Phantasie, wärest du in jenen Minuten wie der langweilige Radfahrer XY vorgekommen, der seinen Weg vom Punkt A zum Punkt B ausführt, um eine vorgegebene Menge Kilometer zu überwinden, danach aber für immer in der Wolke des heißen Straßenstaubs zu verschwinden. Doch ich, der ich in deine hohen Gedanken und Bestrebungen eingeweiht bin, weiß, daß du an dem genannten Tage, den ein ungewöhnlich sonniges Wetter auszeichnete, ein anderer Typ Radfahrer warst, der außerhalb von Raum und Zeit steht. Die Unversöhnlichkeit mit der dich umgebenden Wirklichkeit, die Standfestigkeit im Kampf mit Falsch und Schmeichelei, der unerschütterliche Wille, die Beharrlichkeit im Erreichen eines gestellten Zieles, die außerordentliche Konsequenz und Ehrlichkeit in den Beziehungen zu den Kameraden – diese und viele andere bemerkenswerte Eigenschaften stellten dich außerhalb der gewöhnlichen Radfahrer. Du warst nicht allein und nicht rein Radfahrer, nein, ein Fahrradmensch, ein Fahrmaschinenbürger. Laß, mir ist das irgendwie peinlich, daß du mich so lobst. Ich bin überzeugt, daß ich dieser schönen Worte nicht wert bin. Mir kommt es sogar so vor, daß ich an dem erwähnten Tage nicht richtig gehandelt habe. Ich hätte sicher auf den Ruf der Mutter zurückkehren und sie beruhigen müssen. Aber ich bin immer weiter mit meinem Schmetterlingsnetz gefahren, und es war mir ganz gleich, wie und wohin ich fuhr, es machte mir einfach Spaß zu fahren, und wie es mit mir so ist, wenn mich keiner in meinen Gedanken stört, ich dachte einfach an alles, was ich sah.

Ich erinnere mich, mir fiel irgendeine Datscha auf, und ich dachte: da ist eine Datscha, sie hat zwei Geschosse, hier lebt jemand, irgendeine Familie. Ein Teil der Familie lebt die ganze Woche dort, ein Teil nur am Wochenende. Dann sah ich einen kleinen zweirädrigen Wagen, er stand am Rande des Wäldchens, neben einem Heuschober, und ich sagte mir: da ist ein Wagen, damit kann man verschiedene Sachen befördern, wie: Erde, Schotter, Koffer, Bleistifte der Firma Sacco und Vanzetti, Wabenhonig, Früchte der Mangobäume, Alpenstöcke, Artikel aus Elfenbein, Dachlatten, gesammelte Werke, Ställe mit Kaninchen, Wahlzettel- und Müllbehälter, Daunendecken und – umgekehrt – Kugeln, gestohlene Waschbecken, Ranglisten und Textilerzeugnisse aus der Periode der Pariser Kommune. Gleich aber wird jemand zurückkehren und mit dem Wagen Heu fahren, der Wagen ist dafür sehr geeignet. Ich sah ein kleines Mädchen, sie führte einen Hund an der Leine, einen gewöhnlichen, einfachen Hund, sie gingen in Richtung Bahnhof. Ich wußte, gleich kommt das Mädchen an den See, sie wird baden und ihren einfachen Hund baden lassen, dann werden ein paar Jahre vergehen, das Mädchen wird erwachsen und wird ein Erwachsenenleben führen: wird heiraten, wird ernste Bücher lesen, wird zur Arbeit eilen und zu spät kommen, Möbel kaufen, stundenlang telefonieren, Strümpfe waschen, sich und anderen das Essen kochen, zu Besuch gehen und zu viel Wein trinken, Nachbarn und Vögel beneiden, auf den Wetterbericht achten, Staub wischen, Kopeken zählen, ein Kind erwarten, zum Zahnarzt gehen, Schuhe beim Schuhmacher abgeben, Männern gefallen, aus dem Fenster auf vorbeifahrende Autos schauen, Konzerte und Museen besuchen, lachen, wenn es nichts zu lachen gibt, erröten, wenn man sich schämen muß, weinen, wenn es zum Weinen ist, vor Schmerz schreien, unter den Berührungen des Geliebten stöhnen, allmählich grau werden, Augenbrauen und Haare färben, die Hände vor dem Essen waschen, die Füße aber vor dem Schlafengehen, Strafen zahlen, Überweisungen quittieren, Zeitschriften durchblättern, alte Bekannte auf der Straße treffen, bei Versammlungen sprechen, Verwandte beerdigen, mit dem Geschirr in der Küche klappern, zu rauchen versuchen, Inhalte von Filmen erzählen, die Vorgesetzten reizen, klagen, daß sie wieder Migräne hat, ins Grüne fahren und Pilze sammeln, den Mann betrügen, Geschäfte abklappern, Salutschüsse beobachten, Chopin lieben,

Unsinn quasseln, Angst haben, dick zu werden, von einer Reise ins Ausland träumen, an Selbstmord denken, über kaputte Lifte fluchen, für den Notfall sparen, Romanzen singen, ein Kind erwarten, alte Fotographien aufheben, befördert werden, vor Schreck kreischen, mißbilligend den Kopf wiegen, über endlosen Regen meckern, einen Verlust bedauern, die letzten Nachrichten im Radio hören, ein Taxi erwischen, in den Süden fahren, Kinder erziehen, stundenlang Schlange stehen, unwiederbringlich altern, sich nach der Mode kleiden, auf die Regierung schimpfen, immer im alten Trott weiterleben, Korodin einnehmen, den Mann verfluchen, Diät essen müssen, weggehen und wiederkommen, die Lippen anmalen, keine Wünsche mehr haben, die Eltern besuchen, annehmen, daß alles vorbei ist und auch, daß Velvet (Trevidralnylseidwollacot) sehr praktisch ist, krankgeschrieben sein, Freundinnen und Verwandte belügen, alles auf der Welt vergessen, Geld borgen, leben, wie alle leben, und sich an die Datscha, den See und den einfachen Hund erinnern. Ich sah eine Kiefer, vom Blitz angesengt: die Nadeln waren gelb. Ich stellte mir ein nächtliches Juligewitter vor. Erst war es in der Datschensiedlung still und schwül, und alle schliefen bei offenen Fenstern. Dann zog unbemerkt eine Wolke auf, sie verdeckte die Sterne und brachte den Wind mit sich. Der Wind blies – in der ganzen Siedlung klapperten die Fenster und Türen, klirrten zersprungene Scheiben. Dann prasselte in völliger Finsternis der Regen los: er machte die Dächer naß, die Gärten, die in den Gärten gelassenen Klappbetten, Matratzen, Hängematten, Laken, Kinderspielzeug, Lesebücher und alles übrige. Man wachte in den Datschen auf. Licht ging an und gleich wieder aus, man ging durch die Zimmer, schaute aus dem Fenster und sagte zueinander: wie das gewittert, wie das schüttet. Blitze zuckten, Äpfel reiften und fielen ins Gras. Ein Blitz schlug ganz in der Nähe ein, niemand wußte genau wo, aber man war sich einig, daß es irgendwo direkt in der

Siedlung gewesen sei, und die, die auf dem Dach keinen Blitzableiter hatten, schworen sich, morgen einen anzubringen. Der Blitz aber war in die Kiefer gefahren, die am Rande des Waldes lebte, hatte sie aber nicht verbrannt, sondern nur angesengt und hierbei den ganzen Wald, die Siedlung, den Bahnhof und einen Teil des Eisenbahnzweiges beleuchtet. Der Blitz hatte die fahrenden Züge geblendet, die Schienen silbrig schimmern und die Bahnschwellen weiß aufleuchten lassen. Und dann – oh, ich weiß es – dann hast du das Haus gesehen, in dem *jene* Frau lebte, und das Fahrrad ließest du am Zaun und klopftest an das Tor: klopf, klopf, meine Liebe, klopf, klopf, schau, ich bin da, dein Schüchterner, dein Zärtlicher, mach auf und laß mich ein, mach auf und laß mich ein, ich brauche nichts von dir, ich will dich nur anschauen und wegfahren, jag mich nicht fort, jag mich nur nicht fort, meine Liebe, ich denke an dich, ich weine und ich bete für dich.

Nein, nein, ich sage dir nichts, du hast nicht das Recht, mich nach meinen persönlichen Angelegenheiten zu fragen, dich sollte diese Frau überhaupt nichts angehen, laß mich in Ruhe, du bist töricht, du bist ein kranker Mensch, ich will von dir nichts wissen, ich rufe Doktor Sause an, soll der dich wieder *dorthin* bringen, denn du bist mir über, bist mir zuwider, wer bist du eigentlich, warum gibst du keine Ruhe mit deiner Fragerei, hör auf, hör besser auf, oder ich mach etwas mit dir, irgendetwas Ungutes. Tu nicht so, als ob du nicht weißt, wer ich bin; wenn du mich einen Geisteskranken nennst, bist du selbst genauso ein Geisteskranker, denn ich – das bist du selbst, aber du willst das bis jetzt nicht begreifen, und wenn du Doktor Sause anrufst, dann wird man dich *dorthin* zusammen mit mir schicken, und du kannst diese Frau zwei oder drei Monate lang nicht sehen, und wenn wir entlassen werden, dann gehe ich zu dieser Frau und sage ihr die ganze Wahrheit über dich, ich sage ihr, daß du überhaupt nicht so viele Jahre alt bist, wie du behauptest, sondern nur soundsoviele, und daß du in die Schule der Dummen nicht aus eigenem Antrieb gehst, sondern weil man dich in eine normale Schule nicht aufgenommen hat, du bist krank, genau wie ich, schrecklich krank, du bist fast ein Idiot, du kannst kein einziges Gedicht auswendig lernen, und soll dich doch die Frau plötzlich fallenlassen, für immer allein auf dem dunklen Vorortbahnhof stehenlassen, ja in einer Schneenacht, wenn alle Lampen zerschlagen und alle elektrischen Vorortzüge abgefahren sind, und ich werde ihr sagen: jener Mensch, der Ihnen gefallen will, ist Ihrer nicht würdig, Sie können mit ihm nicht zusammensein, denn er wird niemals mit Ihnen so sein können, wie mit einer Frau, er betrügt Sie, er ist ein verrückter Rotzbengel, ein schlechter Schüler der Sonderschule, und er ist nicht in der Lage, irgendetwas auswendig zu lernen, und Sie, eine ernsthafte dreißigjährige Frau, Sie müssen ihn vergessen, auf dem verschneiten Bahnsteig nachts stehenlassen und mich vorziehen, einen wahren Menschen, einen erwachsenen Mann, einen ehrlichen und gesunden, denn ich möchte das sehr gern und kann mühelos ein beliebiges Gedicht auswendig lernen und eine beliebige Aufgabe des Lebens lösen. Du lügst, das ist gemein, du sagst ihr das nicht, denn du unterscheidest dich in nichts von mir, du bist genauso wie ich, genauso dumm und unfähig und gehst zusammen mit mir in eine Klasse, du hast einfach beschlossen, mich loszuwerden, du liebst diese Frau, und ich störe dich, aber das führt zu nichts, ich selbst werde zu ihr gehen und ihr die ganze Wahrheit sagen – über mich und über dich, ich werde gestehen, daß ich sie liebe und daß ich immer, das ganze Leben mit ihr sein möchte, obwohl ich keinmal, noch niemals versucht habe, mit einer Frau zusammenzusein, aber sicher, ja, natürlich, für sie, für diese Frau hat das keine Bedeutung, denn sie ist so schön, so klug – nein, das hat keine Bedeutung! und wenn ich mit ihr auch nicht so zusammensein kann wie mit einer Frau, sie wird es mir verzeihen, denn das muß nicht sein, das ist nicht unbedingt nötig, von dir aber werde ich ihr sagen: bald wird ein Mensch zu Ihnen kommen, der mir irgendwie ähnlich ist, er wird an die Tür klopfen: klopf-klopf, er wird Sie bitten, daß Sie mich auf dem verschneiten Bahnhof allein lassen, weil ich krank bin, aber bitte, bitte werde ich sagen, glauben Sie ihm nicht, glauben Sie nichts, er möchte selbst mit Ihnen zusammen sein, aber er hat darauf keinerlei Recht, denn er ist erheblich schlechter als ich, Sie werden das gleich begreifen, sobald er auftaucht und anfängt zu sprechen, also glauben Sie ihm nicht, glauben Sie nicht, denn es gibt ihn nicht, er ist nicht auf der Welt, er hat keinen Platz, er ist nicht, ist inexistent, nicht da, meine Liebe, nur ich, ich allein bin zu dir gekommen, still und licht, gut und rein, so werde ich es ihr sagen, du aber, du, den es nicht gibt, vergiß nicht: das klappt bei dir nicht: du liebst diese Frau, aber du kennst sie nicht, weißt nicht, wo sie wohnt, kennst ihren Namen nicht, wie willst du denn zu ihr kommen, du hirnloser Tölpel, du Nichts, du unglücklicher Schüler einer Sonderschule! Ja, ich liebe, ich liebe mit Sicherheit diese Frau, du aber bist auf dem Irrweg, du bist überzeugt, daß ich sie nicht kenne und nicht weiß, wo sie wohnt, ich weiß es aber! Hast du mich verstanden? ich weiß alles von ihr, sogar ihren Namen. Du kannst nicht, du sollst diesen Namen nicht wissen, ihren Namen weiß nur ich, ich allein auf der ganzen Welt. Du irrst: Weta, sie heißt Weta, ich liebe eine Frau mit dem Namen Weta Akatowa.

Wenn die Dämmerung unsere Datschen einhüllt und der Große Wagen, über die Erde geneigt, seinen Tau auf die Ufer der bezaubernden Lethe gießt, dann trete ich aus dem Haus meines Vaters und gehe leise durch den Garten, leise, um dich nicht zu wecken, du seltsamer Mensch, der neben mir lebt. Ich schleiche meine alte Spur entlang, über Gras und Sand, und bemühe mich, nicht auf die leuchtenden Glühwürmchen und die schlafenden Heidelibellen zu treten. Ich gehe hinab zum Fluß, und mein Spiegelbild lächelt mir entgegen, als ich von einer knorrigen Weide Vaters Boot losbinde. Ich schmiere die Dollen mit dem dicken und dunklen Wasser, das ich aus dem Fluß schöpfe, mein Weg führt hinter die zweite Flußbiegung in den Bereich des Einsamen Ziegenmelkers, der Vogel eines guten Sommers. Mein Weg ist nicht kurz, nicht lang, ich vergleiche ihn mit dem Lauf einer trüben Nähnadel, die eine Wolke zusammennäht, die vom Wind in Stücke gerissen wurde. So ziehe ich durch das Wasser, schaukle auf den Wellen von Gespensterschiffen, komme an der ersten Flußbiegung vorüber, auch an der zweiten, lasse die Ruder los und blicke aufs Ufer: es schwimmt mir entgegen, raschelt mit dem Schilf und schnattert mit der guten Stimme der Enten. Gute Nacht, du Ufer des Einsamen Ziegenmelkers, das bin ich, der Schüler soundso, in Ferien, von einer Sonderschule, erlaube mir, erlaube mir, das Boot meines Vaters an deinem großartigen Schilfstrand zu lassen, laß mich auf deinen kleinen Wegen gehen, ich möchte eine Frau besuchen, sie heißt Weta. Ich steige das hohe hügelige Ufer hinauf und begebe mich in Richtung eines hohen dichten Zaunes, hinter dem sich ein Haus mit fröhlichen Holztürmchen an den Ecken erahnen läßt, doch nur erahnen läßt, denn in der Tat kann man in einer so dunklen Nacht zwischen den dicht verwachsenen Akazien und anderen hohen Büschen und Bäumen weder das Haus noch die Türmchen erkennen. Nur im ersten Stockwerk, in der Mansarde, brennt hell und grün die Lampe von Weta Arkadjewna, meiner rätselhaften Frau Weta, und sie leuchtet mir, der ich da gehe. Ich kenne einen Platz, wo man leicht über den Zaun klettern kann, ich klettere darüber und höre, wie mir über die hohen Grasflächen des Parks ihr einfacher Hund entgegenläuft. Ich hole aus der Tasche ein Stück Würfelzucker und gebe es dem Hund, dem zottigen gelblichen, er wedelt mit dem Schwanz und lacht, er weiß, wie ich meine Weta liebe, und er beißt mich nie. Und dann gehe ich auf das Haus selbst zu. Das ist eine sehr große Datscha, sie hat viele Zimmer, Wetas Vater hat sie gebaut, ein naturverbundener Mann, ein alter Gelehrter mit einem weltbekannten Namen, der in seiner Jugend versucht hatte zu beweisen, daß die sogenannten *Galläpfel,* die Wucherungen auf verschiedenen Teilen der Pflanzen, nichts anderes sind als Behausungen von Insektenlarven und daß sie, die Galläpfel, vor allem durch die Stiche verschiedener Wespen, Mücken und Rüsselkäfer entstehen, die in diese Pflanzen ihre Eier ablegen. Ihm aber, dem Akademiemitglied Akatow, glaubte kaum jemand, und eines Tages kamen zu ihm irgendwelche Leute in verschneiten Mänteln ins Haus und brachten ihn irgendwohin auf lange Zeit fort, und irgendwo dort, man weiß nicht wo, schlugen sie ihn ins Gesicht und traten ihn in den Magen, damit Akatow nicht wage, all diesen Unfug irgendwann noch einmal zu behaupten. Und als man ihn wieder freiließ, da stellte sich heraus, daß schon viele Jahre vergangen waren, und daß er alt geworden war und nun schlecht sah und schlecht hörte, aber die Wucherungen auf den verschiedenen Teilen der Pflanzen waren geblieben, und in all diesen Jahren, wie sich die Menschen in den verschneiten Mänteln überzeugt hatten, hatten in diesen Wucherungen tatsächlich schädliche Larven gelebt, und das war auch der Grund, warum sie, diese Larven, das heißt nein, diese Menschen, vielleicht aber auch diese und die anderen zusammen, beschlossen hatten, das Akademiemitglied freizulassen und ihm sogar einen Anerkennungspreis zu geben, damit er sich eine Datscha baue und in Ruhe ohne Störungen die Galläpfel erforsche. Akatow hat auch so gehandelt: er baute sich eine Datscha, pflanzte auf das Grundstück Blumen, legte sich einen Hund zu, züchtete Bienen und erforscht die Galläpfel. Jetzt aber, in der Nacht meines Besuchs im Bereich des Einsamen Ziegenmelkers, schläft er verloren in einem der Schlafzimmer des Gebäudes und weiß nicht, daß ich gekommen bin und am Fenster seiner Tochter Weta stehe und ihr zuflüstere: Weta Weta Weta da bin ich der Schüler soundso aus der Sonderschule antworte bitte ich liebe dich.

Zweites Kapitel
Jetzt

Auf der Veranda geschriebene Erzählungen

Der letzte Tag. Er brach zum Wehrdienst auf. Er wußte, daß die drei Jahre nicht schnell für ihn vergehen würden: sie werden drei Wintern im hohen Norden gleichen. Unwichtig dabei, wohin man ihn dienen schickt, mag es sogar in den Süden sein, dennoch wird jedes beliebige Jahr von den dreien ein unvorstellbar langer Schneewinter sein. So dachte er jetzt, als er zu ihr ging. Sie liebte ihn nicht, sie war zu schön, um ihn zu lieben. Er wußte das, aber er war gerade achtzehn geworden, und er konnte nicht anders, als jede Minute an sie denken. Er merkte, daß er ständig an sie dachte, und er freute sich, daß er von ihr nichts wollte und daß er sie also tatsächlich liebte. Diese Geschichte hatte zwei Jahre gedauert; er wunderte sich, daß er sonst an nichts denken mochte und daß ihm das nicht über war. Aber an sich, überlegte er, müßte man damit Schluß machen. Heute ist der Abschied zum Wehrdienst, morgen aber fährt er irgendwohin weit fort, auf drei Winter, und dort wird er alles vergessen. Er wird ihr nicht einen einzigen Brief schreiben: sie würde ja doch nicht antworten. Er wird also zu ihr gehen und alles erzählen. Er hat sich schrecklich dumm benommen. Abende lang ging er unter ihren Fenstern bis ganz spät auf und ab, als aber die Fenster dunkel wurden, blieb er aus irgendeinem Grund noch weiter stehen, stand da und blickte auf die schwarzen Fenster. Dann zog er nach Hause, rauchte dort in der Küche bis zur Morgendämmerung, wobei er die Asche auf den abgetretenen Boden fallen ließ. Aus dem Fenster sah man den nächtlichen kleinen Hof mit einer Laube. An der Laube brannte immer eine Lampe, unter die man ein Brett mit der Aufschrift genagelt hatte:

»Sommer-Leseraum«. Beim ersten Licht flogen die Tauben auf. Immer wenn er an einem kühlen Morgen des Einberufungsherbstes draußen ein paar Schritte machte, empfand er eine seltsame Schwerelosigkeit des Körpers, die sich in seinem Bewußtsein mit einer Unerklärlichkeit all dessen verband, was er wußte und fühlte. Zu solcher Zeit stellte er sich viele verschiedene Fragen, doch im allgemeinen fand er auf keine eine Antwort – er ging zu dem Haus, wo sie wohnte. Sie schritt durch die Haustür um halb acht und ging immer in Eile über den Hof, er aber beobachtete sie aus einer Holzlaube, an der auch eine Lampe hing und auch ein solches Brett – »Sommer-Leseraum«. Ein törichtes Schild, dachte er, töricht, niemand liest im Sommer in der Laube. Mit diesem Gedanken folgte er dem Mädchen in solchem Abstand, daß sie ihn hinter sich nicht hören und nicht spüren konnte. Jetzt erinnerte er sich an das alles und begriff, daß heute der letzte Tag war, an dem er sie sehen konnte: das Mädchen, den Hof, wo sie wohnt, und den »Sommer-Leseraum« auf ihrem Hof. Er steigt zum ersten Stockwerk hinauf und klopft an ihre Tür.

DREI JAHRE NACHEINANDER. Ihr Vater und ich – wir haben in demselben Theater gearbeitet. Ihr Vater war Schauspieler, und ich war als Bühnenarbeiter tätig. Einmal nach der Aufführung hatte er mich mit zu sich nach Hause genommen, mit ausländischem Wein bewirtet und mit ihr bekannt gemacht. Sie lebten zu zweit im oberen Stockwerk einer gelben zweistöckigen Baracke. Aus dem Fenster ihres Zimmers konnte man eine andere solche Baracke und einen kleinen Friedhof mit einer Kirche in der Mitte sehen. Ich habe vergessen, wie die Tochter des Schauspielers hieß. Doch selbst wenn ich mich jetzt an ihren Namen erinnert hätte, so würde ich ihn nicht nennen; was geht es Sie an. Also, sie lebte in einer gelben Baracke am Rande der Stadt und war die Tochter eines Schauspielers. Sehr wahrscheinlich geht auch das Sie nichts an. Doch dann brauchen Sie ja nicht mehr zuzuhören. Niemand wird dazu gezwungen. Aber ernst gesagt, Sie brauchen überhaupt nichts zu tun – und ich werde Ihnen kein Wort sagen. Nur versuchen Sie nicht, ihren Namen zu erfahren, sonst werde ich überhaupt nichts erzählen. Drei Jahre lang trafen wir uns: drei Winter und drei Sommer nacheinander. Sie kam oft ins Theater und saß ganze Vorstellungen lang im halbleeren Saal. Ich stand hinter der löchrigen Kulisse und schaute sie an – mein Mädchen saß immer in der dritten Reihe. Ihr Vater spielte kleine Nebenrollen und hatte nicht mehr als drei Auftritte in einer Vorstellung. Ich wußte, sie träumte davon, ihr Vater sollte wenigstens einmal eine große Rolle bekommen. Doch ich ahnte, daß er keine gute Rolle bekommen würde. Denn wenn ein Schauspieler in zwanzig Jahren keine lohnende Rolle bekommen hat, dann erhält er sie nie. Aber ich sagte ihr das nicht. Ich sagte ihr das weder damals, als wir nach den Vorstellungen die sehr abendlichen und sehr winterlichen Straßen der Stadt entlang gingen und hinter den in den Kurven kreischenden Straßenbahnen herliefen, um uns aufzuwärmen; noch damals, als wir an regnerischen Tagen ins Planetarium gegangen waren und uns in dem leeren dunklen Saal unter dem künstlichen Sternenhimmel küßten. Ich sagte es ihr nicht im ersten Sommer, nicht im zweiten, nicht im dritten, als ihr Vater zu einem Gastspiel verreist war und wir in den eiligen Nächten auf dem kleinen Friedhof um die Kirche schlenderten, wo Flieder, Holunder und Weiden wuchsen. Ich sagte es ihr nicht. Ich sagte ihr auch nicht, daß sie nicht hübsch sei und daß ich sicher irgendwann einmal nicht mit ihr spazierengehen würde. Ich sprach zu ihr auch nicht von anderen Mädchen, mit denen ich mich früher getroffen hatte oder an anderen Tagen derselben Zeit. Ich sagte ihr nur, daß ich sie liebe – und liebte. Aber vielleicht glauben Sie, daß man nur schöne Mädchen lieben kann, oder glauben Sie, wenn man eine liebt, dann kann man nicht mit anderen spazierengehen? Ich habe Ihnen doch schon gesagt – Sie brauchen überhaupt nichts in Ihrem Leben zu tun, auch nicht mit einem einzigen Mädchen auf der Welt spazierenzugehen – und ich werde Ihnen kein Wort sagen. Aber darum geht es nicht. Es geht nicht um Sie, sondern um sie. Sie war es, der ich sagte, daß ich sie liebe. Und jetzt, wenn ich sie einmal wiedersehe, werden wir zusammen ins Planetarium gehen oder auf den mit Holunder überwucherten Friedhof, und dort wie vor vielen Jahren werde ich es ihr wieder sagen. Sie glauben das nicht?

WIE IMMER AM SONNTAG. Der Staatsanwalt konnte die Verwandten nicht ausstehen. Ich war dabei, bei ihm Glas einzusetzen, da kam die Verwandtschaft auf die Datscha, und er ging ganz weiß mit einer Zeitung unter dem Arm über sein Grundstück. Er war so weiß wie die Stellen in der Zeitung, wo nichts steht. Alle in der Datschen-Siedlung und im Dorf hinter der Wiese wußten, daß er Verwandte und Unordnung nicht ausstehen kann, weil dort, wo Verwandte sind, auch Unordnung ist, und wo Unordnung ist, auch Sauferei. Das sind seine Worte. Ich habe es selbst gehört. Ich war dabei, dort Glas einzusetzen, da redete er so zu seiner Frau. Und seine Frau ist auch interessant. Auch bei ihr habe ich oft Glas eingesetzt und einen Ofen repariert und einen Schuppen gezimmert, aber sie hat mir nie einen Wodka angeboten. Geld gibt sie einem, aber nie etwas gegen den Durst – immer gleich Null. Ich übernehme jede beliebige Arbeit. Ich räume den Menschen die Plumpsklos aus, beim Staatsanwalt aber ist es nicht dazu gekommen. Seine Frau erlaubt es mir nicht. Sie brauchen sich da nicht schmutzig zu machen, sagt sie, ich mache es selbst. Und wirklich. Einmal war ich im Frühjahr dabei, ihnen Scheiben einzusetzen, da holt sie sich aus dem Schuppen eine besondere Schaufel, und auf, die Scheiße unter die Bäume gepackt. Dann war sie mit der Sache fertig und bat mich, ich möchte ein Schloß an das Klo montieren, damit man es im Winter verschließen kann und die Nachbarn sich nichts umsonst herausholten. Sonst holen sie das heraus, sagt sie, was das Zeug hält: mit dem Dünger ist es jetzt nämlich schwierig. Ein Schloß habe ich natürlich montiert, aber dann hat mich denen ihr Nachbar, der Zweite Staatsanwalt, gebeten, ihm einen Schlüssel zum Staatsanwaltsschloß zu besorgen. Nun, er hat mir etwas angeboten, alles war, wie es sich gehört. Na, da habe ich ihm natürlich den Schlüssel besorgt. Nur später hörte ich in der Kommandantur so ein Gespräch, daß man da beim Staatsanwalt das Plumpsklo ausgeräumt hätte, als der Staatsanwalt in der Stadt war. Was geht's mich an – ich setze in der Kommandantur Scheiben ein, damit hat sich's. In dieser Siedlung habe ich Arbeit für ein ganzes Leben. Im Winter lebt ein solches Pack in den Datschen – die schlagen Scheiben ein, machen Öfen kaputt, mir soll das recht sein. Sobald es anfing zu tauen, ging es bei mir auch mit der Arbeit los. Da hat mich auch der Staatsanwalt gerufen, Fenster zu reparieren. Leute aus unserem Dorf hatten ihm im Winter alle Scheiben eingeworfen. Sogar auf dem Boden. Und das Dach auf der Veranda haben sie auch kaputtgemacht. Das gibt auch etwas für mich. Wenn es an der Zeit ist, werde ich das Dach reparieren. An dem Tag da aber war ich von morgens an dabei, Scheiben einzusetzen. Der Staatsanwalt liest in der Hängematte Zeitung – mal schläft er ein, mal wacht er auf. Seine Frau gräbt inzwischen eine riesige Grube mitten im Grundstück. Weshalb, frage ich. Ich, antwortet sie, werde zu der Grube über das ganze Grundstück kleine Kanäle leiten, damit alles Regenwasser mir gehört. Meinetwegen, denke ich, grab du nur, ich werde Scheiben einsetzen. Der Staatsanwalt aber, sage ich, mal schläft er ein, mal wacht er auf, und mal wird er aus der Hängematte steigen, an den Zaun treten und sich mit dem Nachbarn unterhalten, mit dem Zweiten Staatsanwalt. Was ist das denn, Genosse Staatsanwalt, sagt der Zweite Staatsanwalt, ist's bei Ihnen mit den Scheiben gleich Null? Ja sehen Sie, antwortet der Staatsanwalt, im Winter sind die Winde hier sicher stark – der Wind wird sie eingedrückt haben. Ja, Genosse Staatsanwalt, sagt er, ich habe gehört, bei Ihnen hat man kürzlich das Plumpsklo ausgeräumt? Ja, sagt der Staatsanwalt, ausgeräumt, eine unverschämte Frechheit. Schade, sagt der Zweite Staatsanwalt, unangenehm. Und dabei war er es doch selbst, der Hurensohn, der es ausgeräumt hatte. Ein ulkiger Mensch ist dieser Zweite Staatsanwalt. Wenn er auf die Datscha fährt, ist er angezogen wie ein Mensch, kaum aber ist er da, da stülpt er sich sofort irgend so einen Deckel auf den Kopf, zieht sich die ältesten Lumpen an, Gummistiefel an die Füße und einen Strick um den Bauch, die Gummistiefel bindet er immer mit Bindfaden fest. Schon recht, denke ich, binde sie nur fest, ich werde Scheiben einsetzen. Heute abend aber werde ich dir, du Scheißeklauer, einen Dreirubelschein abknöpfen. Wenn du ihn nicht gibst, werde ich dem Staatsanwalt alles berichten müssen. Der Staatsanwalt kann doch Unordnung nicht ausstehen. Und die Verwandten. Und die sind gerade zum Essen gekommen. Der Staatsanwalt wurde ganz weiß, sage ich, er hörte sogar auf, Zeitung zu lesen. Er geht auf seinem Grundstück hin und her und tritt mit den Füßen auf die Pusteblumen. Er sieht auch selbst wie eine Pusteblume aus – rund und weiß wie eine leere Zeitung. Bei ihm aber ist es voll von Verwandten – neun Mann sind zum Essen angerückt. Alle sind fröhlich, gleich haben sie angefangen, auf dem Rasen zu spielen, den Jungen des Staatsanwalts haben sie gleich in den Laden geschickt. Das gab etwas: Ich war mit von der Partie. Prächtige Leute. Einer ist Schaffner in der Stadt, einer Chauffeur, zwei fahren Fahrstühle. Dann ist einer Trainer und noch einer Baggerführer. Er hatte seine Tochter bei sich. Mit ihr klappte alles bestens, mitten hinein ins Vergnügen. Und das Wetter war auch gerade trocken – wie immer am Sonntag.

Der Nachhilfelehrer. Der Physiklehrer lebte in einer Gasse. Ich war seine Nachhilfeschülerin und fuhr mit dem O-Bus zweimal wöchentlich zu ihm, um zu lernen. Wir arbeiteten in einem kleinen Zimmer im Souterrain, wo der Lehrer zusammen mit einigen Verwandten lebte, aber ich habe sie nie gesehen und weiß nichts von ihnen. Jetzt werde ich über den Lehrer selbst berichten und auch darüber, wie und womit wir uns in diesem schwülen Sommer beschäftigt haben und was für ein Geruch in jener Gasse war. In jener Gasse roch es ständig und stark nach Fisch, denn irgendwo in der Nähe war ein Fischladen. Der Zugwind trieb den Geruch die Gasse entlang, und der Geruch drang durch das offene Fenster zu uns ins Zimmer, wo wir uns unanständige Postkarten ansahen. Der Nachhilfelehrer hatte eine große Sammlung von solchen Postkarten – sechs oder sieben Alben. Er hatte eigens verschiedene Bahnhöfe der Stadt aufgesucht und bei irgendwelchen Leuten ganze Sammlungen solcher Fotographien gekauft. Der Lehrer war dick, aber schön, und er war nicht besonders alt. Bei Hitze schwitzte er und schaltete den Tischventilator ein, aber das half nicht viel, er schwitzte trotzdem. Ich habe immer darüber gelacht. Wenn wir lange genug die Postkarten angesehen hatten, erzählte er mir Witze, und wir hatten es gemütlich und fröhlich zu zweit in seinem Zimmer mit dem Ventilator. Dann erzählte er mir noch von seinen Frauen. Er sagte, er habe zu verschiedenen Zeiten viele verschiedene Frauen gehabt: große, kleine und verschiedenen Alters, aber er habe bisher nicht entschieden, welche schließlich doch besser seien, die kleinen oder die großen. Je nachdem, sagte er, je nachdem, alles hängt von der Stimmung ab. Er erzählte, daß er im Kriege Maschinengewehrschütze gewesen sei und dort mit siebzehn Jahren ein Mann geworden wäre. In jenem Sommer, als er mein Nachhilfelehrer war, wurde ich auch siebzehn Jahre. In die Hochschule wurde ich nicht aufgenommen, dafür habe ich von den Eltern kräftig etwas abbekommen. In Physik bin ich durchgefallen und dann als Krankenschwester ins Krankenhaus gegangen. Im nächsten Jahr bewarb ich mich um die Aufnahme in ein anderes Hochschul-Institut, wo man kein Physikexamen ablegen mußte, und wurde aufgenommen. Freilich, während des zweiten Studienjahres hat man mich rausgeschmissen, denn man hat mich im Studentenheim mit einem Mann erwischt. Wir hatten nichts miteinander, wir saßen einfach da und rauchten, und er küßte mich, aber die Zimmertür war abgeschlossen, und als es klopfte, haben wir lange nicht aufgemacht, aber als wir aufmachten, da glaubte uns niemand. Jetzt arbeite ich als Telegrafistin bei der Bahn. Aber das ist nicht wichtig. Meinen Nachhilfelehrer habe ich fast zehn Jahre nicht gesehen. Wie oft bin ich an seiner Gasse vorübergelaufen oder mit dem O-Bus vorübergefahren, aber ich habe niemals bei ihm hineingeschaut. Ich weiß nicht, warum sich das im Leben so ergibt, daß man manches nicht tut, was wichtig und gar nicht mal so schwierig ist. Einige Jahre lang ging ich ganz nah an dem Haus vorbei und dachte immer an meinen Physiker, erinnerte mich an seine komischen Postkarten, an den Ventilator, seinen knorrigen Holzstock, mit dem er vor lauter Wichtigkeit sogar in die Küche ging, um nach dem Teekessel zu gucken. Und dann, kürzlich, als mir traurig zumute war, bin ich zu ihm gegangen. Ich habe zweimal geklingelt wie früher. Er kam heraus, ich grüßte, er grüßte auch, doch er erkannte mich nicht und ließ mich nicht einmal herein. Ich bat, er möge sich bemühen, sich an mich zu erinnern, erwähnte, wie wir uns die Postkarten angeschaut hätten, sprach von dem Ventilator, von jenem Sommer – er erinnerte sich an nichts. Er sagt, damals hätte er tatsächlich viele Schüler und Schülerinnen gehabt, aber jetzt würde er sich fast an niemanden erinnern. Die Jahre verrinnen, sagt er, sie verrinnen. Er war etwas alt geworden, mein Physiker.

Das kranke Mädchen. Im Juli kann man die Nächte auf der Veranda verbringen – es ist nicht kalt. Die traurigen und großen Nachtfalter stören fast nicht: leicht lassen sie sich mit dem Rauch der Zigarette vertreiben. In dieser Erzählung, die ich in einer Julinacht auf der Veranda schreibe, wird es um ein krankes Mädchen gehen. Sie ist sehr krank. Sie lebt in der Nachbardatscha zusammen mit einem Menschen, den sie für ihren Großvater hält. Der Großvater trinkt stark, er ist Glaser, er setzt Scheiben ein, er ist nicht älter als fünfzig Jahre, und ich glaube nicht, daß er ihr Großvater ist. Einmal, als ich wie gewöhnlich die Nacht auf der Veranda verbrachte, klopfte das kranke Mädchen bei mir an. Sie kam durch die Pforte im Gartenzaun, der unsere kleinen Grundstücke trennt. Sie kam durch den Garten und klopfte an. Ich machte Licht und öffnete die Tür. Ihr Gesicht und ihre Hände waren voller Blut – der Glaser hatte sie geschlagen, und sie kam zu mir durch den Garten, damit ich ihr helfe. Ich wusch sie, schmierte die wunden Stellen mit Salbe ein und gab ihr Tee zu trinken. Bis zum Morgen saß sie bei mir auf der Veranda, und es kam mir so vor, als hätten wir über vieles gesprochen. Doch in Wahrheit haben wir die ganze Nacht geschwiegen, denn sie kann fast nicht sprechen und hört sehr schlecht wegen ihrer Krankheit. Am Morgen wurde es wie immer hell, und ich begleitete das Mädchen über den Gartenweg nach Hause. Außerhalb der Stadt, ja auch in Moskau selbst, ziehe ich es vor, allein zu leben, und die Pfade um mein Haus sind kaum erkennbar. An jenem Morgen war das Gras im Garten weiß vom Tau, und ich bedauerte, die Gummistiefel nicht angezogen zu haben. An der Gartenpforte blieben wir ein wenig stehen. Sie versuchte, mir etwas zu sagen, konnte es aber nicht und weinte vor Bitterkeit und Kranksein. Das Mädchen drehte den Türknopf, der wie der ganze Zaun feucht vom herbstlichen Nebel war, und lief auf sein Haus zu. Die Pforte aber blieb offen. Von da an wurden wir Freunde. Manchmal kommt sie zu mir, und ich male ihr etwas oder schreibe ihr etwas auf Detailpapier. Ihr gefallen meine Zeichnungen. Sie schaut sie an und lächelt, geht dann aber durch den Garten nach Hause. Sie geht, streift mit dem Kopf die Zweige der Apfelbäume, dreht sich um, lächelt oder lacht mich an. Und ich merke, daß nach jedem ihrer Besuche meine Gartenwege gleichsam etwas besser gezeichnet sind. Das ist wohl alles. Mehr habe ich von dem kranken Mädchen aus dem Nachbarhaus nicht zu sagen. Ja, das ist eine kleine Erzählung. Sogar eine ganz kleine, sogar die Nachtfalter auf der Veranda scheinen größer zu sein.

IN DEN DÜNEN. Es ist eine hübsche Sache, ein Mädchen kennenzulernen, deren Mutter auf einem Baggerschiff arbeitet: wenn einer fragt, dann sagst du es einfach auch so – sie arbeitet auf einem Baggerschiff. Und jeder ist neidisch. Sie haben die Fahrrinne tiefer gemacht, und Tag und Nacht floß durch spezielle Röhren ein flüssiger Sandbrei vom Boden ans Ufer. Diese Pampe floß ans Ufer, und allmählich bildeten sich rings um die Bucht Sanddünen. Dort konnte man sich sogar bei stark windigem Wetter braunbrennen lassen – es brauchte nur die Sonne zu scheinen. Jeden Tag fuhr ich morgens auf einem Motorrad zur Insel, stellte mich auf die höchste Düne und ließ meine ausgebleichte Windjacke über dem Kopf kreisen. Sobald sie mich vom Baggerschiff bemerkte, stieg sie in ein großes löchriges Boot, das an das Schiff angebunden war, und ruderte schnell zum Ufer. Hier waren unsere, nur unsere Dünen – weil es ja die Mutter meines Mädchens war, die diese fröhlichen rutschigen Hügel angespült hatte. Der Sommer war – wie auf bunten Postkarten, und es roch nach Flußwasser, Schlamm und dem Harz des Fichtenwaldes. Der Wald war auf der anderen Seite der Bucht, und am Wochenende zogen dorthin Menschen mit Federballausrüstungen zur Erholung. Auf der Bucht fuhren Sonntagspärchen in himmelblauen Booten herum und plauderten. Doch niemand stieg an unserem Ufer aus, und niemand außer uns ließ sich auf unseren Dünen braunbrennen. Wir lagen auf dem heißen, sehr heißen Sand und badeten oder liefen um die Wette, das Baggerschiff aber dröhnte ständig, und eine kräftige Frau in einem blauen Arbeitsanzug ging auf Deck hin und her und prüfte die technischen Anlagen. Ich blickte auf sie aus der Ferne, vom Ufer her, und dachte immer, was ich doch für ein großes Glück hatte – ich begegne einem Mädchen, deren Mutter auf diesem tollen Ding lebt und arbeitet. Im August fing Regenwetter an, und wir bauten uns in den Dünen eine Hütte aus Weidenzweigen, obwohl, verstehen Sie, es nicht nur um den Regen ging. Die Hütte stand unmittelbar am Wasser. Abends zündeten wir ein Feuer an, es spiegelte sich in der Bucht und beleuchtete manche schwimmenden Holzstücke. So war es, am Ende des Sommers aber bekamen wir Streit, und seitdem bin ich nie wieder zu ihr gefahren. Im Herbst war das verteufelt traurig, und das Laub fegte durch die ganze Stadt wie verrückt. Nun wie ist's, heben wir noch einen?

Die Dissertation. Der Dozent verbrachte seinen Forschungsurlaub auf dem Lande. Er schrieb seine Doktorarbeit in Chemie: machte Auszüge aus Büchern, hatte mit Reagenzgläsern zu tun, und dabei war ein herrlich warmer September. Außerdem schätzte der Dozent Bier und ging vor dem Essen in den Schuppen, der am Ende des Gartens stand. Dort im Schuppen, in der Ecke, im Kühlen stand ein Bierfaß. Mit Hilfe eines Gummischlauchs saugte der Dozent etwas Bier in ein Fünflitergefäß und kehrte ins Haus zurück, bemüht, die Flüssigkeit nicht überschwappen zu lassen. Mittagessen bereitete ihm eine entfernte Verwandte seiner Frau. Sie war von irgendwo weit her vor einem Monat eingetroffen wie Schnee aus heiterem Himmel oder wie eine Verwandte seiner Frau; die Frau des Dozenten selbst aber war vor längerer Zeit gestorben, und eine andere gab es bisher noch nicht. Ich muß sagen, daß ein und dieselbe Verwandte der Frau Frühstück und Abendbrot bereitete, doch im allgemeinen pflegte das entsprechend am Morgen und am Abend zu sein, während sie mittags das Mittagessen bereitete. Nachmittags ging der Dozent in der Datschensiedlung spazieren oder fischte im Teich hinter dem Birkenwäldchen. Es gab in diesem Teich keine Fische, und in der Regel gelang es dem Dozenten auch nicht, etwas zu fangen. Doch das betrübte ihn nicht, und, um nicht mit leeren Händen nach Hause zurückzukehren, pflückte er an den Hängen späte Feldblumen und stellte daraus keine schlechten Sträuße zusammen. In die Datscha zurückgekehrt, schenkte er die Blumen schweigend der entfernten Verwandten, deren Namen er absolut nicht behalten konnte und zu erfragen vergaß. Diese Frau war etwa vierzig Jahre alt, doch sie liebte Zeichen der Aufmerksamkeit wie mit zwanzig, und morgens machte sie hinter dem Schuppen Frühsport. Der Dozent wußte nichts davon, doch selbst wenn der benachbarte Glaser, dem das sehr wohl bekannt war und der sie nicht selten über den Zaun gesehen hatte, selbst wenn der Glaser dem Dozenten davon berichtet hätte, so hätte es dieser um keinen Preis geglaubt und in jedem Falle nie angefangen, sie zu beobachten. Übrigens, einmal spürte er am frühen Morgen ein unerwartetes Verlangen nach Bier und ging auf Zehenspitzen, um ganz leise zu sein, in den Schuppen, und während das Bier durch den Schlauch aus dem Faß in das Gefäß floß, stand der Dozent am spinnenversponnenen Fensterchen und schaute zu, wie die Verwandte seiner

Frau in einem leichten Badeanzug hüpfte, sich hinhockte und mit den Armen auf der Gartenwiese wedelte. Nach dem Frühstück arbeitete der Dozent nicht, sondern beschäftigte sich mit irgendwelchem dummen Zeug: er holte vom Boden zwei rostige Fahrräder, flickte sie und pumpte sie auf, dann bügelte er einen Anzug und fuhr zum Bahnhof, Wein holen. Außer Wein kaufte er Sprotten und Weintrauben und half der Verwandten beim Kochen. Nach dem Essen sagte der Dozent, was für großartiges Wetter schon zwei Wochen lang herrsche, was für blaue Kornblumen im Wäldchen wüchsen und was für großartige rostige Fahrräder er vom Boden geholt habe. Abends fuhren sie Rad. Die Chaussee entlang. Auf den Fahrrädern. Spät kehrten sie zurück – mit Blumen an den Lenkern. Die Verwandte hatte auf dem Kopf einen Kranz. Der Dozent selbst hatte ihr diesen Kranz geflochten. Das war für sie eine Überraschung, denn sie hatte vorher nicht gewußt, daß er Kränze flechten und Fahrräder reparieren konnte. Doch der Dozent hatte ja auch nicht gewußt, daß seine, letztlich, doch Verwandte auf der Gartenwiese hüpfte. Jeden Morgen. Im leichten Badeanzug. Und mit den Armen wedelte.

DIE GEGEND. Gleich daneben geht die Eisenbahn entlang, und die gelben elektrischen Züge fahren am See vorüber. Manche Züge fahren in die Stadt, andere hinaus aus der Stadt. Aber hier ist der Stadtrand. Und deshalb scheint selbst bei Sonnenwetter alles unwirklich zu sein. Hinter der Linie der Eisenbahn, jenseits des bahneigenen Streifens, beginnt mit großen Häusern die Stadt, auf der anderen Seite aber hinter dem See wächst ein Fichtenwald. Manche nennen ihn Park, andere Wald, in Wirklichkeit aber ist das ein Waldpark. Hier ist der Stadtrand, und es wirkt so, als ob man hier nichts Besonderes sehen könne. Einst galt diese Gegend als Datschenbereich, jetzt aber sind aus den Datschen einfach alte Holzhäuser am Stadtrand geworden. Die Häuser riechen nach Petroleum, dort leben alte stille Menschen. In der Nähe des Waldparks verläuft ein eingleisiger Zweig der Eisenbahn. Der Zweig endet dort. Züge fahren hierher nicht. Die Gleise sind verrostet, die Bahnschwellen verfault. Auf dem toten Gleis, am Rande des Waldparks, stehen braune Waggons. In diesen Waggons leben Reparaturarbeiter. Sie haben eine befristete Aufenthaltsgenehmigung für den Stadtrand, und jeder hat eine große Familie. Alle Arbeiter wissen, daß in dem versumpften See nebenan keine Fische mehr sind, doch in ihrer Freizeit ziehen sie mit Angeln ans Ufer und versuchen, etwas zu fangen. Ein Arbeiter, der im dritten Waggon neben dem Waldpark lebt, hat eine achtzehnjährige Tochter. Sie ist hier im Waggon geboren, und ihr gefällt alles, was mit der Eisenbahn zusammenhängt, ihr gefällt diese ganze Gegend am Stadtrand. Ihr gefällt auch ein junger Mann aus der Stadt, der nicht selten mit seinen Freunden in den Waldpark kommt, um auf den Wiesen, auf denen viel Müll liegt, Fußball zu spielen. Es ist ein guter Junge, er hat die Tochter des Reparaturarbeiters gern und ist schon manchmal bei ihnen zum Tee gewesen. Ihm gefallen diese kleinen Waggons auf dem toten Gleis gut. Wissen Sie, vielleicht wird er die Tochter des Arbeiters bald heiraten und hier immer häufiger sein. Die Hochzeit wird an einem Sonntag stattfinden, am Ufer des Sees wird man die Möglichkeit schaffen zu tanzen, und tanzen werden alle, alle, die in den braunen kleinen Waggons des toten Gleises wohnen.

Inmitten brachliegender Grundstücke. Oben im zweiten Stockwerk fiel die Tür zu, und ich blieb allein. Durch die weit offenen Fenster blies der Wind in den Hausflur von den brachliegenden Grundstücken her, und hier im Treppenhaus war es etwas wärmer als auf der Straße. Ich steckte mir eine Zigarette an und ging auf den Hof, wo die

Wäsche der Hausbewohner an Leinen trocknete. Kopfkissen, Laken, Bezüge blähten sich im Wind. Ich setzte mich auf eine taufeuchte Bank: vor mir erhob sich ein unwahrscheinlich langes fünfstöckiges Haus: ich habe noch nie ein so langes Haus gesehen; der Schatten des Hauses endete an meinen Füßen. Mich beleuchtete die hilflose Septembersonne. Über den Himmel zogen Wolken, kümmerlich wie die Muskeln alter Männer, hinter meinem Rücken aber gähnten endlose brachliegende Grundstücke des Stadtrands, so endlose, daß sich sogar der städtische Müllplatz zwischen ihnen verlor und an ihn nur der unangenehme Geruch erinnerte. Die Zigarette, die ich rauchte, brannte im Wind schnell zuende, mehr aber hatte ich nicht, und ich beschloß, in einen Laden zu gehen. Doch ich wußte nicht, wo einer war. Ich kannte überhaupt nichts hier, ich hatte hier weder bekannte Menschen noch Straßen, und ich wußte nicht, wollte nicht wissen, was die Frau, die zugesagt hatte, uns zu helfen, mit meiner Braut tat. Diese Frau lebte und versorgte kranke Menschen in diesem langen einförmigen Haus. Ich ging über den schattigen Hof und kam links an dem Haus vorbei auf die Asphaltstraße. Ringsum erhoben sich neue Gebäude, die diesem Haus glichen. Ich hatte wohl etwas Angst vor diesen einförmigen Häusern, doch ich wollte rauchen und machte mich zu einem Laden auf, tat aber so, als ob sie mich nichts angingen. So war es ja auch, ich hatte nur etwas Angst vor ihnen: sie blickten mir aus der Ferne in den Rücken und in die Augen, neben mir aber war niemand. Bald aber hatte ich ein Mädchen eingeholt. Sie trug zwei Netze mit Lebensmitteln, und ich fand, sie müsse wissen, wo man Zigaretten kaufen kann. Ich sprach sie an und fragte. Sie sagte, sie würde mich bis zum Laden bringen, damit ich mich nicht verlaufe. Der Wind wehte. Brachliegende Grundstücke mit Häusern gähnten. Neben den Häusern baumelte an Leinen sich blähende Bettwäsche. Auf den brachliegenden Grundstücken zwitscherten riesige Spatzenschwärme und pickten Grassamen. Das Mädchen wirkte sehr hager, sie hatte irgendetwas an den Augen, aber ich konnte einfach nicht feststellen, was es war, dann aber wurde mir klar: sie schielte. Sie führte mich und erklärte die ganze Zeit, was sich wo in diesem Bezirk befände, aber das war mir gänzlich uninteressant und überflüssig. Sie ging mit mir in den Laden, wartete, bis ich die Zigaretten gekauft hatte, und sagte, sie wolle mich zum Bahnhof bringen, wo sie als Telegrafistin arbeite. Ich brauche nicht zum Zug, sagte ich, jetzt nicht. Das Mädchen ging fort. In der Nähe des Ladens wurde Milch auf der Straße verkauft. In der Schlange standen alte, geschwätzige Frauen in altmodischen Mänteln. Jede hatte eine Milchkanne, und ungeachtet des kalten Windes redeten sie alle ohne Unterlaß. Eine Dicke, die die Milch schon gekauft hatte, ging fort, und ich sah, wie sie ausrutschte und die Milchkanne fallenließ. Die Kanne fiel auf den Asphalt, die Milch floß fort, die alte Frau fiel auch hin und rutschte ein Stück. Sie hatte einen schwarzen Mantel an, saß ganz in der Milch und versuchte aufzustehen. Die Schlange hörte auf zu plappern und starrte auf sie. Ich stand auch da und blickte hin. Ich hätte ihr sicher geholfen, doch meine Hände waren nicht frei: in der einen hatte ich die Zigaretten und in der anderen Streichhölzer. Ich steckte eine Zigarette an und ging zurück zu dem Haus, wo man etwas mit meiner Braut tat und das mir aus der Ferne unverwandt in die Augen sah.

ERDARBEITEN. Der Sarg hing am Zahn des Greifers und baumelte über dem Graben, und alles war normal. Dann öffnete sich der Deckel, und alles fiel auf den Boden der Grube. Dann kletterte der Baggerführer aus seiner Kabine, betrachtete den Sarg und sah, daß an seinem Kopfende ein Glasfensterchen war und im Sarg Segeltuchstiefel lagen. Und der Baggerführer bedauerte sehr, daß sich die Stiefel überhaupt nicht mehr reparieren ließen, sonst hätte er sich an diese Arbeit gemacht. Doch die Stiefel waren in einem sehr schlechten Zustand, bei dem einen löste sich sofort die Sohle, sobald er ihn nur anprobierte. Die Fäden waren verfault, die Sohle mit dem Hacken ging gleich ab, auch der Schaft taugte nichts mehr. Der Baggerführer warf die Stiefel fort, obwohl er dringend neue Schuhe brauchte. Mehr aber betrübte den Baggerführer etwas anderes. Er hatte sich besonders darauf gefreut, den Schädel betrachten zu können, denn einen echten Schädel hatte er im Leben noch nie zu sehen, geschweige denn zu berühren bekommen. Freilich, von Zeit zu Zeit berührte er den eigenen Kopf oder den Kopf seiner Frau und stellte sich vor, wenn man die Haut am eigenen Kopf oder von dem seiner Frau abzöge, so ergäbe das einen echten Totenschädel. Doch darauf mußte man noch wer weiß wie lange warten, aber der Baggerführer haßte es, auf irgendetwas allzu lange warten zu müssen. Er tat gern alles, was ihm in den Kopf kam, gleich. Deshalb hatte er jetzt, als er den Sarg ausgrub, sofort beschlossen, alles aus ihm herauszuschütteln und den Schädel zu finden. Er wollte nachsehen, was aus dem Schädel eines Menschen geworden war, der vor längerer Zeit gestorben war, viele Jahre da gelegen und in ein Sargfensterchen geguckt hatte. Ja, überlegte der Baggerführer, als er auf einer Leiter in das Grab hinabstieg, ja, jetzt werde ich einen schönen Schädel bekommen, sonst lebt man da immer weiter und hat so etwas nicht. Natürlich, an meinem Kopf ist nicht zu viel Fleisch, doch so oft hat man schließlich keine freie Zeit, um ihn richtig zu befühlen. Außerdem, wenn man den eigenen Kopf berührt, macht das fast gar kein Vergnügen – dafür braucht man einen sauberen fremden Schädel, ohne irgendwelche Haut, so einen, den man auf einen Stock stekken oder dort aufbauen kann, wo man es möchte. Was für ein Glück! gleich nehme ich das Zeug auseinander, schmeiße die Knochen fort und nehme mir den reinen Schädel, wie er ist. Solche Augenblicke darf man sich im Leben nicht entgehen lassen, sonst tut, ehe man sichs versieht, ein anderer deinen Schädel auf einen Stock und geht damit die Straße entlang und erschreckt, wen er gerade will. Der Baggerführer blickte unter den Sargdeckel, der im Sand lag, dann kletterte er aus dem Graben raus und blickte durch das Fensterchen in den Sarg, dann aber starrte er nicht durch das Fensterchen, sondern einfach in den Sarg, wie man im allgemeinen in einen Sarg schaut, wenn ein Sarg am Zahn eines Greifers hängt und derjenige, der schaut, am Rande des Grabes steht. Doch im Sarg und unter dem Deckel im Sand war kein Schädel. Der Schädel ist nicht da, sagte sich der Baggerführer, der Schädel ist ganz einfach nicht da, der Schädel ist verlorengegangen, vielleicht hat es auch nie einen gegeben, man hat nur den Rumpf beerdigt, wer weiß? Wie man es auch dreht, der Schädel ist nicht da, ich werde ihn nicht auf einen Stock tun können und nicht erschrecken können, wen ich gerade will. Im Gegenteil, jetzt kann jeder mich selbst mit einem echten oder seinem eigenen Schädel erschrecken. Was für ein Pech! sagte sich der Baggerführer.

Der Wächter. Nacht. Immer diese kalte Nacht. Seine Arbeit ist die Nacht. Die Nacht ist sein Haß und sein Lebensunterhalt. Tags schläft er und raucht er. Die Flinte lädt er nie. Was hat es für einen Sinn, sie zu laden, wenn im Winter ringsum niemand ist. Niemand – im Winter, im Herbst und im Frühling. Und in den Häusern der Schauspieler ist auch keiner. Das sind die Datschen der Schauspieler, und er ist der Datschenwächter. Er war noch nie im Theater, aber einmal hat ihm sein Kompagnon, mit dem er sich bei der Wache ablöst, erzählt, daß sein Sohn in der Stadt zur Schule geht und das Theater besucht. Der Sohn des Kompagnons: er kommt Ende der Woche zum Vater. Aber zu ihm kommt nie einer. Er lebt allein und raucht. Die Flinte holt er sich im Wächterhäuschen bei der Ablösung und geht mit ihr die ganze Nacht die Alleen der Datschensiedlung entlang. Heute und gestern hat es stark geschneit. Die Alleen sind weiß. Die Bäume, besonders die Fichten – auch. Sie sind weiß. Der Mond ist trübe. Der Mond kann die Wolken nicht durchdringen. Er raucht. Er schaut nach beiden Seiten. Lange steht er auf den Kreuzungen. Es ist sehr dunkel. Nie wird es im Winter in dieser Siedlung hell. Im Sommer ist es besser. Abends trinken die Schauspieler auf den Veranden Wein. Doch wenn kein Sommer ist, sind die Veranden mit den trüben Glaswänden geschlossen und leer. Sie frieren ganz durch, Schnee begräbt sie. Er aber holt sich jeden dritten Abend die ungeladene Flinte und geht los. An den verglasten Datschen entlang. Er geht, hat keinen Weg, keine Patronen, nichts zu rauchen. Er geht, um etwas zum Rauchen zu holen, an den Rand der Siedlung, wo der Laden ist. Im Laden ist es immer leer. Dort ist an der Tür eine starke Feder. Dort arbeitet eine ältere Frau. Sie ist gut, denn sie gibt auf Pump. Im Frost erinnert er sich nicht an ihren Namen. Wozu gibt es sie, diese Frau, denkt er. Ich kann auch ohne sie, denkt er, oder kann ich nicht? Nein, ich kann nicht. Ohne sie hätte ich nichts zu rauchen. Leise lacht er. Es ist kalt, denkt er dann, kalt. Dunkel. Er sieht, wie die Frau die Läden ihres Ladens schließt und schlafen geht. Da geht sie, ich stehe, sagt er sich, rauche, und sie geht vorbei. Möchte ich rauchen? Nein. Ich rauche, weil sie weggeht. Schluß, sie ist weg. Jetzt bis zum Morgen allein. Da läuft eine Katze. Einst gab es viele davon in der Siedlung. Sie lebten unten in den Häusern. Der Kompagnon hat sie mit dieser Flinte umgelegt. Es ist kalt. Keine Katzen. Er geht wieder und blickt auf die Häuser der Schauspieler. Von oben kommt Schnee. Es wird also warm werden. Wenn bloß kein Wind kommt. Auf einer Veranda ist Licht. Die Schauspieler kommen im Winter nicht, denkt er. Da sind Spuren auf dem Grundstück. Der Zaun ist an einer Stelle zerbrochen. Zwei Zaunlatten liegen über Kreuz im Schnee. Er hat nie geladen, auch jetzt wird er es nicht tun. Er geht hin und guckt, was los ist. Tritt heran. Ein Schuß. Wie in der Ferne, im Wald. Nein, erheblich näher. Ach, da hat man aus dem Fenster geschossen. Das tut sehr weh, der Kopf tut weh. Rauchen möchte ich. Er fällt mit dem Gesicht in den Schnee. Ihm ist schon nicht mehr kalt.

JETZT. Vom Wehrdienst kehrte er vorzeitig zurück, nach dem Lazarett. Er hatte bei Raketeneinheiten gedient und war einmal nachts in starke Bestrahlung geraten, nachts, während eines Probealarms. Er war zwanzig Jahre alt. Auf der Fahrt nach Hause, im halbleeren Zug, saß er lange im Speisewagen, trank Wein und rauchte. Die schöne junge Frau, die mit ihm im Abteil fuhr, hatte keinerlei Scham vor ihm und zog sich vor dem Schlafengehen aus, stand vor dem Türspiegel, und er sah ihr Spiegelbild, und sie wußte, daß er es sah und lächelte ihm zu. In der letzten Nacht rief sie ihn zu sich nach unten, doch er tat so, als ob er schliefe, und sie ahnte das und lachte leise über ihn in der Dunkelheit des engen und schwülen Abteils, während der Zug jaulte und durch das schwarze Schneegestöber flog und die kleinen Bahnhöfe vor der Stadt ihm mit ihren trüben Lampen erschreckt nachnickten. Die ersten zwei Wochen saß er zuhause und blätterte Bücher durch, sah sich alte Fotographien noch aus der Schulzeit an, versuchte, irgendetwas für sich zu entscheiden und zankte sich endlos mit seinem Vater, der von einer großen Kriegsrente lebte und ihm kein Wort glaubte, ihn für einen Simulanten hielt. Das Entlassungsgeld, das der Regimentsbuchhalter ausgezahlt hatte, ging zuende, und er mußte Arbeit suchen. Er wollte als Fahrer im naheliegenden Krankenhaus tätig sein, doch dort im Krankenhaus bot man ihm etwas anderes an. Jetzt, nach dem Wehrdienst, gegen Ende eines schneereichen Winters, wurde er Sanitäter der Krankenhausleichenhalle. Man zahlte ihm siebzig Rubel monatlich, und er kam mit dem Geld aus, denn mit Mädchen traf er sich nicht, sondern fuhr nur gelegentlich in den Park, um auf dem Teufelsrad zu fahren und zuzuschauen, wie unbekannte Menschen im Tanzsaal mit durchsichtigen Wänden tanzten. Einmal entdeckte er hier ein Mädchen, mit dem er einmal in dieselbe Schule gegangen war. Sie war mit irgendeinem jungen Mann in einem Sportauto in den Park gefahren, und der Sanitäter beobachtete, in der Dämmerung dunkler Bäume versteckt, wie sie tanzten. Sie tanzten etwa eine halbe Stunde lang, dann knallten sie die Autotüren zu und fuhren die beleuchteten Alleen entlang in die Tiefe des Parks. Einige Wochen später aber, im Mai, brachte man einen Mann und eine Frau in die Leichenhalle, die bei einem Unfall irgendwo außerhalb der Stadt ums Leben gekommen waren, und er erkannte sie nicht gleich, dann aber begriff er, konnte sich aber ganz und gar nicht an ihren Namen erinnern, schaute sie unverwandt an und dachte daran, daß er vor drei oder vier Jahren, noch vor dem Wehrdienst, dieses Mädchen geliebt und sich gewünscht, sehr gewünscht hatte, ständig mit ihr zusammen zu sein, sie aber hatte ihn nicht geliebt, sie war zu schön gewesen, um ihn zu lieben. Und jetzt, dachte der Sanitäter, ist das alles vorüber, vorüber und unbegreiflich, was weiter wird . . .

Drittes Kapitel
Saul

Doch Weta hört es nicht. In der Nacht, als du in den Bereich des Einsamen Ziegenmelkers kamst, tanzt die dreißigjährige Lehrerin unserer Schule Weta Arkadjewna, eine strenge Lehrerin der Botanik, Biologie und Anatomie, im besten Restaurant der Stadt und trinkt mit irgendeinem jungen, ja, verhältnismäßig jungen Mann Wein, einem fröhlichen, klugen und großzügigen. Bald hört die Musik auf – die betrunkenen Geiger und Trommler, Pianisten und Trompeter verlassen die Bühne. Das Restaurant mit dem gedämpften Licht rechnet mit den letzten Gästen ab, und jener ziemlich junge Mann, den du nie im Leben gesehen hast und auch nicht sehen wirst, wird deine Weta zu sich in die Wohnung mitnehmen und dort mit ihr all das machen, was er will. Hör auf, ich habe schon begriffen, ich weiß, dort in der Wohnung, da küßt er ihr die Hand, und dann begleitet er sie sofort nach Hause, und am Morgen fährt sie hierher auf die Datscha, und wir können uns sehen, ich weiß es: wir werden uns morgen sehen. Nein, so nicht, du verstehst offenbar gar nichts, oder du tust so, oder du bist einfach feige, du hast Angst daran zu denken, was mit deiner Weta dort geschieht, in der Wohnung des Mannes, den du nie sehen wirst, doch du würdest ihn natürlich gerne einmal anschauen, stimmt das etwa nicht? Klar, ich würde ihn gern kennenlernen, wir würden alle zusammen irgendwo hingehen, zu dritt: Weta, er und ich, in irgendeinen Park der Stadt, in den alten Stadtpark mit dem Teufelsrad, wir würden damit fahren und uns unterhalten, das ist doch immerhin interessant, ich sage: interessant, für uns wäre es zu dritt interessant. Doch vielleicht ist der Mensch nicht so klug, wie du erzählst, und dann wäre es nicht so interessant, und wir hätten den Abend verloren, das wäre ein erfolgloser Abend, das wäre auch alles, mehr nicht, doch in jedem Falle hätte Weta begriffen, daß es mit mir erheblich interessanter ist als mit ihm, und sie würde sich nie wieder mit ihm treffen, und in der Nacht, in der ich in den Bereich des Einsamen Ziegenmelkers komme, würde sie immer herauskommen, wenn ich rufe: Weta Weta Weta da bin ich der Schüler soundso aus der Sonderschule komm heraus ich liebe dich, – wie früher. Glaub mir: sie ist immer auf mein Rufen hin herausgekommen, und wir waren bis zum Morgen zusammen in ihrer Mansarde, und später, wenn es anfing zu tagen, bin ich ganz leise, um Arkadij Arkadjewitsch nicht zu wecken, in den Garten über die äußere Wendeltreppe gegangen und bin nach Hause zurückgekehrt. Weißt du, ehe ich wegging, habe ich meistens ihren einfachen Hund gestreichelt und überhaupt ein bißchen mit ihm gespielt, damit er mich nicht vergißt. Das ist Unsinn, warum erfindest du all diesen Unsinn, unsere Lehrerin Weta Arkadjewna ist nie auf dein Rufen hin herausgekommen, und du warst nicht ein einziges Mal bei ihr in der Mansarde – nicht tags, nicht nachts. Ich beobachte doch jeden deiner Schritte – so hat mir Doktor Sause geraten. Als man uns *von dort* entließ, riet er: wenn Sie feststellen, daß jener, den Sie *er* nennen und der zusammen mit Ihnen lebt und lernt, irgendwohin fortgeht und sich bemüht, dabei unbemerkt zu sein oder einfach wegläuft, folgen Sie ihm, bemühen Sie sich, ihn nicht aus den Augen zu verlieren, bleiben Sie ihm nahe, so nahe wie möglich, suchen Sie eine Gelegenheit, so nahe an ihn heranzukommen, daß Sie mit ihm fast eins in der gemeinsamen Sache werden, im gemeinsamen Handeln, machen Sie es so, daß Sie einmal – ein solcher Augenblick wird bestimmt eintreten – für immer mit ihm zu einem Ganzen sich vereinigen, ein einheitliches Wesen mit unteilbaren Gedanken und Bestrebungen, Gewohnheiten und Geschmack. Nur in einem solchen Falle, hatte Sause behauptet, werden Sie Ruhe und freien Willen erlangen. Und da bin ich dir, wohin du auch gegangen bist, immer nachgegangen, und von Zeit zu Zeit ist es mir gelungen, mit dir im gemeinsamen Handeln eins zu werden, doch du hast mich gleich wieder fortgejagt, sobald du das gemerkt hast, und ich wurde gleich wieder unruhig, ja, ich bekam Angst. Ich fürchtete mich, und ich fürchte überhaupt vieles, bemühe mich nur, es mir nicht anmerken zu lassen, und du scheinst dich nicht weniger als ich zu fürchten. Da, zum Beispiel, du fürchtest, ich könne dir plötzlich die Wahrheit erzählen, was jener verhältnismäßig junge Mann mit deiner Weta in der Nacht deines Besuches bei sich in der Wohnung getan hat. Aber ich werde trotzdem davon erzählen, denn ich liebe dich nicht, weil du mit mir im gemeinsamen Handeln nicht eins werden willst, wie es der Doktor geraten hat. Ich werde dir auch erzählen, was andere junge und nicht-junge Leute mit deiner Weta in ihren Wohnungen und in Hotelzimmern in jenen Nächten gemacht haben, als du in der Datscha deines Vaters schliefst, oder in der Stadt oder *dort* nach der abendlichen Spritze. Doch vor allem muß ich dich davon überzeugen, daß du niemals in der Mansarde der Akatowschen Datscha warst, obwohl du an späten Abenden in den Bereich des Ziegenmelkers weggelaufen bist. Du hast auf die beleuchteten Fenster des Gebäudes durch Ritzen im Zaun geguckt und davon geträumt, in den Park zu gehen, den Weg entlang zu schreiten – vom Gartentor bis zur Treppe am Eingang, ich verstehe dich, den Weg entlang zu schreiten, leicht und ungezwungen, und beim Gehen mit dem Fuß zwei oder drei Tannenzapfen vom vorigen Jahr fortzustoßen, eine Blume vom Beet zu pflücken, an ihr zu riechen, bei der Laube innezuhalten – einfach so, ringsum mit einem leichten allesverstehenden Zwinkern der tiefen Augen zu blicken, dann ein Weilchen unter dem hohen Baum zu stehen, wo der Starenkasten ist, und den Vögeln zu lauschen – oh, ich verstehe dich gut, ich würde mit Vergnügen dasselbe tun und sogar mehr – ich würde den Weg des Akatowschen Gartens entlang gehen (oder des

Parks – keiner weiß, wie man ihr Grundstück am besten nennt, und jeder nennt es so, wie es ihm gerade einfällt), ich würde mit ihrem schönen einfachen Hund spielen und an die Eingangstür klopfen: klopf, klopf; doch gleich werde ich dir ein Geständnis machen: ich, wie übrigens auch du – wir haben vor diesem großen Hund Angst. Und wenn wir vor ihm keine Angst hätten, wenn es ihn, nehmen wir einmal an, überhaupt nicht gäbe, könnten wir uns denn dann all das erlauben, können wir denn etwa nur wegen des Hundes nicht an die Tür klopfen? Das ist meine Frage an dich, ich wollte darüber noch ein bißchen sprechen, mich interessiert dieses Thema sehr. Es kommt mir so vor, als ob du dich wieder verstellst, ist denn das wirklich so interessant, du läßt mich nicht zu Worte kommen, du willst nicht, daß ich dir die ganze Wahrheit von Weta erzähle, davon, was mit ihr in ihren Wohnungen und Zimmern jene jungen Leute gemacht haben, die du niemals siehst nun warum sage mir schließlich warum du oder warum ich warum wir Angst haben das einander zu sagen oder jeder zu sich in all dem ist so viel Wahrheit warum warum warum ja du weißt viel aber du weißt wenn ich es nicht weiß und du nichts wir nichts davon wissen wir noch nichts oder schon nichts wissen daß du mir oder dir erzählen kannst wenn du wie auch ich keine einzige Frau hattest dann wissen wir nicht wie das überhaupt geht wir ahnen es nur wir können es nur ahnen wir haben es nur gelesen nur von andern gehört aber auch andere wissen nichts Vernünftiges wir haben einmal Pawel Petrowitsch gefragt ob er Frauen gehabt hat das geschah bei uns in der Schule dort am Ende des Korridors hinter der schmalen Tür wo es immer nach Rauchen und Chlor riecht und im Klo ja in der Toilette raucht Saul Petrowitsch er saß auf der Fensterbank da war Pause nein nach der Schule blieb ich immer nach der Schule Schulaufgaben für morgen machen nein wir mußten nach der Schule Schulaufgaben für morgen in Mathematik machen wir lernen schlecht hat man der Mama gesagt besonders in Mathematik es ist sehr schwer strengt an tut sehr weh ist nicht schön solche Aufgaben die geben da zu viele Aufgaben auf man muß zeichnen und denken wird allzu sehr gezwungen Saul Petrowitsch was quälen die einen mit Beispielen es heißt einer von uns kommt wenn er die Schule beendet in die Hochschule und einer von uns einige von uns ein Teil von uns irgendeiner von uns wird Ingenieur werden wir aber glauben das nicht nichts dergleichen wird passieren denn Saul Petrowitsch sie selbst erkennen das doch sie und die anderen Lehrer wir werden nie irgendwelche Ingenieure denn wir alle sind schreckliche Dummköpfe ist es denn nicht so ist denn diese Schule keine Sonderschule das heißt besonders für uns gemacht weshalb betrügt ihr uns mit diesen Ingenieuren da wer braucht denn das aber lieber Saul Petrowitsch selbst wenn wir auch plötzlich Ingenieure würden dann braucht das nicht zu sein nein das darf nicht sein bin nicht einverstanden ich würde der Kommission erklären ich möchte kein Ingenieur sein ich werde auf der Straße Blumen und Postkarten und Windrädchen verkaufen oder ich lerne Stiefel zusammenzunähen mit einer Laubsäge etwas aus Sperrholz zu sägen aber ich bin nicht bereit als Ingenieur zu arbeiten bis die allerwichtigste die allergrößte Kommission gebildet wird die mit der Zeit klarkommt nicht wahr Saul Petrowitsch es stimmt etwas nicht mit der Zeit und hat es denn Sinn sich mit irgendeiner ernsthaften Sache zu befassen zum Beispiel zeitweilig Zeichnungen auf Zeichenpapier zu zeichnen wenn es mit der Zeit nicht stimmt das heißt ganz übel ist ganz seltsam und dumm sie wissen es ja selbst und die andern Lehrer auch.

Saul Petrowitsch saß auf der Fensterbank und rauchte. Seine bloßen Fußsohlen ruhten auf dem Heizkörper der Dampfheizung oder, wie man dieses Gerät noch nennt, auf der Batterie. Draußen vorm Fenster war Herbst, und wenn man das Fenster nicht mit einer besonderen weißen Farbe angemalt hätte, hätten wir einen Teil der Straße sehen können, die ein sanfter nordwestlicher Wind entlang wehte. Im Winde flogen Blätter, kräuselten sich die Pfützen, eilten die Passanten, die davon träumten, sich in Vögel zu verwandeln, zielstrebig nach Hause, um beim Zusammentreffen mit Nachbarn vom schlechten Wetter zu sprechen. Kurzum, es war der übliche Herbst, Mitte des Herbstes, wenn auf den Schulhof schon Kohle gefahren und ausgeladen ist und ein alter Mann, unser Heizer und Wächter, den niemand von uns mit Namen ansprach, weil niemand von uns diesen Namen kannte, denn es hatte keinen Sinn, diesen Namen zu erfahren und zu behalten, weil unser Heizer es um nichts in der Welt gehört hätte und nicht auf den Namen geantwortet hätte, denn er war taub und stumm – und eben er heizte bereits die Kessel. In der Schule wurde es wärmer, obwohl es von den Fußböden her, wie einige Lehrer fröstelnd und mit den Schultern zuckend feststellten, immer noch zog und Saul Petrowitsch, glaube ich, richtig handelte, daß er gelegentlich in die Toilette ging, um sich seine bloßen Füße zu wärmen. Er hätte sie auch im Lehrerzimmer wärmen können und in der Klasse während des Unterrichts, doch offensichtlich wollte er das nicht allzu öffentlich tun, vor den Leuten, er war schließlich ein bißchen schüchtern, der Lehrer Norwegow. Sei dem so. Er saß auf der Fensterbank mit dem Rücken zur angemalten Fensterscheibe und mit dem Gesicht zu den Toilettentüren. Seine bloßen Fußsohlen standen auf dem Heizkörper, und seine Knie waren hochgezogen, so daß der Lehrer bequem sein Kinn darauf stützen konnte. Und wir sahen ihn an, der so dasaß, von der Seite, im Profil: ein Verlegerzeichen, ein ex libris, Buchreihe Buch um Buch, die Silhouette eines Jünglings, der im Grase sitzt oder auf der bloßen Erde mit einem Buch in der Hand, ein dunkler Jüngling auf dem Hintergrund des weißen Morgenlichts, träumerisch, ein Jüngling, der träumt, Ingenieur zu werden, ein junger Ingenieur, wenn's recht ist, lockig, ziemlich lockig, Buch um Buch, liest Buch um Buch auf dem Hintergrund, umsonst, ex libris, auf Kosten des Verlages, ein und derselbe, alle Bücher nacheinander, sehr belesen, er ist sehr belesen, Ihr Junge – und zu unserer guten lieben Mutter hat Suppenkelle, die Lehrerin in den Fächern Literatur und russische Sprache, hat zu Mama schriftlich und mündlich gesagt, sogar zu intensiv, alles hintereinander weg würden wir nicht empfehlen, besonders nicht westliche Klassiker, das lenkt ab, das überlastet die Phantasie, macht frech, schließen Sie sie weg, nicht mehr als fünfzig Seiten am Tag, für Kinder von zwölf bis fünfzehn: Der Junge aus Urshum, Tjomas Kindheit, Die Kindheit, Das Haus auf dem Berg, Witja Malejew und noch eines: das Leben wird dem Menschen einmal gegeben, man muß es so leben, daß. Und noch eines: kämpfen und suchen, finden und nicht aufgeben, vorwärts der Morgenröte entgegen, Kameraden im Kampf, mit Bajonetten und Schrapnellen machen wir uns den Weg frei – Lieder der russischen Revolutionen und der Bürgerkriege, feindliche Stürme, im Garten wie am Brunnen vor dem Tore, ach, ihr Fluren, und dann würden wir die Beschäftigung mit Musik empfehlen, auf einem beliebigen Instrument, gemäßigt, Therapie, daß es nicht quälend wehtut, sonst wissen Sie, Pubertät, so ein Alter, nun ja, Balalaika, nun ja, Ziehharmonika, Geige, Fortepiano, eher sogar forte als piano, sie fangen an: i-i-i Dreiviertel Baccarole b-moll den Violinschlüssel nicht mit dem Pilz Geigenhals dem Brennreizker verwechseln halbgiftig muß man kochen i-i-i unterm Rattern der Waggons zum Bahnhof der am selben Zweig liegt wie i-i-i an Weta Weiden halbschlafende Passagiere störend weinst du im Waggon vor Liebe vor den Überflüssigkeiten des Lebens Mama draußen regnet es müssen wir wirklich bei so scheußlichem Wetter fahren ja mein Lieber ein bißchen Musik schadet dir nicht wir haben das doch abgesprochen der Maestro wird heute warten, peinlich,

Sonntag, nachher besuchen wir Großmutter. Ein Bahnhof, Sträucher, Mittag, sehr feucht. Übrigens, es ist auch Winter: der Bahnsteig ist verschneit, der Schnee ist trocken, locker und glitzernd. Am Markt vorbei. Nein, zuerst eine Überführung mit vereisten, knarrenden Stufen. Knarrenden, Mama, vorsichtig, treppauf i-i-i wenn du unten einen Zug durchfahren siehst einen mit Kreide beschriebenen Güterzug oder einen sauberen Schnellzug mit gestärkten Vorhängen bemüh dich nicht nach unten zu gucken sonst wirst du schwindelig und du fällst hinab die Arme auseinander das Gesicht nach unten oder auf den Rücken und die mitfühlenden Vorübergehenden die sich nicht mehr in Vögel verwandelt haben stehen um deinen Körper herum und einer hebt deinen Kopf hoch und fängt an auf deine Backen zu klatschen armer Junge sicher hat er was mit dem Herzen nein das ist Vitaminmangel *Scheukämie* eine Frau mit bäuerlichem Kopftuch eine Marktfrau Körbe halten Sie das Akkordeon aber die Mutter wo ist seine Mutter er ist wahrscheinlich allein hat Musikunterricht schauen Sie mal am Kopf ist Blut natürlich ist er allein Gott was ist mit ihm nichts gleich wird er ich werde gleich Weta ich bin allein ich bitte verzeih mir dein Junge dein lieber Schüler hat zu sehr auf den Güterzug geguckt mit Kreide beschriebenen Güterzug Kommissionen haben ihn beschrieben aber in einigen Jahren aus einigem Abstand wird dein schüchterner soundso zu dir kommen und Schneestürme überwinden die in Menschen mit Feuer aus Silber wie Dolche schlagen und wird auf der Baccarole einen wilden Czardas spielen und laß Gott sie nicht wahnsinnig werden von der verbrennenden außerschulischen Leidenschaft klopf-klopf guten Tag Weta Arkadjewna i-i-i hier sind Chrysanthemen zwar sind sie verblüht sind verwelkt zwar doch das was geschehen wird für alles entlohnen wann wird es sein? Vielleicht in zehn Jahren. Sie ist vierzig, sie ist noch jung, im Sommer lebt sie auf der Datscha, badet viel und spielt Tischtennis, ping-pong. Und ich, und wie alt bin ich? Gleich werden wir es ausrechnen. Ich bin soundso viele Jahre alt, ich habe die Sonderschule vor langer Zeit abgeschlossen, auch die Hochschule und bin Ingenieur geworden. Ich habe viele Freunde, ich bin ganz gesund und spare auf ein Auto – nein, ich habe es schon gekauft, habe gespart und gekauft, Sparkasse, Sparkasse, stets zu Diensten. Ja, genau so ist es, du bist seit langem Ingenieur und liest Buch um Buch, sitzt dabei tagelang im Gras. Viele Bücher. Du bist sehr klug geworden, und es kommt der Tag, wo du begreifst, daß man nicht mehr zögern darf. Du stehst vom Gras auf, klopfst die Hosen ab – sie sind ausgezeichnet gebügelt – dann bückst du dich, packst alle Bücher aufeinander und bringst sie ins Auto. Dort im Auto liegt ein Jackett, hübsch und blau. Du ziehst es an. Dann betrachtest du dich. Du bist groß, erheblich größer als jetzt, etwa soundso viele Shaku, außerdem bist du breitschultrig, und dein Gesicht ist fast schön. Wirklich *fast,* denn einige Frauen mögen allzu schöne Männer nicht, nicht wahr? Du hast eine gerade Nase, blaue Augen mit einem sehnsuchtsvollen Blick, ein willensstarkes Kinn und fest zusammengepreßte Lippen. Die Stirn, die ist ungewöhnlich hoch, wie übrigens auch jetzt, und darauf fallen in dichten Strähnen dunkle Haare. Das Gesicht ist glatt, du rasierst dich. Nachdem du dich betrachtet hast, setzt du dich ans Steuer, wirfst die Tür zu und verläßt die Gegend mit dem schönen Gras, wo du so lang Bücher gelesen hast. Jetzt fährst du direkt zu ihrem Haus. Ach, die Chrysanthemen! man muß sie doch kaufen, man muß doch irgendwo hinfahren, und sie auf dem Markt kaufen. Aber ich habe keinen Centavo bei mir, muß die Mutter bitten: Mama, da ist folgendes, da ist in unserer Klasse ein Mädchen gestorben, nein, natürlich nicht in der Klasse, sie ist zu Hause gestorben, sie war lange krank, einige Jahre und ist überhaupt nicht zum Unterricht gekommen, keiner von den Schülern hat sie überhaupt gesehen, nur auf einer Fotographie, sie wurde nur in der Klasse geführt, sie hatte Hirnhautentzündung, wie viele, siehst du, sie ist gestorben, ja, schrecklich, Mama, schrecklich, wie viele, siehst du, sie ist gestorben, und man muß sie beerdigen, nein, natürlich, nein, Mama, du hast recht, sie hat ihre eigenen Eltern, niemand kann einen zwingen, fremde Kinder zu beerdigen, ich sage das einfach so: man muß sie beerdigen, aber ohne Blumen gehört sich das nicht, ist peinlich, erinnerst du dich, selbst bei Saul Petrowitsch, den die Lehrer und der Elternrat gar nicht so geliebt haben, sogar bei ihm gab es viele Blumen, und unsere Klasse hat beschlossen, für einen Kranz für das Mädchen zusammenzulegen, ein paar Rubel von jedem, richtiger so: wer mit Mama und Papa lebt, der soll zehn Rubel geben, und wer nur mit der Mama oder nur mit dem Papa lebt, der soll fünf geben, also ich soll zehn geben, gib mir das bitte bald, das Auto wartet. Was für ein Auto? fragt Mama. Und dann antworte ich: verstehst du, das hat sich so ergeben, daß ich ein Auto gekauft habe, ich hab auch nicht viel dafür bezahlt, trotzdem mußte ich Schulden machen. Was denn für Schulden, schlägt Mama die Hände zusammen, woher hast du denn überhaupt Geld! Und sie läuft zum Fenster, um auf den Hof zu schauen, wo mein Auto stehen wird. Siehst du, werde ich ruhig antworten, als ich im Gras saß und Buch um Buch gelesen habe, da hat sich meine Situation so entwickelt, daß ich die Schule abschließen konnte, dann auch die Hochschule, entschuldige bitte, Mama, ich weiß nicht wieso, aber ich dachte, das könnte für dich eine hübsche Überraschung sein, wenn ich dir das nicht gleich erzähle, sondern irgendwie später, einige Zeit danach, und siehst du, die Zeit ist jetzt da, und ich sage es dir: ja, ich bin Ingenieur geworden, Mama, und mein Auto wartet auf mich. Ja, wie viel Zeit soll denn vergangen sein, sagt die Mutter, bist du denn nicht noch heute früh mit der Aktentasche in deine Schule gegangen, und habe ich dich denn nicht heute begleitet und bin dir noch auf der Treppe fast bis zum Erdgeschoß nachgelaufen, um dir das Schulbrot in die Manteltasche zu stecken. Und du nahmst immer drei Stufen auf einmal und riefst, du seist nicht hungrig und würdest dir den Mund mit einem Faden zunähen, wenn ich dir das Schulbrot aufnötigte, – ist das nicht alles heute geschehen? wundert sich unsere arme Mutter. Aber wir, was antworten wir unserer armen Mutter? Man muß es ihr so sagen: oh weh, Mama, oh weh. Richtig, hier muß man den etwas pathetischen Ausdruck *oh weh* benutzen, oh weh, Mama, der Tag, als du mir das Schulbrot in die Manteltasche stecken wolltest, da habe ich das abgelehnt, weil ich nicht ganz gesund war, dieser Tag liegt weit zurück, jetzt bin ich Ingenieur geworden, und das Auto wartet auf mich. Dann fängt unsere Mutter an zu weinen: wie die Jahre verfliegen, sagt sie, wie schnell die Kinder erwachsen werden, im Handumdrehn ist der Sohn schon Ingenieur, wer hätte das denken können, mein Sohn soundso ist ein Ingenieur! Später aber wird sie sich beruhigen, wird sich auf den Hocker setzen, und ihre grünen Augen werden ernst, und die Falten, besonders die zwei tiefen senkrechten Falten, die unmittelbar am Mund eingeschnitten sind, werden tiefer, und sie wird fragen: warum betrügst du mich, du hast eben um Geld für einen Kranz gebeten, für ein Mädchen, das mit dir in dieselbe Klasse ging, und jetzt erklärst du, du hättest seit langem die Schule abgeschlossen und sogar die Hochschule, kann man denn Ingenieur und Schüler gleichzeitig sein. Und außerdem, wird Mutter streng bemerken, ist auf dem Hof überhaupt kein Auto, abgesehen von dem Müllauto, das an der Abfallgrube steht, du hast das alles ausgedacht, kein Auto wartet auf dich. Liebe Mama, ich weiß nicht, ob man Ingenieur und Schüler zusammen sein kann, mancher darf das vielleicht nicht und mancher kann es nicht, manchem ist das nicht gegeben, aber ich habe die Freiheit gewählt, eine ihrer Formen, ich bin frei zu machen, was ich will und zu sein, was ich mag, gleichzeitig oder für sich, verstehst du denn das nicht? und wenn du mir nicht glaubst, dann frage den Saul Petrowitsch, und obwohl er seit langem nicht mehr unter uns ist, er wird es dir erklären: es steht schlecht bei uns um die Zeit – das wird dir der Geograph sagen, ein Mensch aus der fünften Zone der Vorortbahn. Und wegen des Autos mach dir keine Sorgen, ich hab da ein bißchen phantasiert, das gibt es wirklich nicht, und es wird auch nie eines geben, dafür wird immer von sieben bis acht Uhr morgens – jeden Tag und jedes Jahr – bei Sonne und Regen auf unserem Hof an der Müllgrube ein Lastwagen von der städtischen Müllabfuhr stehen, der aussieht wie eine Wanze, grün wie eine Fliege. Und das Mädchen, wird sich Mama interessieren, ist es wirklich gestorben? Ich weiß es nicht, wirst du antworten müssen, von dem Mädchen weiß ich gar nichts. Dann wirst du schnell auf den Flur hinausgehen, wo an der Garderobe die Mäntel, Jacken und Hüte deiner Verwandten hängen – hab keine Angst vor diesen Dingen, sie sind leer, in ihnen steckt niemand – und wo dein Mantel hängt. Zieh ihn an, setz deine Mütze auf, und reiß die Tür zum Treppenhaus auf. Lauf aus dem Haus deines Vaters, und sieh dich nicht um, denn wenn du dich umsiehst, siehst du den Kummer in den Augen deiner Mutter, und das wird bitter für dich sein, der du über den gefrorenen Boden in die Schule zum Nachmittagsunterricht läufst. Der du da zum Nachmittagsunterricht läufst, du hast auch heute keine Schulaufgaben gemacht, doch wenn man dich nachdrücklich fragt, wie das geschehen konnte, den Blick aus dem Fenster auf das schwächer werdende Abendrot – die Lampen in der Stadt sind eingeschaltet und hängen über den Straßen wie stumme Glocken mit ausgerissenen Klöppeln – dann antworte jedem Lehrer würdig und ohne Zögern. Antworte: ich halte mich für einen aktiven Teilnehmer des entomologischen Wettbewerbs, der von unserer verehrten Akademie ausgeschrieben worden ist, und widme meine Muße der Sammlung seltener und halbseltener Schmetterlinge. Nun, und was soll das, wird dir der Pädagoge entgegnen. Ich wage zu hoffen, antwortest du, daß meine Sammlung in der Zukunft kein geringes wissenschaftliches Interesse darstellen wird, weshalb ich keinen Aufwand scheue, weder an Zeit noch an Geld, ich halte es für meine Pflicht, sie mit neuen unikalen Exemplaren zu ergänzen: deshalb fragen Sie nicht, warum ich keine Aufgaben gemacht habe. Von was für Schmetterlingen kann hier im Winter die Rede sein, heuchelt der Pädagoge seine Verwunderung, sind Sie – nicht ganz bei Trost? Und du gibst mit großer Würde zurück: im Winter kann die Rede von Winterfaltern sein, den sogenannten Schneefaltern, ich fange sie auf dem Lande – im Wald und auf dem Feld, vornehmlich morgens –, auf die zweite von Ihnen gestellte Frage antworte ich: der Tatbestand meiner Geisteskrankheit wird von niemandem bezweifelt, sonst würde man mich ja nicht in dieser verfluchten Schule zusammen mit anderen solchen Dummen halten. Sie werden frech, ich muß mit Ihren Eltern sprechen, woraufhin als Antwort erfolgen muß: Sie haben das Recht zu sprechen, mit wem Sie wünschen, also auch mit meinen Eltern, nur äußern Sie niemandem gegenüber Ihre Zweifel hinsichtlich der Winterfalter, man wird Sie auslachen und zwingen, hier zusammen mit uns zu lernen: es gibt nicht weniger Winterfalter als Sommerfalter, merken Sie sich das. Dann sind alle Folianten und handschriftlichen Werke in die Aktentasche zu legen, und es ist gemessen, mit dem gemächlichen Schritt des älter werdenden gelehrten Entomologen, unter gelegentlichem Hüsteln das Auditorium zu verlassen.

Ich weiß: du und ich – wir haben die Schule nie gemocht, besonders nicht seit jenem Tag, als unser Direktor Nikolaj Gorimirowitsch Perillo das Pantoffelsystem einführte. So nannte sich, wenn du es nicht vergessen hast, die Ordnung, der entsprechend die Schüler verpflichtet waren, Pantoffeln in die Schule mitzubringen, wobei sie sie nicht einfach in der

Hand und auch nicht in dem Ranzen mitbringen durften, sondern in speziell dafür genähten Schuhbeuteln. Richtig, in weißen Beuteln mit einer Trageschnur, und auf jedem Beutel mußte mit Wäschetinte der Name des Schülers, dem der Beutel gehörte, geschrieben sein. Man hatte zu schreiben, sagen wir: *Schüler soundso, Klasse 5 »U«*, und unbedingt darunter, doch mit größeren Buchstaben: *Pantoffeln*. Und noch tiefer, aber noch größer: *Sonderschule*. Na und ob, ich erinnere mich gut an diese Zeit, sie begann sofort, an einem der Tage. Während des Unterrichts kam N. G. Perillo zu uns herein, er machte ein grimmiges Gesicht. Er machte immer ein grimmiges Gesicht, denn, wie uns Vater erklärte, war das Gehalt des Direktors gering, aber er trank viel. Perillo lebte in einem eingeschossigen Anbau, der auf dem Schulhof stand, und wenn du willst, beschreibe ich dir das Haus und den Schulhof. Beschreib nur den Schulhof, an das Haus erinnere ich mich. Rings um unsere Schule aus rotem Ziegelstein verlief eine Mauer aus ebensolchen Steinen. Vom Tor zum Haupteingang führte eine asphaltierte Allee – an beiden Seiten wuchsen irgendwelche Bäume, da waren auch Blumenbeete. An der Fassade konnte man einige Skulpturen sehen: im Zentrum zwei kleine alte Kreidemänner, einer mit einer Schirmmütze und der andere mit einer Militärmütze. Die alten Männer standen mit dem Rücken zur Schule und dem Gesicht zu dir, der du die Allee zum Nachmittagsunterricht entlangläufst, und der eine hatte ebenso wie der andere einen Arm ausgestreckt, als ob sie auf irgendetwas Wichtiges zeigten, das dort auf dem freien steinigen Platz vor der Schule geschah, wo man uns einmal im Monat zwang, zur Körperertüchtigung um die Wette zu laufen. Links von den alten Männern verbrachte ihre Zeit die Skulptur eines Mädchens mit einer kleinen Hirschkuh. Und das Mädchen und auch die Hirschkuh leuchteten weiß, wie reine Kreide, und sie blickten auch auf den freien Platz. Auf der rechten Seite der alten Männer aber stand ein Hornbläser, ein Junge, und er hätte gern auf dem Horn gespielt, er konnte es, er hätte alles blasen können, sogar einen schulfremden Czardas, doch die Sache war leider die, daß er kein Horn hatte, das Horn hatte man ihm aus der Hand geschlagen, richtiger, das weiße Gipshorn war beim Transport zerbrochen, und dem Jungen hing aus den Lippen nur das Gerippe eines Horns, ein Stückchen rostigen Drahts. Laß mich dich verbessern. Soweit ich mich erinnere, stand das weiße Mädchen wirklich im Schulhof, aber es war kein Mädchen mit einer Hirschkuh, sondern mit einem Hund, ein Kreidemädchen mit einem einfachen Hund; als wir auf dem Fahrrad von Punkt A nach Punkt B radelten, da ging dieses Mädchen in einem kurzen Kleid und mit Löwenzahn in den Haaren baden; du sagst, daß das Kreidemädchen bei uns vor der Schule steht (stand) und auf den freien Platz sieht (sah), wo wir zur Körperertüchtigung um die Wette laufen (liefen), ich aber sage dir: sie schaut auf den Teich, wo sie bald baden wird. Du sagst, sie streichelt eine Hirschkuh, ich aber sage dir, dieses Mädchen streichelt seinen einfachen Hund. Und von dem weißen Jungen hast du auch nicht richtig berichtet: er steht nicht und er spielt nicht Horn und, obwohl aus seinem Mund irgendein Stückchen Eisen heraushängt, kann er nicht Horn spielen, ich weiß nicht, was das für ein Stückchen Eisen ist, vielleicht ist das eine Nadel, mit der er sich den Mund zunäht, um das Schulbrot seiner Mutter nicht essen zu müssen, das in die Zeitung seines Vaters eingewickelt ist. Doch das Wichtigste ist folgendes: ich behaupte, daß der weiße Junge nicht steht, sondern sitzt, ein dunkler Junge ist es, der vor dem Hintergrund des weißen Morgenlichts sitzt, Buch um Buch, im Gras, ein Junge und ein Ingenieur ist es, auf den ein Auto wartet, und er sitzt auf seinem Postament genauso wie Saul Petrowitsch auf der Fensterbank in der Toilette, um sich die Fußsohlen zu wärmen, wenn wir erzürnt hineingehen, mit unseren entomologischen Notizen in der Aktentasche, den Plänen der Umwandlung der Zeit, den verschiedenfarbigen Schmetterlingsnetzen zum Fangen der Winterfalter, wobei die langen, fast zwei Meter langen Stangen dieser prächtigen Ausrüstungen aus den Aktentaschen herausragen und gegen die Ecken und die selbstzufriedenen Porträts der Gelehrten an den Wänden stoßen. Wir gehen erzürnt hinein: lieber Saul Petrowitsch, in unserer schrecklichen Schule ist es unmöglich geworden zu lernen, es gibt zu viel Schulaufgaben, die Lehrer sind fast alle blöde, die sind kein bißchen gescheiter als wir, verstehen Sie, man muß etwas machen, es muß einen entscheidenden Schritt geben – vielleicht Briefe an irgendwelche Stellen, vielleicht Boykotts und Hungerstreik, Barrikaden und Barrakuden, Trommeln und Tamburins, Verbrennung von Zeitschriften und Tagebüchern, ein Autodafé im Umfang aller Sonderschulen der Welt, schauen Sie, hier, in unseren Aktentaschen sind Schmetterlingsnetze. Wir brechen die Stangen von den eigenen Netzen ab und fangen alle wirklich Dummen und stülpen ihnen diese Netze über die Köpfe wie Narrenkappen, und mit den Stangen werden wir sie in ihre verhaßten Gesichter schlagen. Wir veranstalten eine großartige bürgerliche Massenhinrichtung, und sollen doch all die, die uns so lange in unseren idiotischen Sonderschulen gequält haben, selbst zur Körperertüchtigung auf den steinigen freien Plätzen um die Wette laufen und selbst die Aufgaben mit den Radfahrern lösen, und wir, die ehemaligen Schüler, vom Tinten- und Kreidesklaventum befreit, wir setzen uns auf unsere Datschenfahrräder und jagen die Chaussee entlang und durch die Siedlungen, immer wieder grüßen wir bei der Fahrt bekannte Mädchen in kurzen Röckchen, Mädchen mit einfachen Hunden, wir werden Überland-Radfahrer der Punkte A B C, und sollen doch diese verfluchten Dummköpfe, Dummköpfe, die verfluchten, die Aufgaben von und für uns lösen, uns die Radfahrer. Wir werden Radfahrer und Briefträger wie Michejew (Medwedjew) oder wie der, den Sie, Saul Petrowitsch, den Windbringer nennen. Wir alle, die ehemaligen Idioten, werden Windbringer, und das wird herrlich sein. Erinnern Sie sich, Sie haben uns einmal gefragt, ob wir an diesen Menschen glauben, und wir haben gesagt, daß wir nicht wissen, was wir diesbezüglich denken sollen, doch jetzt, nachdem der versengende Sommer von einem naßkalten Herbst abgelöst ist und die Passanten, den Kopf in den Kragen gesteckt, davon träumen, sich in Vögel zu verwandeln, jetzt wollen wir ihnen persönlich, lieber Saul Petrowitsch, und allen anderen fortschrittlichen Pädagogen schnell mitteilen, daß wir an der Existenz des Windbringers nicht zweifeln, wie wir auch nicht zweifeln, daß eine Zukunft voller Radfahrer und Fahrradbringer kommt. Und von hier, aus unserer widerlichen Männertoilette mit den beschmierten Fenstern und dem nie trocknenden Fußboden, schreien wir heute in die ganze weite Welt: es lebe der Windbringer! Erzürnt.

Inzwischen sitzt unser hagerer und barfüßiger Lehrer Saul auf der Fensterbank und blickt uns gerührt an, die wir dieses großartigste aller Oratorien zu Ohren bringen, und als sein letztes Echo durch die leeren, nach dem Unterricht noch stinkenden Klassen und Flure hallt und in die herbstlichen Straßen fortfliegt, da holt der Lehrer Saul aus der Brusttasche seiner Windjacke eine Nagelschere und schneidet sich die Fußnägel, blickt auf die Toilettentüren, die mit frechen Worten und blöden Zeichnungen bemalt sind und: wieviel Unanständiges, sagt er, wie unschön ist es bei uns in der Toilette, o Gott, bemerkt er, wie armselig sind unsere Gefühle für die Frau, wie zynisch sind wir, die Menschen der Sonderschule. Können wir denn keine hohen, starken und zärtlichen Worte statt dieser fremden und scheußlichen wählen. Ihr Leute, Lehrer und Schüler, wie unverständig und schmutzig seid Ihr in euren Gedanken und Handlungen! Aber sind wir denn an der Idiotie und unserer Fleischeslust schuld, haben denn unsere Hände die Toilettentüren beschrieben? Nein, nein! schreit er, wir sind nur schwache und machtlose Hörige und Ungehörige unseres Direktors Kolja Perillo, das war er, der unsere Unanständigkeit und unseren Schwachsinn geduldet hat, und das war er, der uns nicht beigebracht hat, zärtlich und stark zu lieben, und das waren seine Hände, die unsere führten, als wir hier an die Wände gemalt haben, und er ist an unserer Idiotie und Fleischeslust schuld. O verdammter Perillo, wird Saul sagen, wie bist du mir verhaßt! Und wird anfangen zu weinen. Wir aber werden verunsichert dastehen, nicht wissen, was wir sagen sollen, wie wir ihn beruhigen können, unseren genialen Lehrer und Menschen. Auf dem Steinboden werden wir dastehen, von einem Bein auf das andere treten, und der schmierige Dreck, den man uns Schülern vom Nachmittagsunterricht hinterlassen hat, wird unter unseren Füßen glucksen und allmählich, ganz unbemerkt in die Segeltuchpantoffeln eindringen, nach denen so lange und qualvoll unsere arme Mutter angestanden hat. Einmal abends, abends an einem der Tage: Mama, heute kam Perillo grimmig zu uns in die Klasse. Er hat alles, was unser Lehrer an die Tafel geschrieben hatte, mit einem Lappen weggewischt. Achtung, sagte er, der Direktor, in der Stille, vom soundsovielten an wird diese Sonderschule mit allen ihren Chemikalien, Faraday-Lampen, Volleyball-Bällen, Tintenfässern, Tafeln, Halbtafeln, Landkarten, Piroggen und anderem Tingeltangel zur Muster-Aktivisten-Sonderschule erklärt, die den Namen des vaterländischen Mathematikers Lobatschewski tragen wird, und sie wird zum Pantoffelsystem übergehen. Da ging ein Raunen durch die Klasse, so ein Raunen, und ein Junge – ich erinnere mich nicht, vielleicht verstehe ich es auch einfach nicht, wie er heißt, vielleicht war ich auch selbst dieser Junge – dieser Junge schrie los, schrie jetzt laut los, weißt du so: a-a-a-a-a-a-a-a! Entschuldige Mama, ich verstehe, es ist durchaus nicht unbedingt nötig vorzumachen, wie da der Junge geschrieen hat, um so mehr als Papa sich hingelegt hat, es genügt, einfach zu sagen, daß ein Junge geschrieen hat, vielleicht, daß er sehr stark und unerwartet aufschrie, und es ist durchaus nicht unbedingt nötig vorzumachen, daß er nämlich so schrie: a-a-a-a-a-a-a! Dabei riß er den Mund weit auf und streckte die Zunge heraus, und er schien mir eine ungewöhnlich rote Zunge zu haben, sicher ist der Junge krank, und bei ihm setzte ein Anfall ein – so dachte ich. Ich muß bemerken, Mama, er hat wirklich eine sehr rote und lange Zunge mit violetten Flecken und Äderchen, als ob der Junge Tinte trinkt, einfach erstaunlich. Es sah so aus, als ob er beim Arzt Hals-Nasen-Ohren sitzt und der Arzt ihn bittet, sein »a« zu sagen, und der Junge den Mund aufmacht und bemüht sagt oder richtiger schreit: a-a-a-a-a-a-a-a-a-a! Er schrie eine ganze Minute lang und alle blickten zu ihm hin, dann aber hörte er auf zu schreien und bat ganz leise zum Direktor gewandt: aber was bedeutet das? Da erinnerten sich alle, daß der Junge stottert, daß ihm der Übergang von einem Vokal zu einem Konsonanten manchmal schwerfällt und daß er dann auf dem Vokal stehen bleibt und schreit, weil ihm das unangenehm ist. Und so hatte er heute geschrien: a-a-a-a-a-a-a-a-a! Er hatte den Direktor fragen wollen: aber was bedeutet das. Das war alles. Und schließlich hatte er die Frage ausgesprochen, und der Direktor Perillo antwortete durch die Zähne: das Pantoffelsystem, das ist eine solche Sachlage, bei der jeder Schüler Pantoffeln kauft und sie in die Schule in einem Spezialbeutel mit Trageschnur bringt. Beim Betreten der Schule zieht der Schüler sein gewöhnliches Schuhwerk aus und zieht die mitgebrachten Pantoffeln an, füllt den leeren Schuhbeutel mit seinem gewöhnlichen Schuhwerk und gibt ihn zusammen mit Mantel und Mütze bei der Garderobenfrau ab. Erkläre ich es verständlich? fragte der Direktor, und blickte trübe in alle Himmelsrichtungen. Und da fing der Junge wieder schrecklich an zu schreien, diesmal war es ein anderer Laut: o-o-o-o-o-o-o! Ich mache das nicht noch einmal, Mama, ich weiß nicht, wie ich vergessen konnte, daß Papa in seinem Zimmer mit der Zeitung in der Hand eingenickt ist, er ist sicher müde, er hat so eine anstrengende Arbeit, so viel zu tun, so viele Akten, so viele zugrunde gerichtete Schicksale, armer Papa, ich mache das nicht noch einmal, Mama, ich erzähle nur zu Ende. Und da schrie der Junge los: o-o-o-o-o-o-o! – und dann brachte er es heraus: o wie schön. Perillo wollte schon fortgehen, als wir, das heißt ich und er, der andere, aufstanden und sagten: Nikolaj Gorimirowitsch, wir wenden uns an Sie persönlich und mit Ihnen als einem offenen und ehrlichen Menschen an die ganze Verwaltung mit der Bitte, uns zu gestatten, einen Schuhbeutel für zwei zu benutzen, weil es für unsere Mutter doppelt so schwer sein wird, zwei Schuhbeutel zu nähen wie einen. Worauf der Direktor mit dem Lehrer einen Blick austauschte, so als ob sie beide etwas wüßten, was sonst niemand wußte, als ob sie mehr als wir wüßten, und antwortete: jeder Schüler der Vaterländischer-Mathematiker-Lobatschewski-Muster-Aktivisten-Sonderschule ist verpflichtet, seinen eigenen Schuhbeutel mit Trageschnur zu haben, je Schüler – ein Schuhbeutel. Und solange Sie der Ansicht sind, daß Sie zwei sind, müssen Sie zwei Schuhbeutel haben – nicht mehr und nicht weniger. Wenn Sie annehmen, daß Sie zehn sind, dann bringen Sie zehn Schuhbeutel. Teufel noch eins! stießen wir laut und zornig aus, es wäre besser, es hätte uns nie gegeben, dann würden Sie uns nicht mit Ihren verfluchten Schuhbeuteln und Pantoffeln belästigen, arme Mama, du mußt jetzt zwei Schuhbeutel nähen, bis in die tiefe Nacht sitzen, ganze Nächte durch an der Nähmaschine und nähen – ra-ta-ta, ra-ta-ta, ganz durch, durch das Herz, ach, hätten wir uns doch besser für immer in eine Lilie, in eine Wasserlilie verwandelt, wie damals auf dem Fluß, nur für immer, bis ans Ende des Lebens. Erzürnt. Der Direktor Perillo holte aus der Innentasche seines Jacketts ein zerknülltes Tuch und rieb sorgfältig über seine sommersprossige, rote, eingedellte Glatze. Er machte das, um seine Unsicherheit zu verbergen, er war unsicher geworden, er hatte nicht erwartet, daß es in der Schule so zornige Lernende gibt. Er sagte grimmig: Schüler soundso, ich hatte nicht angenommen, daß es hier Leute gibt, die in der Lage sind, in einem solchen Maße mein Vertrauen zu Ihnen aufs Spiel zu setzen, wie Sie das eben getan haben. Und wenn Sie nicht wünschen, daß ich Sie aus der Schule ausschließe und Ihre Papiere *dorthin* übergebe, dann setzen Sie sich sofort hin und schreiben Sie einen erklärenden Vermerk über das verlorene Vertrauen, Sie sind verpflichtet, mir alles zu erklären, und in erster Linie Ihre törichte pseudowissenschaftliche Theorie über die Verwandlung in eine Wasserlilie. Nach diesen Worten drehte sich Perillo um, knallte militärisch die Hacken zusammen – es hieß in der Schule, daß der Direktor in demselben Bataillon mit Kutusow gedient hatte – ging hinaus und schlug die Tür zu. Verärgert. Die ganze Klasse blickte zu uns hin, streckte die giftige rote Zunge heraus, zielte mit der Schleuder und kicherte, denn diese ganze Klasse, wie auch alle anderen in diesem Sonderladen, ist dumm und ungebärdig. Sie sind es, diese Idioten, die da Katzen an der Feuerleiter aufhängen, sie sind es, die einander in der großen Pause ins Gesicht spucken und sich die Pflaumenmuspiroggen wegnehmen, sie sind es, die einander unbemerkt in die Tasche pinkeln und ein Bein stellen, sie sind es, die einander die Arme umdrehen und in den Schwitzkasten nehmen, und sie sind es, diese Idioten, die die Toilettentüren beschmiert haben.

Doch warum ärgerst du dich so über deine Schulkameraden, sagt unsere geduldige Mutter, bist du denn nicht selbst so einer wie sie? Wenn du anders wärst, dann hätten wir dich doch nicht in die Sonderschule geschickt, o, du kannst dir nicht vorstellen, was das für ein Glück für mich und den Vater sein würde! Herr des Himmels, ich wäre sicher die glücklichste Mutter. Nein, Mama, nein, wir sind ganz andere Menschen, und mit solchen Blödkerlen verbindet uns nichts, wir sind unvergleichlich höher und besser als sie, in jeder Hinsicht. Natürlich, von außen her gesehen, kann es so wirken, als ob wir ebenso wären, und in der Leistung ist überhaupt keiner schlechter als wir, wir sind ja nicht in der Lage, auch nur ein einziges Gedicht bis zum Schluß zu behalten, noch weniger eine Fabel, aber dafür behalten wir wichtigere Dinge. Kürzlich hat Suppenkelle dir erklärt, daß wir – deine Söhne – ein sogenanntes selektives Gedächtnis haben, und das ist außerordentlich richtig, Mama, ein Gedächtnis dieser Art erlaubt uns zu leben, wie wir wollen, denn wir behalten nur das, was wir brauchen, und nicht, was jene Trottel brauchen, die es wagen, uns unterrichten zu wollen. Weißt du, wir erinnern uns sogar nicht einmal, wie viele Jahre wir schon in die Sonderschule gehen, manchmal vergessen wir auch die Bezeichnung der Schul- und sonstigen Fächer, von irgendwelchen Formeln und Definitionen ganz zu schweigen – die kennen wir überhaupt nicht. Einmal, vor einem oder drei Jahren, da hast du uns einen Nachhilfelehrer in irgendeinem Fach besorgt, vielleicht in Mathematik, und wie es üblich ist, sind wir zu ihm arbeiten gegangen, für jede Stunde nahm er soundso viele Rubel. Das war ein teurer und kenntnisreicher Pädagoge, und etwa in der zweiten Stunde, da teilte er uns mit: junger Mann, nein, ich irre mich, er sagte ganz ungewöhnlich: Jüngling; Jüngling, Sie sind ein Unikum, von dem Fach wissen Sie absolut gar nichts. Als wir zur dritten Stunde gekommen waren, ließ er uns in der Wohnung allein und ging selbst in ein Geschäft Bier holen. Es war Sommer, heiß, und wir waren zur Stunde von der Datscha gekommen, es war unerträglich, Mama. Der Nachhilfelehrer sagte uns: n' Tag, n' Tag, Jüngling, was hab ich auf Sie gewartet – er rieb sich die Hände – gewartet, diese Hitze, ist ja Sommer, haben Sie Geld mit? Geben Sie es her, was habe ich gewartet, überhaupt keine Kopeke mehr, lassen Sie es sich gutgehen, ich gehe Bier holen, fühlen Sie sich wie zu Hause, malen Sie meinetwegen, füttern Sie die Guppyis, die Lampe im Aquarium ist durchgebrannt, das Wasser ist trübe, aber wenn ein Fischchen an das Glas heranschwimmt, kann man es beobachten, schauen Sie sich das an, ja, übrigens, schauen Sie auch in den Rybkin, er steht im Regal, das ist ein Buch, ein Aufgabenbuch, empfehle Nummer soundso, exzeptionell interessant, da fährt ein Radfahrer, können Sie sich das vorstellen? Ist auf dem Weg von Punkt zu Punkt, eine interessante Situation, die Hitze ist unerträglich, was habe ich gewartet, keine Kopeke im ganzen Haus, die Nachbarn alle im Süden, es ist einfach keiner da, bei dem ich mir etwas pumpen könnte, übrigens, ich bin schon weg, lassen Sie es sich gut gehen, tun Sie, was Sie wollen, nur lassen Sie den Eisschrank in Ruhe, da ist sowieso nichts drin, leer, also Bier holen, Bier holen, und noch einmal Bier holen, damit es nicht so quälend wehtut. Zerstreut. Nein, konzentriert. Gestikulierte vor dem Spiegel. Als der Nachhilfelehrer mit dem Bier zurückkam – dreißig Flaschen, Mama, – da fragte er uns, ob wir Schach spielen können. Ja, antworteteten wir, gerade an diesem Tag hatten wir eine neue Figur erfunden, sie hieß Springerturm und konnte überkreuz ziehen oder überhaupt nicht ziehen, das heißt einen Zug auslassen, in ihrem Feld bleiben. In einem solchen Falle sagt der Spieler zu seinem Partner einfach: es zieht der Springerturm, in Wirklichkeit aber steht der Springerturm wie angewurzelt da und blickt trübe in alle Himmelsrichtungen, wie Perillo. Dem Nachhilfelehrer gefiel die Idee der neuen Figur sehr, und wenn wir später zu ihm kamen, dann sang er oft auf die Melodie der »Kinder des Hauptmann Blood«: Springerturm, Springerturm, lächle mal, – und trank Bier, und wir,

wir haben nie wieder etwas für die Schule getan, wir spielten Schach und haben nicht selten den Nachhilfelehrer geschlagen. Also, wir haben kein schlechtes Gedächtnis, Mama, es ist eher selektiv, und du brauchst nicht traurig zu sein. Und da hörten wir drei, die wir in der Küche saßen, die Stimme unseres Vaters und begriffen, daß er bereits nicht mehr im Sessel schlief, sondern den Flur entlangging, mit den Pantoffeln schlurfte und mit den neuen Abendzeitungen raschelte. Er ging müde, lange, und hustete – das war seine Stimme, daran konnte man ihn erkennen. Guten Abend, Papa, in dem alten Pyjama, sei nicht traurig, daß er alt ist, einmal wird Mama dir einen neuen nähen oder kaufen und Die die Kommen werden wissen wollen: genäht oder gekauft, genäht oder gekauft, genäht oder gekauft? Unser Vater Staatsanwalt ist sehr groß: wenn er in der Küchentür steht, dann füllt er mit seinem karierten Pyjama die ganze Türöffnung, er steht da und fragt: was ist denn passiert, warum schreit ihr hier in meinem Haus, was ist mit euch, seid Ihr alle verrückt geworden? Ich dachte, da sind schon wieder eure blödsinnigen Verwandten gekommen, alle hundert Mann auf einmal. Teufel noch eins, ich spaße nicht! Geht es denn wirklich nicht leiser, du hast deinen Sprößling restlos verwöhnt, er hat, klarer Fall, nichts als Fünfen. Nein, Papa, darum geht es nicht, verstehst du, der Springerturm ist in meine Träume eingedrungen, *wie eine rote Männerfaust in einen Lederhandschuh*, und der arme Kerl, der Springerturm, hat doch ein selektives Gedächtnis. Was ist denn das für eine Spinnerei, ich will deinen Blödsinn nicht hören, sagte Vater zu mir. Er setzte sich auf einen Hocker, wobei es so aussah, als ob er gleich unter der Last dieses unendlich müden Körpers zusammenbrechen würde, und er schob den Haufen Zeitungsblätter zusammen, um sie glatt zu streichen, und kennzeichnete mit dem Fingernagel irgendeine Stelle in der Rubrik *Anzeigen*. Hör mal, wandte er sich zu Mutter, hier steht: Winterdatscha zu kaufen gesucht. Was meinst du, sollten wir unser Haus nicht diesem Typ verkaufen, das ist sicher ein Gauner und Betrüger, irgendso ein Vorarbeiter oder Betriebsleiter, er hat bestimmt Geld, natürlich, sonst würde er keine Anzeige aufgeben. Gerade saß ich so da und dachte nach, fuhr Vater fort, wozu brauchen wir eigentlich diese Bude, hier gibt es doch nichts Anständiges: der Teich ist dreckig, alle Nachbarn mieses Volk und Säufer, und wieviel Geld kosten allein die Reparaturen. Aber die Hängematte, sagte Mama, wie schön ist es, nach einem schweren Tag in der Hängematte zu liegen, das hast du doch so gern. Die Hängematte kann ich auch in der Stadt aufhängen, auf dem Balkon, sagte Vater, sie nimmt zwar den ganzen Balkon ein, dafür kommt dort, auf den Balkon, kein einziger Verwandter hin, das ist die Hauptsache, es hängt mir zum Halse heraus, eine Datscha für deine Verwandten zu unterhalten, verstehst du das oder verstehst du das nicht? Das Ding wird verkauft und damit basta und keine Steuern mehr, keine Glaser, Dachdecker usw., um so mehr als ich es nicht mehr lang bis zur Pension habe, nicht wahr? Wie du meinst, sagte Mama.

Und damals habe ich – diesmal war das nämlich ich und nicht jener Junge aus der gleichen Klasse, der so quälend stotterte – damals habe ich meinen Vater angeschrien: a-a-a-a-a-a-a-a-a-a-a-a! Ich schrie so laut, wie ich noch nie in meinem Leben geschrieen hatte, ich wollte, daß er es hörte und begriff, was der Schrei seines Sohnes bedeutet: a-a-a-a-a-a-a-a-a! Wölfe an den Wänden sogar schlimmer an den Wänden Menschen Menschen ihre Gesichter das sind Krankenhauswände das ist die Zeit wenn du stirbst still und schrecklich a-a-a-a-a zusammengekauert zu einem Fötus Gesichter die du nie gesehen hast aber die du in Jahren sehen wirst das ist das Vorspiel des Todes und des Lebens denn dir ist verheißen zu leben damit du den rückwärtigen Gang der

Zeit empfindest damit du in der Sonderschule lernst und unendlich die Lehrerin liebst Weta das Zweiglein die Wetka der Akazie die zerbrechliche Frau in engen beim Gehen hörbaren Strümpfen ein Mädchen mit einem kleinen Muttermal neben dem süßen und einladenden Mund eine Datschenbewohnerin mit den Augen einer losen Hirschkuh ein dummes und käufliches Mädchen vom Bahnsteig der elektrischen Vorortbahn mit der Straßenbrücke darüber und der Uhr und den im Schneewind dem Schneewind schwirrenden Drähten und noch höher a-a-a-a-a fliegende junge Sterne und durch die Jahre jagende Gewitter – bin ich zu spät? entschuldigen Sie, um Gottes willen, Weta Arkadjewna, ich habe Mutter begleitet, sie ist für einige Tage zu den Verwandten gefahren, in eine andere Stadt, übrigens wird Sie das, nehme ich an, nicht interessieren, ehrlich gesagt, ich weiß nicht, was ich tun soll, damit es für Sie interessant ist, nun habe ich mir gedacht, lassen Sie uns doch irgendwohin fahren, in den Park oder in das Restaurant, Ihnen ist sicher kalt, knöpfen Sie sich doch zu, warum lachen Sie, habe ich denn etwas Komisches gesagt, hören Sie doch bitte auf, was? Sie würden lieber in die Datscha? aber wir haben die Datscha längst verkauft, wir haben keine Datscha, denn Vater ist pensioniert worden, gehen wir doch in das Restaurant, ich habe gestern Geld bekommen, nicht sehr viel, aber ich habe welches, ich arbeite jetzt in einem Ministerium, aber nicht doch, nein, ich bin nicht so ein Ingenieur, was? ich verstehe nicht, da kommt die Straßenbahn, treten Sie von der Bahnsteigkante zurück, weshalb ich Ihnen das Briefchen geschrieben habe? zum Teufel, ich kann nicht so schnell antworten, wir müssen ein bißchen plaudern, uns irgendwo niederlassen, lassen Sie uns zum Restaurant fahren, ja? was? mit der Straßenbahn? natürlich, hier ist keine Haltestelle, wir sind außerhalb der Stadt, genauer am Rande der Stadt, unterwegs werde ich alles erzählen, alles ist sehr wichtig, wichtiger als Sie denken, das ist wichtiger, wichtiger, stellen Sie sich vor, einmal, wahrscheinlich vor ziemlich langer Zeit, bin ich hierher gekommen, auf den verschneiten Bahnsteig, zusammen mit meiner Mutter, Sie wissen das, sicher, hier, in Fahrtrichtung links kommt der Friedhof, dort ist meine Großmutter beerdigt – i-i-i-i-i-i – und genauso wie jetzt gingen Vorortzüge, Güterzüge, Schnellzüge – vorsichtig, Mama, rutsch nicht aus – oder war das ein anderer Bahnsteig, sie sind sich alle so ähnlich, – ein großer weißer Friedhof, eine Kirche, doch vorher ein Markt, ein Markt, dort muß man Sonnenblumenkerne kaufen, Frauen in Bauerntüchern, es riecht nach Kuh, nach Milch, lange Tische und Dächer darüber, ein paar Motorräder am Eingang, Arbeiter in blauen Schürzen laden Kisten von einem Lastwagen ab, von dem Bahnübergang, wo der Schlagbaum und die gestreifte Bude ist, hört man eine heisere Signalpfeife, zwei Hunde sitzen bei dem Fleischstand, am Zaun entlang stehen die Leute nach Petroleum an, das Pferd, das den Tankwagen gebracht hat, auf das Pferd fällt Schnee vom Baum, unter dem es steht, aber das Pferd ist weiß, und deshalb kann man den Schnee auf seiner Kruppe fast nicht sehen. Dann ist da noch die Pumpe zum Wasserholen, ringsum Eiszungen mit Sand bestreut, sind da noch Zigarettenstummel, in die Schneewehe geworfen, dann noch ein Invalide in einer gesteppten Wattejacke, er verkauft aufgereihte getrocknete Pilze. Ein Wagenrad an eine Mülltonne gelehnt. Mama, gehen wir bei der Großmutter vorbei oder gleich zum Maestro? Zur Großmutter, antwortet die Mutter, zunächst erst einmal zur Großmutter, sie wartet, wir waren lange nicht bei ihr, das ist einfach nicht richtig, sie kann denken, daß wir sie ganz vergessen haben, bring deinen Schal in Ordnung und zieh die Handschuhe an, wo ist dein Taschentuch, die Großmutter mag dich so nicht sehen. An dem eisernen Tor mit den gußeisernen Verzierungen vorbei, einen Strauß Papierblumen gekauft – damit handelt eine alte blinde Frau bei der Kirche, die zentrale Allee entlang, dann nach rechts abgebogen. Weitergehen bis man den weißen Marmorengel erblickt, er sieht wie eine junge Frau aus. Der Engel steht hinter einem blauen Zaun, hat auf dem Rücken seine schönen großen Flügel zusammengelegt und den Kopf gesenkt: er hört auf die Sirenen der Züge – die Strecke verläuft einen Kilometer von hier entfernt – und beweint meine Großmutter. Mama sucht den Schlüssel der Umfriedung, das heißt vom Vorhangschloß, das die Umfriedung zumacht, das Törchen in der Umfriedung. Der Schlüssel liegt irgendwo dort in Mamas schön riechender Handtasche – zusammen mit der Puderdose, dem Parfumfläschchen, dem Spitzentuch, Streichhölzern (Mama raucht natürlich nicht, aber Streichhölzer hat sie für alle Fälle bei sich), dem Paß, einem Knäuel Papierbindfaden, zusammen mit einem Dutzend alter Straßenbahnfahrscheine, einem Lippenstift und Kleingeld für unterwegs. Mama kann den Schlüssel lange nicht finden und regt sich auf: nun, wo ist er denn, Herrgott, ich erinnere mich gut, daß er da war, kommen wir etwa heute nicht zur Großmutter, das ist so ärgerlich. Aber ich weiß, daß der Schlüssel sich bestimmt findet und warte ruhig – nein, das stimmt nicht, ich rege mich auch auf, denn ich habe vor dem Engel Angst, ich habe ein bißchen vor dem Engel Angst, Mama, er ist so finster. Rede keinen Unfug, er ist nicht finster, sondern leidtragend, er beweint die Großmutter. Schließlich ist der Schlüssel gefunden, und Mama fängt an, das Schloß aufzumachen. Das klappt nicht gleich: der Wind hat Schnee in das Schlüsselloch geblasen, und der Schlüssel geht nicht hinein, und da umfaßt Mama das Schloß mit ihrer Hand, um es zu wärmen und den Schnee im Schlüsselloch aufzutauen. Falls das nicht hilft, dann bückt sich Mama und haucht das Schloß an, als wolle sie ein erfrorenes Herz auftauen. Schließlich schnappt das Schloß und geht auf – ein bunter Winterfalter, der auf einem Holunderzweig gesessen hatte, erschrickt und fliegt zum Nachbargrab. Der Engel zittert nur, fliegt aber nicht weg, er bleibt bei der Oma. Mama öffnet mit schmerzlichem Gesicht das Törchen, geht auf den Engel zu und schaut ihn lange an – der Engel ist schneebedeckt. Mama bückt sich und holt unter der Bank einen Sorghumbesen hervor: wir haben ihn einmal auf dem Markt gekauft. Mama fegt den Schnee von der Bank, dann dreht sie sich zum Engel und putzt den Schnee von seinen Flügeln (ein Flügel ist beschädigt, angebrochen) und vom Kopf, der Engel runzelt unzufrieden die Stirn. Mama nimmt einen kleinen Spaten – der steht hinter dem Rücken des Engels – und schaufelt den Schnee von Omas Grabhügel. *Dem Grabhügel, unter dem die Großmutter liegt.* Dann setzt sich Mama auf die Bank und nimmt ein Taschentuch aus der Handtasche, um die herandrängenden Tränen wegzuwischen. Ich stehe daneben, ich habe keine besondere Lust, mich hinzusetzen, Mama, keine besondere, danke, nein, ich bleibe stehen. Siehst du, sagt Mama zu ihrer Mutter, siehst du, da sind wir wieder einmal, guten Tag, meine Liebe, siehst du, wir haben wieder Winter, ist dir nicht kalt, vielleicht hätte ich den Schnee nicht wegschaufeln sollen, es wäre wärmer, hörst du, da fährt ein Zug, heute ist Sonntag, Mama, in der Kirche waren viele Leute, und zu Hause – da rinnen über die Wangen meiner Mutter die ersten Tränen – bei uns zu Hause ist alles in Ordnung, mit meinem Mann (Mama nennt den Vornamen meines Vaters) ist kein Streit, alle sind gesund, unser Sohn (Mama nennt meinen Namen) geht in die soundsovielte Klasse, mit dem Lernen geht es besser. Das stimmt nicht, Mama, das stimmt nicht, denke ich, bei mir ist es mit dem Lernen so schlimm, daß Perillo mich heute oder morgen aus der Schule schmeißt, denke ich, und ich Papierblumen verkaufen muß, wie die alte Frau, denke ich, laut aber sage ich: Oma, ich gebe mir schreckliche Mühe, schreckliche, ich werde bestimmt die Schule abschließen, reg dich bitte nicht auf, und ich werde Ingenieur, wie der Großvater. Mehr kann ich nicht sagen, denn ich fühle, daß ich gleich anfange zu weinen. Ich wende mich von der Großmutter ab und blicke die Allee entlang: an ihrem Ende, am Zaun, spielt ein kleines Mädchen mit einem Hund – guten Tag, Mädchen mit dem einfachen Hund, jedes Mal sehe ich dich hier, weißt du, was ich dir heute mitteilen möchte, ich betrüge meine ehemalige Großmutter, mir ist es irgendwie peinlich, ihr einen Schmerz zuzufügen, und ich spreche nicht die Wahrheit, niemals wird irgendeiner von uns Ingenieur werden, es reicht bei uns nicht so weit, wir sind nur fähig, Postkarten oder Papierblumen zu verkaufen, wie die alte Frau an der Kirche, ja, und das wohl kaum: wir werden es sicher nie lernen, solche Blumen zu machen, und wir werden nichts zu verkaufen haben. Das Mädchen geht fort und nimmt den Hund mit. Ich merke, daß der Schmetterling, der jetzt drei Schritt von mir entfernt sitzt, in der Biegung einer hohen Schneewehe, die Flügel ausbreitet, um aufzufliegen. Ich reiße das Törchen auf und laufe, doch der Schmetterling bemerkt mich, bevor ich meine Mütze über ihn stülpen kann: er verbirgt sich zwischen den Büschen und Kreuzen. Bis zum Knie im Schnee laufe ich ihm nach, traurig, ich bemühe mich, nicht auf die Fotographien der Menschen zu schauen, die es nicht mehr gibt; ihre Gesichter sind von der untergehenden Sonne beleuchtet, ihre Gesichter lächeln. Dämmerung senkt sich aus der Tiefe des Himmels. Der Schmetterling, der bald hier, bald dort auftaucht, entschwindet ganz, und du bleibst allein inmitten des Friedhofs.

Du weißt nicht, wie du zu deiner betrübten Mutter zurückkehren sollst und begibst dich in jene Richtung, von wo die Sirenen der Lokomotive zu hören sind, – in die Richtung auf die Bahnstrecke. Eine Lokomotive, blauer Rauch, eine Sirene, irgendein Knacksen im Mechanismus, die blaue – nein, schwarze Mütze des Lokomotivführers, er schaut aus dem Fenster der Führerkabine, blickt nach vorn und zur Seite, bemerkt dich und lächelt – er hat einen Schnurrbart. Er streckt die Hand nach oben, dorthin, wo offenbar Apparaturen und der Signalhebel sind. Du ahnst, daß gleich wieder eine Sirene ertönen wird – die Lokomotive schreit, wacht auf, rüttelt und zieht hinter sich die Waggons, läßt Dampf ab, gewinnt an Geschwindigkeit und gerät ins Keuchen. Sanft, etwas geduckt in unbeholfener Schüchternheit angesichts der eigenen unerklärlichen Kraft, gleitet sie über die Brücke, verschwindet – löst sich auf, und nun findest du nie mehr einen Trost: ach, was für ein Verlust: wo soll man sie suchen, die rabenschwarze Lokomotive, wo den schnurrbärtigen Lokomotivführer finden und wo noch einmal die altersschwachen – genau diese und keine anderen – Waggons sehen, die geflickten braunen, die traurigen und kreischenden. Verschwindet – löst sich auf. Du erinnerst dich an die Stimme der Sirene, den Dampf und die ewigen Augen des Lokomotivführers, überlegst, wie alt er sein könne, wo er wohnt, überlegst – vergißt (verschwindet, löst sich auf), erinnerst dich einmal und kannst von all dem, was du gesehen hast, niemandem etwas mitteilen: vom Lokomotivführer und der Lokomotive und von dem Zug, den die beiden über die Brücke fortgeführt haben. Du kannst es nicht, man versteht dich nicht, man sieht dich seltsam an: es gibt doch so viele Lokomotiven. Und wenn man dich versteht, dann wundert man sich. Verschwindet – löst sich auf. Raben-Lokomotive, Lokomotiven-Rabe. Lokomotivführer, die Waggons, die auf den Federn schwanken, der Husten des Rangierers und das Signalhorn. Eine lange Strecke, Spielkartenhäuschen jenseits des Bahndamms – staatliche und private, mit Lattenzäunen und einfachen Apfelgärten, in den Fenstern Licht oder glimmernde Finsternis, dort und hier ein dir unbekanntes und unbegreifliches Leben, Menschen, die du nie kennenlernen wirst. Verschwindet – löst sich auf. Du stehst in der weiten Dämmerung – die Hände in den Taschen des grauen Übergangsmantels – und erdenkst dem Zug eine schnelle Reisenacht, wünschst allen Heizern, Kontrolleuren und Lokomotivführern Gutes, wünschst ihnen eine gute Reisenacht und dazu: schlaftrunkene Gesichter der Bahnhöfe, Anschlagen der Weichen, Lokomotiven, die aus den galgenähnlichen Röhren der Wasserpumpen trinken, Schreie und Fluchen des Bahnpersonals, Geruch des Tambours, des Raumes zwischen den Zugtüren, Geruch nach verbrannter Kohle und reiner Bettwäsche, Geruch nach Sauberkeit, Weta Arkadjewna, nach reinem Schnee, im Grunde Wintergeruch, nach erstem Winteranfang, das ist am wichtigsten – verstehen Sie? Mein Gott, Schüler soundso, was schreien Sie denn so, das gehört sich einfach nicht, uns guckt ja der ganze Waggon an, kann man sich denn nicht über alles halblaut unterhalten. Dann stehst du auf, gehst in die Mitte des Waggons und sagst, die Hand zum Gruß erhoben: Bürger Mitreisende des Vorortzuges, ich bitte Sie um Vergebung, daß ich mich so laut unterhalten habe, es tut mir sehr leid, ich habe nicht richtig gehandelt; in der Schule, in der Sonderschule, in die ich einmal gegangen bin, hat man uns das keineswegs so beigebracht, man hat uns beigebracht, uns halblaut zu unterhalten, worüber das Gespräch auch gehen möge, so habe ich es auch mein ganzes Leben lang tun wollen. Doch heute bin ich ungewöhnlich aufgeregt, heute ist ein Ausnahmefall, heute bin ich, richtiger, für heute habe ich meine frühere Lehrerin eingeladen, habe ihr einen aufgeregten Brief geschrieben, und da ist meine Lehrerin auf den verschneiten Bahnsteig gekommen, um sich mit mir nach soundsovielen Jahren zu treffen, sie sitzt hier in unserem elektrischen Waggon, auf einer gelben elektrischen Bank, und alles, was ich ihr eben gesagt habe und ihr noch sagen werde, all das ist ungeheuer wichtig, glauben Sie mir, es ist der Grund, warum meine Stimme etwas lauter tönt als sonst, danke für Ihre Aufmerksamkeit. Aufgeregt. Du möchtest zu Weta zurückkehren, aber da legt dir jemand seine Hand auf die Schulter. Du drehst dich um: vor dir steht eine strenge Frau von etwas über vierzig Jahren, leicht meliert, mit einer Brille in zarter Goldfassung, die Frau hat grüne Augen und senkrechte und quälend bekannte Falten am Mund. Schau hin, das ist deine geduldige Mutter. Sie sucht dich schon eine geschlagene Stunde auf dem ganzen Friedhof: wohin bist du denn wieder gelaufen, du scheußlicher Junge, weshalb starrst du wieder die Lokomotiven an, sie dachte, dir sei etwas zugestoßen, es ist doch schon ganz dunkel. Antworte einfach und mit Würde: liebe Mama, ich habe einen Winterfalter gesehen, bin ihm nachgelaufen und habe mich deshalb verirrt. Laß uns sofort gehen, sagt die Mutter böse, die Großmutter ruft dich, sie bittet dich, ihr zu zeigen, wie du gelernt hast, Akkordeon zu spielen, spiel ihr etwas Trauriges, Schwermütiges – hörst du mich? und wage nicht, mir zu widersprechen. Oma, hörst du mich? Ich spiele dir ein Stück von Brahms, es heißt »Die Kartoffel«, aber ich bin nicht sicher, ob ich es gut geübt habe. Ich nehme das Akkordeon, das Instrument steht in einem schwarzen Kasten auf dem Schnee der Allee, hole es aus dem Kasten heraus und setze mich auf die Bank. Auf dem Friedhof ist Abend, doch den weißen Engel – er ist neben mir – kann ich gut sehen, wie ich mit dem Dreiviertel-Akkordeon da sitze, der Engel breitete seine Flügel aus, und sein trauriger Schatten drang in mein Spiel: i-i-i-eins-zwei-drei, eins-zwei-drei, eins-zwei-drei im Ga-arten auf'm Ra-asen zogen Mädchen entlang, Mä-hä-hädchen, eins-zwei-drei, eins-zwei-drei, weine nicht, Mama, sonst höre ich auf zu spielen; Omalein freut sich, da brauchst du nicht traurig zu sein, eins-zwei-drei, eins-zwei-drei Mä-hädchen, sie hatte auch ein selektives Gedächtnis, die Oma, Mä-hä-hädchen. Erinnerst du dich, wie das Akkordeon in der frostigen Luft des Friedhofs am frühen Abend klingt, wenn von der Eisenbahn her die Töne der Eisenbahn dringen, wenn von der fernen Brücke unmittelbar an der Stadtgrenze in die entlaubten Holunderzweige violette Straßenbahnfunken sprühen und aus dem Geschäft am Markt – auch das hörst du gut – Hilfsarbeiter auf einem Wagen Kästen mit leeren Flaschen fahren; die Flaschen klappern und tönen metallen, das Pferd schlägt mit den Hufen auf das vereiste Kopfsteinpflaster, die Arbeiter aber schreien und lachen – du wirst auch von diesen Arbeitern nichts erfahren, und auch sie werden von dir nichts erfahren – erinnerst du dich also, wie deine Baccarole in der frostigen Luft des Friedhofs am frühen Abend klingt? Warum fragst du mich danach, ich erinnere mich so ungern an diese Zeit, ich bin es leid, mich daran zu erinnern, aber wenn du darauf bestehst, dann werde ich ruhig und mit Würde antworten: mein Akkordeon klingt in solchen Minuten einsam. Darf ich dir folgende Frage stellen, mich interessiert ein Detail, ich will da dein und zugleich auch mein Gedächtnis überprüfen: in jenen Jahren, als du oder ich, als wir zusammen mit der Mutter unsere Großmutter besucht haben, um ihr auf dem Akkordeon ein neues Stück vorzuspielen oder ihr kurz den Inhalt einer neuen von uns gelesenen Geschichte aus der Serie ›Buch um Buch‹ zu erzählen, – lebte in jenen Jahren unser Lehrer Norwegow noch oder war er schon gestorben?

Siehst du, die Jahre, über die wir uns jetzt halblaut unterhalten, zogen sich ziemlich lange hin, sie zogen sich hin, lang hin, in dieser Zeit lag das Leben und auch der Tod unseres Präfekten Saul. Du meinst, da lag zuerst das Leben und dann der Tod? Ich weiß es nicht, in jedem Falle starb er gerade inmitten dieser langen auseinandergezogenen Jahre, und erst an ihrem Ende sind wir mit dem Lehrer auf dem hölzernen Bahnsteig unseres Bahnhofs zusammengetroffen, und in Norwegows Eimer plätscherten irgendwelche Wasser-Lebewesen. Aber ich verstehe nicht, an welchem Ende der genannten Jahre diese Begegnung stattgefunden hat, an diesem oder an dem anderen. Ich will dir das erklären, ich habe einmal in irgendeiner wissenschaftlichen Zeitschrift (ich habe unserem Vater den Artikel gezeigt, da hat er ihn durchgeblättert und sofort die ganze Zeitschrift vom Balkon geworfen, wobei er, beim Hinabwerfen, mehrfach das Wort *Akatowtum* ausrief) die Theorie eines Philosophen gelesen. Der Artikel hatte ein Vorwort, und da hieß es, er würde lediglich gedruckt, um die Diskussion fehlzuleiten. Der Philosoph schrieb dort, seiner Ansicht nach habe die Zeit einen umgekehrten Verlauf, das heißt, sie bewege sich nicht in der Richtung, in der sie sich unserer Ansicht nach bewegen müsse, sondern in der umgekehrten, zurück, deshalb würde alles, was gewesen sei, erst noch kommen, die wahre Zukunft, so hieß es, sei die Vergangenheit, das aber, was wir Zukunft nennen, das sei schon vergangen und würde sich nie wiederholen, und wenn wir nicht in der Lage seien, uns an das Vergangene zu erinnern, wenn es uns durch den Schleier der angeblichen Zukunft verborgen sei, dann sei das nicht unsere Schuld, sondern unser Unglück, denn wir alle hätten ein erstaunlich schwaches Gedächtnis, mit anderen Worten, dachte ich, als ich den Artikel las, wie bei mir und bei dir, wie bei uns beiden und unserer Großmutter – ein selektives. Und dann dachte ich noch: wenn aber die Zeit rückwärts strebt, dann ist also alles normal, dann wird der Saul, der gerade zu jener Zeit starb, als ich den Artikel las, folglich noch sein, das heißt er *wird kommen*, wird zurückkehren – er ist ganz vor uns, so wie der noch nicht erwachte Sommer vor uns ist, voller großartiger Wasserlilien, ein Sommer der Boote, der Fahrräder und ein Sommer der Schmetterlinge, deren Sammlung du schließlich abgeschlossen hast und in einer großen ausländischen Eierkiste an unsere verehrte Akademie abgeschickt hast. Der Sendung hast du folgenden Brief beigefügt: »Hochverehrte Herren! Nicht nur einmal und nicht nur zweimal habe ich mündlich (telefonisch) und schriftlich (telegrafisch) um die Bestätigung der Gerüchte gebeten, daß die Akademie einen entomologischen Wettbewerb durchführt, und zwar zu Ehren eines der beiden Kreidegreise, die im Hof unserer Sonderschule stehen. O weh, eine Antwort bekam ich nicht. Doch da ich ein leidenschaftlicher und zu der gleichen – entgegengesetzt verlaufenden – Zeit der Wissenschaft grenzenlos ergebener Sammler bin, halte ich es für meine Pflicht, der hohen Aufmerksamkeit Ihres wissenschaftlichen Rates meine bescheidene Sammlung von Nacht- und Tagfaltern vorzulegen, unter denen Sie sowohl Sommer- als auch Winterfalter finden. Jene letzteren sind offensichtlich von besonderem Interesse, da sie – ungeachtet ihrer Häufigkeit – in der Natur und im Flug unbemerkt geblieben sind, was Ihr ergebener Diener schon in Gesprächen mit Fachleuten, insbesondere mit dem Akademiemitglied A. A. Akatow erwähnte, der sich außerordentlich wohlwollend über die vorliegende Sammlung geäußert hat, die gegenwärtig mehr als zehntausend Exemplare von Insekten zählt. Über das Ergebnis des Wettbewerbs bitte ich eine Nachricht an folgende Adresse zukommen zu lassen: Eisenbahn, Wetka, Bahnhof, Datscha, mit der Fahrradklingel bimmeln, bis aufgemacht wird.« Du hast den Umschlag zugeklebt, und ehe du ihn zu den Schmetterlingen in die Eierkiste legtest, hast du auf die Rückseite des Umschlags geschrieben: flieg fort mit Glück, bring Antwort zurück – diagonal überkreuz in großen Buchstaben. So hat es uns unsere Lehrerin für russische Sprache und Literatur gelehrt, die mit dem Spitznamen Suppenkelle, obwohl, wenn man einen Menschen, der am wenigsten einer Suppenkelle ähnelt – äußerlich oder auch innerlich, suchen sollte, so könnte man einen geeigneteren als unsere Suppenkelle nicht finden. Aber es ging hier nicht um die Ähnlichkeit, sondern darum, daß die Buchstaben, aus denen das Wort selbst besteht, richtiger die Hälfte der Buchstaben (wenn man die Silbenanfänge liest, von vorne beginnend) – ihre, des Lehrers, Initialen bilden: S.P.K. Sinaida Pawlowna Kern – so hieß sie. Aber da bleiben noch zwei Buchstaben – L und E, und ich habe vergessen, wie sie zu dechiffrieren sind. In der Vorstellung unserer Klassenkameraden konnten sie alles mögliche bedeuten, aber es wurde keine andere Dechiffrierung anerkannt außer folgender: Sinaida Pawlowna Kern – der Lanzenengel. Komisch, einem Lanzenengel glich die Kern nicht mehr als einer Suppenkelle, aber wenn man dich irgendwann bittet, ihr, der Suppenkelle – obwohl es unverständlich ist, weshalb und wem ein solcher Gedanke in den Kopf kommen könnte – einen passenderen Spitznamen zu geben, du würdest ihn kaum finden. Laß diese Lehrerin einer Suppenkelle absolut unähnlich sein, wirst du sagen, dafür erinnert sie unerklärlich an das Wort selbst, an die Verbindung der Buchstaben, aus denen es besteht (bestand, bestehen wird) – Suppenkelle.

Viertes Kapitel
Skirly

Jetzt muß ich mich erst einmal räuspern, dir direkt in die Augen schauen und einen Punkt deines Begleitschreibens klarlegen. Da heißt es, Akatow habe sich persönlich über unsere Sammlung wohlwollend geäußert, doch ich erinnere mich nicht, daß wir uns über dieses Thema unterhalten hätten – wir sind überhaupt nie mit ihm zusammengetroffen, wir haben ihn lediglich aus der Ferne gesehen, meist durch eine Zaunritze, doch wie haben wir davon geträumt, einmal über den Weg von Akatows Garten zu gehen, an die Haustür zu klopfen und – wenn der alte Herr aufmacht – ihn zu begrüßen und sich vorzustellen: ich bin der Schüler Ihrer Tochter soundso, ein angehender Entomologe, ich würde gern mit Ihnen einige Probleme besprechen etc. Aber wir haben es ja nie gewagt, an die Haustür zu klopfen, weil – oder aus einem anderen Grund? – im Garten der große Hund lebte. Hör mal, ich habe es nicht gern, wenn du meine Sammlung *unsere* nennst, niemand hat dir ein solches Recht gegeben, ich habe meine Sammlung allein zusammengestellt, und wenn wir einst in gemeinsamem Handeln zusammenfließen, so wird dieses Handeln keinerlei Beziehung zu den Schmetterlingen haben; also, jetzt zu dem Gespräch mit Akatow: das stimmt, ich habe die Akademie nicht betrogen, ich habe wirklich mit ihm gesprochen. Einmal im Sommer, auf der Datscha, an einem Sonntag, als Vater uns von früh an Leitartikel aus den Zeitungen abschreiben ließ, damit wir uns in den Fragen der Außen- und Innenpilotek besser zurechtfänden, beschloß ich, du würdest damit auch wunderschön ohne mich fertig werden. Ich paßte den rechten Augenblick ab: du hattest den Federhalter hingelegt, dich zum Fenster gewandt und begannst den Aufbau einer Fliederblüte genauer zu betrachten, da ging ich unhörbar vom

Tisch weg, setzte Vaters Hut auf, er hing am Nagel auf dem Flur, nahm einen Spazierstock – das war der Spazierstock von einem unserer Verwandten, den er vor fünf Jahren vergessen hatte. Auf dem Bahnsteig vor fünf Jahren, abends. Unsere Mutter zum Verwandten: ich hoffe, Sie haben sich bei uns gut erholt, gehen Sie behutsam mit den Erdbeeren um, waschen Sie sie, grüßen Sie Jelena Michajlowna und Witja, besuchen Sie uns mal zusammen, lassen Sie sich durch meinen Mann nicht stören, das sind bei ihm einfach die Nerven, er arbeitet viel, hat einen Haufen Akten, ist müde, aber Sie wissen das ja, eigentlich ist er ein Guter, ja in der Seele weich und gut, aber manchmal platzt ihm der Kragen, also besuchen Sie uns, besuchen Sie uns, nur streiten Sie nicht mit ihm, warten Sie, aber wo ist denn der Spazierstock, Sie hatten doch, glaube ich, einen Spazierstock bei sich, Sie haben den Spazierstock stehengelassen, ach, wie unangenehm, was soll man tun. Aufgeregt. Lassen Sie uns zurückkehren, da geht noch ein Zug. Der Verwandte: ich bitte Sie, das lohnt doch nicht, regen Sie sich nicht auf, wenn es ein Regenschirm gewesen wäre – da hätte sich das gelohnt, es zieht ja Regen auf, danke für die Beeren, sehr verbunden, den Stock holen wir ein andermal, ein Spazierstock, was ist das schon, Unsinn, das Glück, wie man sagt, ist nicht im Spazierstock verborgen, bis nächstes Mal, da kommt ja der Zug. Nur hat uns seitdem der Verwandte nicht mehr besucht, und der Spazierstock befand sich bis zu eben jenem Tag auf der Veranda, als ich ihn ergriff und mich in die Nachbarsiedlung begab, um den Naturforscher Akatow zu besuchen: klopf, klopf (der Hund kommt herangelaufen und beschnuppert mich, aber heute habe ich keine Angst vor ihm), klopf, klopf. Doch niemand öffnet die Haustür. Und dann noch einmal: klopf, klopf. Doch niemand antwortet. Du gehst rings um das Gebäude herum, über den dichten Rasen, schaust in die Fenster, um zu prüfen, ob im Hause die große Standuhr mit dem Schlagwerk ist, die nach deiner Berechnung unbedingt da sein muß, um mit Hilfe des Pendels die Datschenzeit in Stücke zu schneiden – doch alle Fenster sind verhängt. An den Hausecken sind Fässer mit Löschwasser in die Erde gegraben, darin – bis zur Hälfte – ist rostiges Wasser, und da leben irgendwelche trägen Insekten. Nur ein Faß ist ganz leer, darin ist kein Wasser, sind keine Insekten, und in dir entsteht der glückliche Gedanke – es mit deinem Schrei zu füllen. Lange stehst du davor, beugst dich über den dunklen zylindrischen Abgrund und gehst mit deinem selektiven Gedächtnis die Worte durch, die am besten in der Leere leerer Räume klingen. Es gibt nicht viele solche Worte, aber es gibt sie. Zum Beispiel, wenn du – aus der Klasse hinausgeworfen – den Schulflur entlangläufst, während überall Unterricht ist, und im Inneren deines Wesens der Drang entsteht, so zu schreien, daß dein Schrei das Blut der verlogenen und verkommenen Lehrer gerinnen läßt und daß sie mitten im Wort stecken bleiben, kein Wort herausbringen und sich zum Vergnügen der idiotischen Schüler in Kreidesäulen und Kreidesäulchen (je nach der Größe) verwandeln, dann kann kein Schrei ein größeres Vergnügen bereiten, als: Bazillen! Was meinen Sie, Präfekt Saul?

Lieber Schüler und Genosse soundso, wenn ich auf der Fensterbank in der Toilette saß, vor der Klasse mit dem Zeigestock in der Hand an der Karte stand, und wenn ich mit einigen Kollegen im Lehrerzimmer oder im Kesselraum Préférence spielte, war ich nicht selten Zeuge, in was für einen außerirdischen Schrecken dieser Wahnsinnsschrei von Ihnen die Lehrer und die Schüler versetzte, sogar den taubstummen Heizer, denn irgendwo hat irgendwer gesagt: auch der Taube wird, wenn die Zeit gekommen ist, hören. Habe ich denn nicht gesehen, wie die breite Schaufel, mit der er während der Kälteperiode unermüdlich Kohle in den unersättlichen Höllenschlund schaufelt, habe ich denn – frage ich – nicht gesehen, wie die breite Schaufel aus der Hand des armen alten Mannes fiel, als die Zeit für Ihren Schrei gekommen war, die Zeit für den Tauben zu hören, und wie er, das versengte und in den tanzenden Lichtreflexen der Flamme schreckliche, mit Geschwüren bedeckte und unrasierte Gesicht zu mir gewandt, seinen betrunkenen Kopf schüttelnd, für einen Augenblick die Gabe der Sprache bekam und unmittelbar nach Ihnen dasselbe Wort schrie – nein, brüllte: Bazillen, Bazillen, Bazillen. Und so groß war sein Zorn und so stark seine Erregung, daß das Feuer im Ofen von seinem Gebrüll ausging. Und habe ich es denn nicht gesehen, wie bei Ihrem Schrei die an vieles gewohnten Lehrer der Sonderschule erblaßten und wie die Karten, die Spielkarten, die sie in der Hand hielten, sich in die Blätter der Weide verwandelten, die die Eigenschaft hat, Eiter herauszuziehen, und sie, die Lehrer, vor Entsetzen stöhnten. Habe ich denn nicht gesehen, wie die Gesichter Ihrer Schulkameraden, die ohnehin schon unendlich stumpf waren, von Ihrem Aufschrei noch stumpfer wurden und allen, selbst den Begabtesten und denen, die fast gesund wirkten, plötzlich zu einem wenn auch stummen Antwortschrei die Münder aufgingen und all die Toren der Sonderschule in einem ungeheuerlichen verstummten Chor schrieen und kranker gelblicher Speichel aus all diesen verschreckten psychopathischen Mündern floß. Also fragen Sie mich nicht umsonst, was ich von Ihrem ungebärdigen und zauberkräftigen Schrei halte. Oh, mit was für einer übermäßigen berauschenden Anstrengung und was für einem Schmerz würde auch ich schreien, wenn mir auch nur die Kraft zu der halben Stärke Ihres Schreis gegeben wäre! Aber sie ist mir nicht gegeben, ist es nicht, wie schwach bin ich, Ihr Präfekt, vor Ihrer von oben verliehenen Gabe. Also schreien Sie doch, Sie Fähigster der Fähigen, schreien Sie für sich und für mich, für uns alle, die Betrogenen, die Bespieenen, die Entehrten und Verdummten, für uns, die Idioten und Besessenen, die Defekten und Schizoiden, für die Erzieher und die Zöglinge, für alle, denen es nicht gegeben ist und denen man ihre speichelreichen Münder gestopft hat und denen man sie bald stopfen wird, für alle, die schuldlos verstummt sind, die Verstummenden, die der Sprache Beraubten – schreit berauschend und berauscht: Bazillen, Bazillen, Bazillen!

In der Leere leerer Räume klingen auch einige andere Worte nicht schlecht, doch, wenn du sie in deinem Gedächtnis durchgegangen bist, begreifst du, daß keines von denen, die du kennst, in diese Situation paßt, denn, um ein leeres Löschfaß Akatows zu füllen, braucht man unbedingt ein ganz besonderes, ein neues Wort, oder einige Wörter, denn für dich ist die Situation etwas ganz Besonderes. Ja, sagst du dir selbst, da braucht es einen Schrei neuer Art. An die zehn Minuten vergehen. In Akatows Garten gibt es viele Heuschrecken, sie hüpfen im warmen, bernsteingelben Gras, und jedes Mal kommt dir der Sprung unerwartet und schnell vor, wie der Schuß aus der Schleuder in der Sonderschule. Das Löschwasserfaß lockt dich durch seine Leere, und diese Leere und die Stille, die im Garten und im Haus und in dem Faß herrscht, wird bald unerträglich für dich, einen energischen, entschlossenen und tüchtigen Menschen. Das ist der Grund, warum du nicht länger darüber nachdenken willst, was in das Faß hineinzuschreien ist – du schreist das erste Wort, was dir in den Kopf kommt: ich bin eine Wasserlilie, Wasserlilie! so schreist du. Und das Faß, das von deiner unvergleichlichen Stimme überquillt, schleudert das Übermaß an Hall in den schönen Datschenhimmel, zu den Wipfeln der Kiefern und über die stickigen Mansarden und Böden der Datschen hinweg, die mit allerlei Kram vollgestopft sind, über die Volleyball-Plätze, wo nie jemand spielt, über die Drahtgehege mit den Tausenden fett gewordener Kaninchen, über die nach Benzin stinkenden Garagen, über die Veranden, wo Kinderspielzeug am Boden herumliegt und Petroleumlampen blaken, über die Gemüsegärten und die Heideflächen um die Datschensiedlungen – da hallt das Echo – das Übermaß an Hall deines Schreis: ilie-ilie-ilie-ilie-lie-lie-lie-lie-lie-e-e! Dein Vater, der sich in der Hängematte auf seinem Grundstück ausruht, erschrickt und wacht auf: wer hat denn da geschrieen, verfluchter Kerl, Mutter, es kam mir so vor, als ob am See deine Mißgeburt geschrieen hat, habe ich ihm denn nicht befohlen, sich mit vernünftigen Dingen zu beschäftigen. Der Vater eilt ins Haus und schaut ins Zimmer hinein. Er sieht, wie du am Schreibtisch sitzt und wie du voller Eifer – der Eifer kommt darin zum Ausdruck, daß du deinen kahlgeschorenen Kopf etwas auf die Seite geneigt und den Rücken seltsam gebeugt hast, als ob man dich ganz zerbrochen hätte, ja als ob man dich eine steile Schlucht hinab auf Steine geworfen und dann mit großen Schmiedezangen, mit denen man glühende Eisenstücke hält, noch mehr zerbrochen hätte – schreibst. Aber der Vater sieht nur das, was er sieht, er weiß nicht, er ahnt nicht, daß am Tisch nur das eine Du sitzt, aber das andere Du im selben Augenblick neben dem Faß Akatows steht und sich über seinen fliegenden Schrei freut. Du blickst dich um und siehst am Schuppen einen schon betagten Menschen in einem verschlissenen weißen Kittel, ähnlich einem Ärztekittel. Der Mensch hat einen Strick um die Hüfte, auf dem Kopf einen Dreispitz aus vergilbter Zeitung, an den Füßen – schau genau hin, was hat er denn an den Füßen, das heißt, was für Schuhwerk ist denn das – an den Füßen aber trägt er – ich kann es nicht genau erkennen, er ist immerhin ziemlich weit weg –, an den Füßen trägt er anscheinend Überschuhe. Du irrst dich wohl, sind denn das Überschuhe und keine Wanderschuhe? Das Gras ist ziemlich hoch; wenn man es mähen würde, dann würde ich wegen seines Schuhwerks sicherer sein, so aber ist da nicht klarzukommen, übrigens, ich habe es schon begriffen, es sind Galoschen. Oho, schau doch einmal hin, der Mensch hat meiner Ansicht nach keine Hosen, ich meine nicht, daß er überhaupt keine besitzt, sondern zeitgebunden, im gegenwärtigen Augenblick hat er keine, mit anderen Worten, er steht hosenlos da. Das ist nichts besonderes, es ist ja jetzt Sommer, und reichen denn im Sommer nicht Kittel und Galoschen allein? In Hosen, wenn man den Kittel darüber zieht, wird es heiß sein, denn der Kittel, das ist fast ein Mantel, im gewissen Grade ein Mantel, ein Mantel ohne Futter oder umgekehrt ein Futter ohne Mantel, oder einfach ein leichter Mantel. Und wenn der Kittel weiß ist, ein Ärztekittel, kann man ihn anders auch als leichten Ärztemantel bezeichnen, und wenn der Kittel weiß ist, aber keinem Arzt gehört, sondern, unterstellen wir einmal, einem Gelehrten, dann nenne doch einen solchen Kittel kühn einen leichten wissenschaftlichen Staubmantel oder Labormantel. Du erklärst das richtig, aber wir wissen noch nicht, wem der Kittel gehört, der dem Menschen in Galoschen angezogen ist, einfacher gesagt, wer dort so betagt und still bei dem Schuppen steht – mit Zeitungsdreispitz, in weißem Staubmantel und Galoschen an den bloßen Füßen, wer ist das? Hast du ihn wirklich nicht erkannt, das ist Akatow selbst, der einst der ganzen Welt erklärt hatte, daß die seltsamen Wucherungen auf verschiedenen Pflanzenteilen – die Galläpfel – durch dies und das hervorgerufen werden, was ziemlich unüberlegt seinerseits war, obwohl, wie du siehst, die Gerechtigkeit ihren Sieg davongetragen hat, und nach diesem und jenem, was zu erwähnen seit langem nicht mehr erwünscht ist, lebt das Akademiemitglied ruhig in seiner Datscha und du, der du zu ihm zum Gespräch gekommen bist, füllst mit deinem Schrei sein Löschwasserfaß. Und das Akademiemitglied, das in seiner angespannten Wachsamkeit einem kleinen gebogenen Baum gleicht, fragt dich mit zarter und erregter menschlicher Stimme: wer sind Sie, ich habe

Angst vor Ihnen, sind Sie zu vielen? Haben Sie keine Angst, mein Herr, sagst du und bemühst dich in Benehmen und Worten möglichst intelligent zu erscheinen, ich bin vollkommen allein, absolut allein, und wenn noch ein anderer auftaucht, dann glauben Sie ihm nicht, daß er auch ich sei, das ist durchaus nicht so, und Sie werden sicher erraten, um was es geht; wenn er kommt, dann verstecke ich mich hinter dem Stapel Brennholz, und Sie, Sie, belügen Sie ihn, lügen Sie, ich bitte Sie, sagen Sie, ich weiß nichts, hier war niemand, er wird suchen und sich wieder verdrücken, und wir setzen in aller Ruhe unser Gespräch fort. Warum haben Sie denn so in das Faß hineingeschrieen, interessiert sich Akatow, was hat Sie dazu veranlaßt? Die Hand ans Ohr gelegt, fügt er hinzu: doch sprechen Sie lauter, ich höre etwas schlecht. Mein Herr, gestatten Sie mir, zu Ihnen durch dieses hohe Gras zu gehen. Kommen Sie nur näher, mir scheint, ich habe schon gar keine Angst mehr vor Ihnen. Guten Tag. Guten Tag. Lieber Arkadij Arkadjewitsch, es geht darum, daß ich Schmetterlinge fange. Ach, Schmetterlinge, und haben Sie viele gefangen? Winterfalter oder so allgemein? antwortest du mit einer Frage auf die Frage. Winterfalter selbstverständlich, sagt das Akademiemitglied. Soundsoviele, sagst du, ich kollektioniere eine Kollektion, gegenwärtig enthält sie schon die und die Arten. Oho, wie reizend, sagt Akatow erstaunt, doch warum denn so laut, ich kann Schreien nicht ertragen, kollektionieren Sie leise, um Gottes willen. Sein Gesicht, runzlig und gebräunt wie eine Birne im Kompott, wird vor Erregung blaß. Übrigens, fährt er fort, Sie werden trotzdem weiterschreien, was auch sein mag, ich weiß das, das ist das Schicksal Ihrer Generation, denn Sie sind jung, denn man schätzt Sie, wenn man Sie so sieht, noch nicht auf sechzehn. O nein, mein Herr, Sie irren sich, ich bin längst über zwanzig, ich bin dreißig, sehen Sie, ich trage einen Hut und habe einen Spazierstock. Schon recht, hören Sie, unterbricht dich Akatow, kann ich mich an Sie um Rat wenden? Lebhaft. Stets zu Diensten, mein Herr, ich bin ganz Ohr. Vor einigen Tagen, das Akademiemitglied schaut sich nach allen Seiten um und senkt die Stimme, fast flüstert er, habe ich eine gewisse Erfindung gemacht, folgen Sie mir, sie befindet sich im Schuppen, ich habe jetzt das Haus verschlossen und lebe im Schuppen, so ist es bequemer, man nimmt weniger Platz ein. Das war ein gewöhnlicher Schuppen, wie es nicht wenige in unserem Datschenbezirk gibt: die Decke bildete die Innenseite des Daches, die Wände bestanden aus ungehobelten Brettern, und ebenso war der Fußboden. Was hast du im Schuppen gesehen, als du hineingingst, die Schuhe an der Schwelle ausgezogen und den Spazierstock abgestellt, um dort nichts schmutzig zu machen? Einen Tisch, einen Stuhl, ein Bett und einen Haufen Bücher auf der Fensterbank habe ich dort gesehen. Und über all dem, die Augen wegen der weißen Wintersonne leicht geschlossen – im Waschbärpelz – vor dem Hintergrund einer großen Schneewehe und des verschneiten Datschenwaldes strahlte, flog, herrschte deine unvergleichliche Weta, die Lehrerin in Anatomie, Botanik und Biologie, – und in ihrem wunderbaren, atemberaubenden, als sei ein Strick um den Hals gelegt, Gesicht, war keine Erinnerung an dich und kein Zwiegespräch mit dir wahrzunehmen – oh, Wasserlilie, das Gesicht war ein Gesicht für alle, die es irgendwann anschauen, war ein Versprechen für viele, – doch gab es etwa in dieser schrecklichen, unabwendbaren und in der Dunkelheit der Hotelzimmer und Wohnungen unterschiedslosen Vielheit, gab es etwa darunter einen Platz auch für dich, den nachhinkenden Blödkopf der Sonderschule, der sich vor grenzenloser Zärtlichkeit und aus Entzücken in die von dir gepflückte Blume verwandelt hat, warst etwa auch du, der dies unzählige Male mehr als die anderen wünschte, warst etwa auch du darunter?! Herr des Himmels was für eine hinreißende Fotographie sie ist hier lebendig das heißt nein ich irrte mich ein stilistischer

Fehler ich wollte sagen ganz echt ganz wie im Unterricht schön und unnahbar von wem und wann ist das aufgenommen worden warum weiß ich davon nichts irgendein Schuft mit einem Fotoapparat wer ist das und wie stehen sie zueinander hier oder an einer anderen Stelle unendlich viele Fragen. Also, ich habe eine gewisse Erfindung gemacht: schauen Sie, ein gewöhnlicher kleiner Stock, nicht wahr? so kommt es einem vor. Ja ja so kommt es einem vor mein Herr es kommt einem so vor ich fahre auch im Winter ziemlich oft hierher aber ich fahre allein ohne irgendwelche solche Fotographen ich laß mich nicht auf dem Hintergrund von Schneewehen fotographieren ich habe einfach keine Bekannten mit Fotoapparaten sie hätte mich wohl darüber informieren müssen meine ich so und so so und so so und so sie ist in das Gebiet des Ziegenmelkers mit einem Auto gefahren zusammen mit einem Ingenieur einem Assistenten einem Kunstwissenschaftler einem Regisseur einem Buchhalter verflucht nochmal hat sich fotographieren lassen auf dem Hintergrund einer Schneewehe in die Datsche sind sie vielleicht sogar nicht hineingegangen um keinen Schnee von den Wegen zu fegen sind eine halbe Stunde spazieren gegangen und in die Stadt zurückgekehrt ich würde das ja glauben. Aber das ist ein sehr tiefer Irrtum, hören Sie, junger Mann, ich bringe sie aus einer vertikalen Lage in eine andere vertikale Lage, mit anderen Worten, ich stelle sie mit den Beinen nach oben hin, und was eröffnet sich dem erstaunten Blick von uns beiden? Ich brülle mein Herr brülle denn siehe ich bin die betrogene Wasserlilie kahl schwach plattfüßig mit einer hohen Stirn wie bei einem wirklichen Schwachsinnigen und einem von Zweifeln alten Gesicht schauen Sie ich sehe ganz schrecklich aus meine Nase ist ganz unangenehm picklig und die Lippen vorgestülpt und unförmig als ob ich von einer Ente abstamme und es hat keine Bedeutung daß ich einmal mitten in der Pubertät auf einer perlmutternen Dreiviertel-Baccarole spielen gelernt habe das hat mir nicht geholfen trotzdem tat es sehr weh. Wir sehen einen normalen Nagel, der in die Spitze unseres Stockes eingeschlagen ist, er ist mit dem Kopf eingeschlagen, und seine Spitze blickt uns wie ein todbringender stählerner Stachel an, doch keine Angst, junger Mann, ich richte ihn nicht auf Sie und werde Ihnen keine Stichwunde beibringen, sondern ich richte ihn auf jegliches Papier, das mein Datschengrundstück verschmutzt, und ich durchsteche es mit meiner unikalen Erfindung, und wenn genügend davon, von diesen Papierchen, auf der Spitze aufgespießt sind, dann nehme ich sie vom Nagel herab, wie ein Recke von seiner Lanze die daraufgespießten Feinde nimmt, und schleudere sie in den Abgrund der Abfallgrube, die sich in einer Ecke meines Gartens befindet – so ist meine Erfindung, die mir, einem alten Mann, erlaubt, die Reihen der unerschütterlichen Kämpfer nicht zu verlassen: aus gesundheitlichen Gründen kann ich mich nicht bücken und Papier aufheben, doch dank dem gewöhnlichen Stock mit dem Nagel kämpfe ich ungebeugt für die Reinheit; nun ja, Sie machen auf mich den Eindruck eines ungewöhnlich anständigen Menschen, daher erlaube ich mir, Sie um Rat zu fragen, und zwar: hat es Ihrer Ansicht nach einen Sinn, ein Patent zu beantragen, diesen Stock zu patentieren?

Du unterdrückst einen empörten Vogelschrei, der in deiner anginösen Kehle zwischen den nicht herausgenommenen Mandeln aufkommt: verehrter Arkadij Arkadjewitsch, ich schätze Ihre Erfindung außerordentlich, indessen im Augenblick brauche ich selbst Ihren Rat – und sogar in größerem Maße als Sie den meinen, bei Ihnen geht es um eine Frage der Eitelkeit, bei mir aber – entschuldigen Sie, ich spreche wie in einem Roman, und deshalb ist es mir irgendwie peinlich und komisch – bei mir aber, wenn ich mich an Sie wende, um eine wirklich lebenswichtige Frage. Halt, halt, ich bekomme schon wieder Angst vor Ihrer Anwesenheit, wollen Sie mich wirklich etwas Wichtiges fragen, kann ich mich erst einmal hinsetzen, brauchen Sie wirklich etwas von einem ältlichen halbblinden Datschenbewohner, ja und wer sind Sie denn eigentlich, daß Sie mir Fragen stellen und außerdem – hören Sie auf, in mein schönes Faß hineinzuschreien. Ich mache das nicht wieder, mein Herr, ich bin bereit, Ihnen alles zu erklären, ich lebe in der Nachbarschaft, in der Datscha meiner Eltern, und hier ist es ringsum so schön, daß mir einmal etwas Unangenehmes passiert ist, aber davon später, das Wichtigste ist, daß ich eine Frau nicht ausstehen kann, eine Jüdin, Schejna Tinbergen, sie ist eine Hexe, sie ist Konrektor in unserer Schule, sie singt ein Lied vom Kater. Nun, Sie haben sicherlich in Ihrer Kindheit das Lied gelernt: ra ta ta, ra ta ta, eine Katze nahm den Kater, nahm den Kater sich als Vater, übrigens, erinnern Sie sich, wie der Kater hieß, mein Herr? Einen Augenblick, junger Mann, Akatow reibt seine blauen Schläfen, an denen man den Puls schlagen sieht, und versucht, sich zu erinnern – der Kater hieß Trifon Petrowitsch. Richtig, übrigens, ich schweife schon wieder ab, zum Teufel mit Trifon Petrowitsch, er ist ein gewöhnlicher Baggerführer, wollen wir lieber über Schejna selbst reden. Stellen Sie sich vor, wenn sie, diese hinkende Alte, sich im Tanzschritt den riesengroßen leeren Flur entlang bewegt (es brennt jede zweite Lampe, die Jungen vom Nachmittagsunterricht sind nach Hause gerannt, nur ich allein mußte dableiben und Schularbeiten für morgen machen), und ich stehe am Ende des Flurs oder gehe ihr entgegen, bereit zu einem ehrerbietigen Neigen des Kopfes, mir wird so übel, wie das nicht einmal im Schlaf nach den Injektionen vorkommt. Nein, sie hat mir nie etwas Böses getan, und ich sprach (spreche, werde sprechen) mit ihr nur über den Plattenspieler; und obwohl er es bei mir schon hundert Jahre nicht tut und auch für gutes Geld es nicht tun dürfte, spielt er, wenn Schejna ihn in ihr Zimmer nimmt und es zuschließt, wie ein neuer. Genauer genommen, er spielt nicht, sondern erzählt: die Alte läßt darauf eine Platte mit der Stimme ihres verstorbenen Mannes laufen, der sich aufgehängt hat, weil sie ihn mit Sorokin in der Garage betrog, oder nein, aufgehängt hat sich Sorokin, und ihr Mann Jakow hat sich vergiftet. Ich verstehe, reagiert Akatow, doch was für eine Art Text ist denn dort auf der Platte aufgenommen? Ach ja, ja doch, das ist ja auch das Wichtigste, dort auf der Schallplatte liest der verstorbene Jakow *Skirly*. Ich bitte Sie, junger Mann, das höre ich zum ersten Mal. Eine schauderhafte Sache, mein Herr, ich kann mich gar nicht entschließen, doch kurz gesagt ist das so: verstehen Sie, *Skirly* – das ist der Titel eines Märchens, ein schreckliches Kindermärchen von einem Bären, genau kann ich das nicht erzählen, also, im Walde lebt ein Bär, da denkt man, das ist doch nichts Besonderes, so denkt man! doch das Schlimme liegt daran, daß dieser Bär ein Invalide ist, ein Krüppel, ihm fehlt ein Bein, wobei ganz unklar ist, wie das alles geschehen konnte, bekannt ist nur, daß ihm ein Bein fehlt, ich glaube, es fehlt die Hinterpfote, und stattdessen hat der Bär eine hölzerne Prothese. Er, der Bär, hat sie aus einem Lindenstamm verfertigt – mit einem Beil, und wenn der Bär durch den Wald geht, dann hört man weithin das Knarren der Prothese, sie knarrt so, wie das Märchen heißt: *skirly, skirly*. Jakow kann das Geräusch gut nachmachen, er hatte eine krächzende Stimme, er arbeitete in einer Apotheke. In dem Märchen kommt auch noch ein Mädchen vor, offenbar ein Kreidemädchen, sie hat vor dem Bären Angst und geht nicht aus dem Haus, aber einmal – der Teufel mag wissen, wie das passiert ist – einmal lauert ihr der Bär doch auf und schleppt sie in einem besonderen Korb – wohl so aus Spanholz geflochten – zu sich in die Höhle und macht da etwas mit ihr; was, das weiß man nicht. Im Märchen wird das nicht erklärt, damit hört auch alles auf, es ist schrecklich, mein Herr, man weiß nicht, was man denken soll. Wenn ich mich an *Skirly* erinnere – obwohl ich mir alle Mühe gebe, mich nicht daran zu erinnern, es ist besser, das nicht zu tun – kommt es mir so vor, als ob dieses Mädchen kein Mädchen ist, sondern eine mir bekannte Frau, mit der ich nahe Beziehungen habe, Sie verstehen natürlich, wir beide sind ja keine Kinder, und es kommt mir so vor, als wäre der Bär auch kein Bär, sondern irgendein mir unbekannter Mensch, ein Mann, und ich sehe es richtig vor mir, wie er das dort macht, in dem Hotelzimmer, mit meiner Bekannten, und das verfluchte *skirly* höre ich immer wieder, und mir wird vor Haß gegen diesen Laut übel, und ich glaube, ich würde diesen Menschen umbringen, wenn ich wüßte, wer es ist. Es fällt mir schwer, an das Märchen *Skirly* zu denken, mein Herr, aber da ich Hausaufgaben selten mache, muß ich oft nach der Schule dableiben, um die Schulaufgaben für morgen zu machen und für gestern, und wenn ich da allein in der Klasse bin, dann gehe ich gewöhnlich hinaus auf den Flur, und wenn ich hinausgehe, dann kommt mir dort die Tinbergen entgegen, und wenn ich sie sehe, wenn sie mit ihrem verkrüppelten doch zugleich auch irgendwie fast fröhlichen tanzenden Schritt entlang kommt und das jämmerliche – wie der Schrei des einsamen Ziegenmelkers – Knarren ihrer Prothese höre, dann – ersparen Sie mir das, mein Herr – muß ich an das Märchen *Skirly* denken, denn das Geräusch ist genau dasselbe wie im Hotel, und sie selbst, die Hexe mit dem grauen Bart und dem verschlafenen Gesicht einer alten Frau, die schon gestorben ist, aber die man gewaltsam aufgeweckt und gezwungen hat zu leben, sie selbst ist doch, in dem dämmerigen Licht des menschenleeren Korridors, wo der Parkettboden blinkt, sie selbst ist doch *Skirly* und verkörpert in sich das Allertraurigste dieser Geschichte mit dem Mädchen, obwohl ich bis zum heutigen Tage nicht begreife, worum es dort geht und weshalb alles so ist und nicht anders.

Ja, junger Mann, ja, ich verstehe Sie ohne Mühe. Nachdenklich. Irgendeinmal war etwas Ähnliches in meinem Leben, ist so etwas geschehen, hat sich auch in meiner Jugend ereignet, ich erinnere mich natürlich nicht, was tatsächlich war, aber in der einen oder anderen Weise erinnert es an Ihren Fall. Doch – fragt plötzlich Akatow – in welche Schule gehen Sie denn, ich begreife das nicht, Sie sind doch schon über zwanzig, Sie sind doch dreißig, in welche Schule denn dann? In die Sonderschule, mein Herr. Ach so ist das, sagt das Akademiemitglied (sie gehen aus dem Schuppen heraus und blicken ein letztes Mal auf ihre Fotographie), – und welches Sondergebiet behandelt Ihre Schule? Übrigens, wenn es schwierig für Sie oder unangebracht oder irgendwie geheim ist, dann antworten Sie nicht, ich zwinge Sie nicht, für eine Antwort liegt fast gar kein Grund vor, wie auch für meine Frage, wir wollen uns ganz ungezwungen unterhalten, wir sind doch nicht beim Examen in Oxford, verstehen Sie mich richtig, ich interessierte mich einfach so, fragte, um etwas zu fragen, sozusagen, wie im Wahn weitersprechend, jeder von uns hat das Recht, eine beliebige Frage zu stellen, und jeder, auf eine beliebige Frage nicht zu antworten, doch leider haben sich hier – hier und dort – überall noch nicht viele diese Wahrheit zu eigen gemacht, *sie* haben mich gezwungen, auf jede Frage zu antworten, *sie* – die ihre Leute im Schnee stehen lassen . . . Doch ich bin nicht *sie*, fuhr Akatow fort, schlug seinen weißen wissenschaftlichen Staubmantel auf und wieder zu, – und antworten Sie mir nicht, wenn Sie keine Lust haben, wir wollen hier lieber ein bißchen schweigend sitzen und herumschauen, auf etwas horchen, wie der Sommer singt – usw., nein, nein, antworten Sie nicht, ich will nichts über Sie wissen, Sie sind mir auch so sympathisch geworden, Ihnen stehen dieser Spazierstock und der Hut erstaunlich gut, nur der Hut ist etwas groß, sicher haben Sie ihn auf Zuwachs gekauft. Ja, so ist es, auf Zuwachs; aber ich wollte antworten, da ist nichts unschicklich: die Schule, in die ich gehe, hat als Sondergebiet Behinderte, das ist eine Schule der Dummen, wir alle, die sie besuchen, sind nicht normal, jeder auf seine Weise. Erlauben Sie, ich habe von einer derartigen Institution etwas gehört, dort ist einer meiner Bekannten tätig, aber wer war denn das? Vielleicht sprechen Sie von Weta Arkadjewna, sie arbeitet bei uns in der Schule, sie unterrichtet das und das. Nun, natürlich! Weta, Weta, Wetalein, ohne Schuh und Hemdelein, sang ohne eine bestimmte Melodie Akatow und schnalzte unbewußt mit den Fingern. Was ist das für ein hinreißendes Lied, mein Herr! Unsinn, junger Mann, ein Familienverschen, leere Reimerei aus frühen Jahren, ohne Sinn und Melodie, vergessen Sie es, ich fürchte, es wird Sie moralisch zersetzen. Niemals, niemals – ganz aufgeregt. Was? Ich habe gesagt, ich werde es nie vergessen, es gefällt mir schrecklich, ich kann nichts dagegen tun; ja, zwischen uns besteht ein gewisser Altersunterschied, doch wie soll ich das am besten definieren, formulieren, uns eint mehr als uns trennt, Sie sagen, was ich da meine, ich drücke mich meiner Ansicht nach außerordentlich klar aus, Arkadij Arkadjewitsch. Das Gemeinsame, was ich soeben erwähnt habe, ist die Bindung an alles, was wir beide als Männer der Wissenschaft die lebendige Natur nennen, alles was wächst und fliegt und blüht und schwimmt – und das ist ja auch der Zweck meines Besuches bei Ihnen – nicht nur die Schmetterlinge, obwohl ich – Ehrenwort – seit meiner Kindheit welche fange und nicht aufhören werde, sie zu fangen, bis meine rechte Hand verdorrt, wie die Hand des Malers Repin, ich bin nicht zu Ihnen gekommen, um in das Faß zu schreien, obwohl ich geneigt bin, auch in dieser Tätigkeit einen hohen Sinn zu sehen, und ich werde es nie lassen, in Fässer zu schreien und werde mit meinem Schrei die Leere der leeren Räume füllen, bis ich sie alle voll habe, damit es nicht so quälend wehtut, doch ich schweife schon wieder ab, kurz gesagt: ich liebe Ihre Tochter, mein Herr, und ich bin bereit, alles für ihr Glück zu tun. Mehr noch, ich habe die Absicht, Weta Arkadjewna zu heiraten, sobald es die Umstände erlauben. Feierlich, würdevoll und mit einer leichten Verbeugung.

Armer Akatow, das war so unerwartet für ihn, ich fürchte, du hast dem alten Herrn etwas wehgetan, sicher hättest du ihn auf ein solches Gespräch besser vorbereiten müssen, zum Beispiel ihm zwei-drei Briefe mit entsprechenden Andeutungen schreiben müssen, ihm deinen Besuch vorher mitteilen, ihn anrufen oder irgendetwas in dieser Art, ich fürchte, du hast taktlos gehandelt, und dann – so etwas zu tun, ist nicht anständig: du hattest nicht das Recht, um die Hand der Weta Arkadjewna allein zu bitten, ohne mich, ich werde sie auch nie vergessen, und alles Wachsende und Fliegende bringt mich ihr auch unerklärlich nahe, das Wachsende und Fliegende ist etwas Gemeinsames für uns, für mich und für sie, du weißt das selbst, aber du hast natürlich Akatow von mir nichts gesagt, als dem, der erheblich besser und würdiger als du ist, und deshalb hasse ich dich und werde dir erzählen, wie einer, den man in der Dunkelheit des Hotelkorridors nicht erkennen konnte, unsere Weta zu sich ins Zimmer gebracht hat und dort, dort ... Nein warte ich habe überhaupt keine Schuld du hattest dich in die Fliederblüten verguckt und schriebst den Artikel ab ich verließ meines Vaters Haus zufällig ich habe nicht angenommen daß es mir gelingt es konnte sein daß es sich ergibt ich wollte Akatow nur wegen der Schmetterlinge sehen ich hätte ihm bestimmt alles von dir und deinem ungeheuren unmenschlichen Gefühl erzählt das na du weißt schon das ich so achte ich hätte erzählt daß ich nicht allein bin daß wir zwei sind ich hätte ihm auch davon berichtet zuerst hätte ich gesagt mein Herr ja ich liebe Ihre Tochter aber es gibt einen Menschen der unvergleichlich würdiger und besser als ich ist und sie hundertmal heißer liebt, und obwohl ich Ihnen für eine positive Antwort dankbar bin, würde es sich offenbar gehören, auch diesen Menschen einzuladen, er würde Ihnen zweifellos besser gefallen, wünschen Sie es, ich hole ihn, er ist hier nicht weit weg in der Nachbarsiedlung, er wollte schon kommen, aber war etwas abgehalten, er hat zu tun, eine eilige Abschrift (ist er eine Schreibkraft? nein, nein, ich bitte Sie, es gibt einfach Menschen, richtiger einen Menschen, der ihn zwingt, etwas aus den Zeitungen abzuschreiben, so muß es sein, ohne das hätte er kein leichtes Leben in jenem Haus), außerdem hat er sich in die Fliederblüten verguckt, und ich habe ihn dabei nicht stören wollen, lassen Sie mich ihn holen, so hätte ich zu dem Akademiemitglied gesprochen, wenn die Frage positiv gelöst worden wäre. Ja hat denn Akatow nein zu dir gesagt? Nur sage mir die ganze Wahrheit, lüge nicht, oder ich werde dich schrecklich hassen und mich bei dem Präfekten Saul beschweren: tot oder lebendig – Voreingenommenheit und Hinterlist konnte er nie ertragen. Ich schwöre dir bei diesem Namen, der unsere Herzen höher schlagen läßt, daß von nun an und für alle Zeiten, ich, der Schüler der Sonderschule soundso mit dem Beinamen Wasserlilie, ein Mensch mit hohem Sinnen und Trachten, ein Kämpfer für die ewige Freude unter den Menschen, ein Hasser der Hartherzigkeit, des Egoismus und der Traurigkeit, worin auch immer sie sich äußern mögen, ich, der Erbe der besten Traditionen und Aussagen unseres Pädagogen Saul, schwöre dir, daß meine Lippen kein einziges Wort der Unwahrheit beschmutzen wird und ich rein sein werde wie ein Tautropfen, der am Ufer unserer hinreißenden Lethe am frühen Morgen sich bildet – sich bildet und fliegt, um die edle Stirn des Kreidemädchens Weta zu befeuchten, die im Garten soundsoviele Jahre später einmal schläft. O sprich! wie liebe ich diese deine Äußerungen, die voller Kraft und Rednerkunst sind, voller Inspiration und Leidenschaft,

Männlichkeit und Klugheit. Sprich, mach schnell und verschlucke die Worte, wir müssen noch viele verschiedene Probleme besprechen, aber wir haben so wenig Zeit, sicher nicht mehr als eine Sekunde, wenn ich den Sinn des erwähnten Wortes richtig verstehe.

Akatow hat mich damals (nein, nein, ich selbst habe angenommen, daß er anfängt zu lachen, sich über meinen, genauer, über Vaters Hut lustig machen wird, und darüber, daß ich nicht allzu schön bin, mehr noch, sehr häßlich, und trotzdem um die Hand einer so unvergleichlichen Frau bitte) einfach angesehen, den Kopf gesenkt und ist dagestanden, in Gedanken an irgendetwas, am ehesten an unser Gespräch, an mein Geständnis. Außerdem, wenn er bis zu meinen letzten Worten so wie ein kleiner krummer Baum aussah, so wurde er jetzt – direkt vor meinen Augen – einem kleinen krummen Baum ähnlich, der ausgetrocknet ist und sogar aufgehört hat, die Berührungen von Gras und Wind zu spüren: Akatow war in Gedanken versunken. Inzwischen las ich die Zeitungsüberschriften auf seinem Dreispitz und sah mir seinen wissenschaftlichen Staubmantel näher an – er war weit und bequem, aus ihm hingen wie Glockenklöppel die dürren und venösen Beine Akatows heraus, die Beine eines Denkers und Ehrgeizlings. Mir gefiel der Staubmantel, und ich dachte, daß ich mit Vergnügen auch so einen tragen würde, wenn ich die Möglichkeit hätte, ihn zu kaufen. Ich würde ihn dann überall tragen: im Blumengarten, im Gemüsegarten, in der Schule und zu Hause, auf der anderen Seite des Flusses im Schatten der Bäume und in der Überland-Postkutsche, wenn es draußen regnet und sich die vorbeischwimmenden Dörfer mit Stroh bedeckt zusammenkauern wie nasse Hühner und meine Seele voll des Schmerzes menschlicher Leiden ist. Aber vorläufig – solange ich kein Ingenieur geworden bin, habe ich keinen Staubmantel, ich trage gewöhnliche Hosen mit Aufschlägen, die aus alten Staatsanwaltshosen meines Vaters genäht sind, eine zweireihige Jacke mit vier Knöpfen und halbhohe Schnürschuhe mit Metallhaken – in der Schule und zu Hause. Mein Herr, warum schweigen Sie, habe ich Sie denn irgendwie verletzt, oder zweifeln Sie an der Aufrichtigkeit meiner Worte und Gefühle für Weta Arkadjewna? Glauben Sie mir, ich könnte Sie nie belügen, einen Menschen, der der Vater der von mir vergötterten Frau ist, zweifeln Sie nicht, bitte sehr, und schweigen Sie nicht, sonst drehe ich mich um und gehe, um mit meinem Schrei die Leere unserer Datschensiedlungen zu füllen – mit dem Schrei über Ihre Ablehnung. O nein, junger Mann, gehen Sie nicht fort, ich werde einsam sein, wissen Sie, ich glaube Ihnen ohne Zögern jedes Wort, und wenn Weta einverstanden ist, werde ich nichts dagegen haben. Sprechen Sie mit ihr, sprechen Sie, Sie haben sich ihr doch noch nicht selbst eröffnet, sie ahnt, nehme ich an, bisher nichts davon, und was können wir denn ohne ihr Einverständnis beschließen, verstehen Sie? Wir können nichts beschließen. Nachdenklich und mit Mühe wählt er die Worte, wählt er die Worte mit den Augen, sucht sie vorher im Grase, wo die irgendwie unzufriedenen Grashüpfer trocken hüpfen, wobei jeder einen grünen Ausgangsfrack hat, grüne Dirigenten wählen die Worte im Gras. Ich verberge es nicht, mein Herr, in der Tat, ich habe mich mit Weta Arkadjewna noch nicht ausgesprochen, es war einfach noch keine Zeit dazu; obwohl wir ziemlich oft zusammen sind, betreffen unsere Gespräche meistens etwas anderes, wir sprechen mehr über Fragen der Wissenschaft, wir haben viel Gemeinsames, das liegt in der Natur der Sache: zwei junge Biologen, zwei Naturforscher, zwei Gelehrte, die *Öffnung geben.* Doch außerdem reift von beiden Seiten – ist schon gereift – etwas ganz Besonderes, die Gemeinsamkeit der Interessen wird durch irgendeine andere Gemeinsamkeit ergänzt. Ich verstehe Sie wunderbar, junger Mann, in Ihrem Alter ist etwas Ähnliches auch mit mir geschehen, mit mir und mit einer Frau, wir waren naiv, waren hübsch und haben den Kopf verloren. Lieber Arkadij Arkadjewitsch, ich möchte Ihnen gleichzeitig noch ein Geständnis machen. Sehen Sie, ich bin nicht ganz überzeugt davon, daß ich Weta Arkadjewna als Mann gefalle, vielleicht beruht die Gemeinsamkeit, die ich erwähnte, seitens Ihrer Tochter nur auf Menschenliebe, ich möchte damit sagen, daß sie mich nur als Menschen liebt, und ich behaupte das nicht, sondern nehme es nur an aus Angst, lächerlich zu wirken, ich möchte nicht in eine kitzelige Lage geraten. Aber da Sie – Weta Arkadjewnas Vater – auch ihren Geschmack und ihren Charakter erheblich besser kennen als ich, wage ich, Sie zu fragen: bin ich Ihrer Meinung nach der Sympathie Ihrer Tochter auch als Mann wert, ich hege da eine irgendwie verschwommene Furcht, daß ich ihr etwas uninteressant vorkommen könnte. Schauen Sie, blicken Sie mich aufmerksam an, ist das in Wirklichkeit so, oder ist das nur ein Anschein. Sind meine Züge wirklich so häßlich, daß selbst die höchsten aller menschenmöglichen Gefühle mein Gesicht und meine Gestalt nicht verbessert haben? Doch um Gottes willen, lügen Sie nicht. Was für ein Unfug, antwortet Akatow, Sie sind vollkommen normal, vollkommen, ich nehme an, daß viele junge Frauen bereit wären, mit Ihnen Hand in Hand durch's Leben zu ziehen – und sie würden es nie bereuen: das einzige, was ich Ihnen als Wissenschaftler raten würde, das wäre, das Taschentuch häufiger zu benutzen, eine reine Konvention, sie veredelt, sie schmückt, sie hebt die Persönlichkeit über die Masse der Zeitgenossen und Umstände. Freilich, in Ihrem Alter wußte ich das auch nicht, aber dafür wußte ich vieles andere, ich war gerade dabei, meine erste Dissertation zu verteidigen und jene Frau zu heiraten, die später Wetas Mutter wurde. Damals arbeitete ich schon, arbeitete viel und verdiente viel – und Sie? Übrigens, wie haben Sie eigentlich vor,

Ihr Familienleben aufzubauen, auf welcher Grundlage, sind Sie sich bewußt, was für eine Verantwortung auf Ihnen als dem Familienoberhaupt liegen wird? Das ist sehr wichtig. Mein Herr, es war für mich natürlich vorauszusehen, daß Sie eine solche Frage stellen würden, und ich war darauf lange vorbereitet, ehe ich Sie besuchte. Ich verstehe gut, woran Sie denken, ich weiß schon alles, denn ich lese viel. Manches habe ich schon früher erfahren, noch vor dem Gespräch mit dem Geographen Norwegow, doch erst nachdem wir einmal in der Toilette zusammengetroffen sind und über all das ganz offen gesprochen haben, da wurde mir fast alles klar. Außerdem hat mir Saul Petrowitsch ein Buch zu lesen gegeben, und als ich es gelesen hatte, da hatte ich fast alles bis aufs letzte begriffen. Was haben Sie denn begriffen? fragt Akatow, lassen Sie es mich wissen.

Saul Petrowitsch sitzt auf der Fensterbank mit dem Rücken zur angestrichenen Scheibe und dem Gesicht zu den Toilettentüren; seine bloßen Füße ruhen auf dem Heizkörper, und die Knie sind hoch angezogen, so daß der Lehrer darauf bequem sein Kinn stützt. Ex libris, Buch um Buch. Er schaut auf die Toilettentüren, die übel beschrieben sind: wieviel Unanständiges, wie unschön ist es bei uns in der Toilette, wie arm sind unsere Gefühle für die Frau, wie zynisch sind wir, die Menschen der Sonderschule. Wir verstehen es nicht, zärtlich und stark zu lieben, nein, wir verstehen es nicht. Doch, lieber Saul Petrowitsch, entgegne ich, vor ihm in weißen Zelttuchpantoffeln auf dem übel riechenden Fliesenboden stehend, ungeachtet dessen, daß ich nicht weiß, was ich denken soll und in welcher Weise ich Sie beruhigen kann, den besten Lehrer auf der Welt, halte ich es für notwendig, Ihnen folgendes in Erinnerung zu rufen: Sie selbst, Sie sind es doch, Sie persönlich lieben doch stark und zärtlich ein Mädchen aus meiner Klasse, das Kreidemädchen Rosa. Oh, Rosa Wetrowa, sagten Sie einmal zu ihr – liebes Mädchen, Grabesblume, wie sehne ich mich nach deinem unberührten Körper! Und Sie haben auch geflüstert: in einer der Nächte des von seiner eigenen Schönheit betäubten Sommers warte ich auf dich in dem kleinen Haus mit der Wetterfahne, hinter dem blauen Fluß. Und ferner: das, was mit uns in jener Nacht geschehen wird, wird einer Flamme gleichen, die eine Eiswüste frißt, dem Sternschnuppenfall, wie ihn die Scherbe eines Spiegels wiedergibt, der plötzlich aus dem Rahmen gefallen ist, um seinen Eigentümer vor dem nahenden Tod zu warnen, das wird der Hirtenpfeife gleichen und der Musik, die noch nicht geschrieben ist. Komm zu mir, Rosa Wetrowa, ist dir denn dein alter toter Lehrer nicht lieb, der durch die Täler des Nichtseins und die Berge der Leiden schreitet. Und ferner: komm, um das Zittern deiner Lenden zu stillen und meinen Kummer zu lindern. Ja, mein Lieber, so redete ich, aber vielleicht werde ich ihr auch diese oder ähnliche Worte erst noch sagen, doch beweisen etwa Worte irgendetwas? Glauben Sie nur nicht, ich hätte geheuchelt (werde heucheln), das liegt nicht in meiner Art, das kann ich nicht, aber es kommt vor – Sie werden einmal selbst zu der Überzeugung kommen –, es kommt vor, daß ein Mensch lügt, ohne es zu ahnen. Er ist überzeugt, daß er die Wahrheit spricht, und überzeugt, daß er hält, was er versprochen hat, aber er spricht die Unwahrheit und hält nie, was er verspricht. Das geschieht am häufigsten in der Kindheit, doch auch dann, wenn man ihr entwächst, und später in der Jugend und im Alter. Das geschieht mit dem Menschen dann, wenn er im Zustand der Leidenschaften ist, denn die Leidenschaft ist dem Wahnsinn ähnlich. Danke, ich wußte es nicht, ich werde das begreifen, ich habe es nur vermutet, dies und vieles andere. Verstehen Sie, mich beunruhigt ein Umstand, und heute, hier, nach dem Unterricht, wo es auf der Straße feucht und windig ist und die Nachmittagsschicht der künftigen

Ingenieure nach Hause gegangen ist und dabei die in den Aktentaschen verdrückten Schulbrote aufißt (Schulbrote muß man aufessen, um den geduldigen Müttern keinen Kummer zu bereiten), habe ich vor, Ihnen, Saul Petrowitsch, eine bestimmte Mitteilung zu machen, die Ihnen wahrscheinlich unglaubhaft erscheinen wird, sie kann zu einer Enttäuschung über mich führen. Ich wollte schon seit langem um Ihren Rat bitten, aber habe das Gespräch jeden Tag aufgeschoben: es gibt so viele Klassenarbeiten, man gibt uns so viel auf, was wir zu Hause machen sollen, und auch wenn ich es nicht tue, belastet es und bedrückt das Pflichtbewußtsein. Das ist anstrengend, Saul Petrowitsch. Doch jetzt ist der Augenblick gekommen, in dem ich Ihnen diese Mitteilung machen möchte und kann. Lieber Lehrer! in einsamen Waldhütten, in Überland-Postkutschen, an Lagerfeuern, deren Rauch Gemütlichkeit schafft, an den Ufern des Eri-Sees oder – ich erinnere mich nicht genau – des Baskuntschak-Sees, auf den *Beagle*-Schiffen, auf den luftigen Plätzen bei der Pferdebahn und im Genfer Reisebüro für die Propaganda eines besseren Familienlebens, im Dickicht des Heidekrauts und der religiösen Sekten, in Parks und Vorgärten, wo es auf den Bänken keinen freien Platz gibt, bei einer Maß Bier in der Bergkneipe *Zum Kater*, in den Kampflinien des Ersten und Zweiten Weltkriegs, bei der rasenden Fahrt im Rentierschlitten über das grüne Yukon-Eis, gepackt vom Goldfieber, und an anderen Stellen – hier und dort, lieber Lehrer, habe ich darüber nachgedacht, was die Frau ist, und was zu geschehen hat, wenn der Zeitpunkt des Handelns ansteht, ich habe über die Natur der Konventionen und Besonderheiten des Fleischlichen im Menschen nachgedacht. Ich sann darüber nach, was Liebe, Leidenschaft und Treue sind, was es heißt, dem Triebe nachzugeben, und was es heißt, ihm nicht nachzugeben, was Begierde, was Lust bedeuten; ich überlegte mir die Einzelheiten der Begattung, träumte davon, denn aus Büchern und übrigen Quellen wußte ich, daß sie Freude bereitet. Doch das Unglück liegt darin, daß weder hier noch dort, noch sonstwo, noch irgendeinmal im ganzen Leben es mir widerfahren ist, mit irgendeiner Frau *zusammenzusein*, anders, vulgär gesagt, *zusammen zu schlafen*. Ich weiß einfach nicht, wie das geschieht, ich würde es sicher können, aber ich kann mir nicht vorstellen, wie man das alles anfangen soll, vor allem aber mit wem. Man braucht wahrscheinlich irgendeine Frau, am besten eine Bekannte, die man seit langem kennt, die einem Hinweise geben würde, in dem Fall, wenn irgendetwas nicht gleich gelingt; man braucht eine sehr gütige Frau, ich hörte, am besten eine Witwe, ja man sagt, aus irgendeinem Grunde eine Witwe, aber ich kenne keine einzige Witwe, nur die Tinbergen, sie aber ist immerhin Konrektor, und sie hat Trifon Petrowitsch (aber den Plattenspieler habe nur ich), andere bekannte Frauen habe ich nicht – nur die Weta Arkadjewna, mit ihr möchte ich aber nicht, denn ich liebe sie doch und habe die Absicht, sie zu heiraten, das sind verschiedene Dinge, ich denke an sie überhaupt nicht, zwinge mich, an sie nicht wie an eine Frau zu denken, ich begreife, daß sie zu schön ist, zu anständig, um sich mit mir irgendetwas vor der Hochzeit zu erlauben, nicht wahr? Freilich, da sind noch bekannte Mädchen aus der Klasse, aber wenn ich mich um eine von ihnen bemühen würde, zum Beispiel um die, die kürzlich an einer Hirnhautentzündung gestorben ist und für deren Kranz wir gesammelt haben, dann, fürchte ich, würde das Weta Arkadjewna nicht so sehr gefallen, solche Dinge fallen gleich auf: in einer kleinen Gruppe, vor den Augen der Mitschüler und Lehrer – da würde allen das sofort klar sein, Weta würde erkennen, daß ich die Absicht habe, sie zu betrügen, sie würde berechtigte Ansprüche erheben, und dann könnte unsere Ehe sich zerschlagen, könnten alle Hoffnungen zugrunde gehen, und wir haben sie doch so lange gehegt! Ein paarmal, Saul Petrowitsch, habe ich versucht, Frauen auf der

Straße kennenzulernen, aber ich weiß sicherlich nicht, wie man sie anspricht, ich bin nicht elegant, bin nicht hübsch angezogen. Kurz gesagt, es hat bei mir nicht geklappt, man hat mich verjagt, aber ich verheimliche nicht – so wie ich, lieber Präfekt, vor Ihnen nichts verheimliche, – ich verheimliche nicht, daß sich einmal bei mir fast eine Bekanntschaft mit einer interessanten jungen Frau ergeben hat, und obwohl ich sie nicht beschreiben kann, da ich weder ihr Gesicht noch ihre Stimme noch ihren Gang behalten habe, wage ich zu behaupten, daß sie ungewöhnlich schön war, wie die meisten Frauen.

Wo habe ich sie doch getroffen? Sicher im Kino oder im Park oder am ehesten – in der Post. Da saß eine Frau hinter dem Schalter und setzte Stempel auf Umschläge und Postkarten. Es war der Alluniversale Tag zum Schutze des Ziegenmelkers. An jenem Tag hatte ich mir von früh an vorgenommen, daß ich den ganzen Tag über Briefmarken sammeln würde. Ich hatte zwar zu Hause keine einzige Marke, aber dafür fand sich ein Streichholzschachtel-Etikett mit der Darstellung irgendeines Vogels, den alle schützen müssen. Ich begriff, das ist der Ziegenmelker und begab mich zur Post, um ihn abstempeln zu lassen, und die Frau, die dort saß, hinter dem Schalter, gefiel mir sofort. Du hast unserem Lehrer gesagt, du könntest die Frau nicht beschreiben; in diesem Falle beschreibe wenigstens den Tag, an dem du mit ihr zusammengetroffen bist, berichte, wie es auf der Straße aussah und was für Wetter war, natürlich nur, wenn dir das keine Mühe macht. Nein, nein, das ist nicht kompliziert, und ich erfülle deine Bitte mit Vergnügen. Die Wolken zogen an diesem Morgen schneller als sonst am Himmel entlang, und ich sah, wie schnell sich weiße Watteformen bildeten und ineinander auflösten. Sie stießen zusammen und schwammen eine auf die andere, ihre Farbe wandelte sich von gold bis fliederfarben. Viele von denen, die wir Passanten nennen, beobachteten lächelnd und die Augen wegen des diffusen, doch trotzdem starken Sonnenlichtes zusammenkneifend, wie auch ich, die Bewegung der Wolken und spürten das Nahen der Zukunft, deren Boten eben diese *unbegriffenen* Wolken waren. Verbessere mich nicht, ich habe mich nicht geirrt. Wenn ich in die Schule oder zur Post gehe, damit man mir ein Streichholzschachtel-Etikett mit der Darstellung des Ziegenmelkers abstempelt, dann fällt es mir leicht, rings um mich und in meinem Gedächtnis Gegenstände und Erscheinungen zu finden – und ich denke gern an sie –, die man weder als Hausaufgabe geben kann, noch begreifen kann. Keiner ist in der Lage zu begreifen: das Rauschen des Regens, den Duft der Levkoje, das Vorgefühl des Nichtseins, den Flug der Hummel, die Brownsche Bewegung und vieles andere. All das kann man studieren, doch wirklich *begreifen* – niemals. Hierzu gehören auch die Wolken, voller Unruhe und künftiger Gewitter. Außer dem wolkigen Himmel gab es an jenem Morgen die Straße, da fuhren irgendwelche Autos, und darin saßen irgendwelche Menschen, es war ganz schön heiß. Ich hörte, wie das ungemähte Gras auf dem Rasen wuchs, wie Kinderwagen auf den Höfen quietschten, wie die Deckel der Mülltonnen klapperten, wie die Fahrstuhltüren in den Hauseingängen rasselten und wie die Schüler während des Vormittagsunterrichts auf dem Schulhof zur Körperertüchtigung um die Wette liefen: der Wind trug das Schlagen ihrer Herzen zu mir. Ich hörte, wie irgendwo weit weg, vielleicht am anderen Ende der Stadt, ein blinder Mensch mit schwarzer Brille, deren Gläser das staubige Laub der Trauerakazien widerspiegelten und die eilenden Wolken und den Rauch, der aus dem Ziegelschornstein der Offset-Druckerei kroch, die vorübergehenden Menschen bat, ihn über die Straße zu führen, doch alle hatten keine Zeit, und niemand blieb stehen. Ich hörte, wie in einer Küche – das Fenster zur Seitengasse war offen – zwei alte Männer Kohlsuppe mit Fleisch kochten und sich dabei unterhielten (es ging um die Feuersbrunst in New Orleans von 1882): es war der Tag der Rentenzahlung; ich hörte, wie es in ihrem Kochtopf blubberte und der Gaszähler die Kubikzentimeter des verbrannten Gases zählte. Ich hörte, wie in anderen Wohnungen dieses Hauses und der benachbarten Häuser Schreib- und Nähmaschinen klapperten, wie man stapelweise Zeitschriften durchblätterte und Strümpfe stopfte, wie man sich schneuzte und lachte, sich rasierte und sang, die Lider schloß oder vor Langeweile mit den Fingern an die strammen Fensterscheiben trommelte und dabei die Stimme eines schräg herabpeitschenden Regens nachahmte. Ich hörte die Stille der leeren Wohnungen, deren Inhaber zur Arbeit gegangen sind und erst am Abend wiederkehren, oder nicht wiederkehren, weil sie in die Ewigkeit gegangen sind, hörte das rhythmische Schwingen der Pendel in den Wanduhren und das Ticken der Armbanduhren verschiedener Marken. Ich hörte Küsse und Flüstern, und das stöhnende Atmen unbekannter Männer und Frauen – du wirst niemals etwas von ihnen erfahren –, die *skirly* machten, und ich beneidete sie und träumte davon, eine Frau kennenzulernen, die mir erlauben würde, mit ihr dasselbe zu tun. Ich ging die Straße entlang und las der Reihe nach die Aushängeschilder und die Reklamen an den Häusern, obwohl ich sie längst alle auswendig kannte, ich erforschte jedes Wort dieser Straße. Linke Seite. REPARATUR VON KINDERKONSTRIKTOREN. Im Schaufenster ein Pappjunge, der träumt, Ingenieur zu werden, in der Hand hält er ein großes Segelflugzeugmodell. POLARPELZE. Im Schaufenster ein Eisbär, ausgestopft, mit offenem Rachen. FILM-LAUBFALL-THEATER. Es wird der Tag kommen, daß wir zu zweit hierher gehen: Weta und ich; welche Reihe hättest du gerne? werde ich Weta fragen, die dritte oder die achtzehnte? Ich weiß es nicht, wird sie sagen, ich sehe keinen

Unterschied, nimm, was du willst. Doch da wird sie hinzufügen: übrigens, ich bin gern weiter vorn, nimmt die zehnte oder die siebente, wenn das nicht zu teuer ist. Ich werde ihr eingeschnappt sagen: was ist das für ein Unsinn, meine Liebe, was redest du vom Geld, ich bin bereit, alles für dich hinzugeben, wenn du es nur gut und schön hast. FAHRRADVERLEIH. Nach dem Kino werden wir uns unbedingt zwei Fahrräder leihen. Das Mädchen, das uns die Leihfahrräder aushändigt, blond und zum Lächeln bereit, mit einem Ehering an der rechten Hand, wird, wenn sie uns sieht, anfangen zu lachen: endlich sind Kunden aufgetaucht, seltsam, draußen ist es so schön warm, aber niemand will Fahrrad fahren, einfach seltsam. Das ist nichts Seltsames, werde ich fröhlich sagen, die ganze Stadt ist bei diesem Wetter ins Grüne gefahren, heute ist doch Sonntag, alle sind von morgens an auf der Datscha, und dort hat jeder im Schuppen sein eigenes Fahrrad stehen. Wir wollten doch auch zur Datscha, wir werden mit Ihren Fahrrädern fahren, direkt auf der Chaussee mit eigener Kraft: im Vorortzug wird es ungeachtet der Eisbecher schwül sein. Passen Sie auf, seien Sie vorsichtig, wird uns das Mädchen warnen, auf der Chaussee ist starker Verkehr, halten Sie sich nah am Seitenstreifen, achten Sie auf die Verkehrszeichen, fahren Sie nicht zu schnell, überholen Sie nur links, passen Sie auf die Fußgänger auf, der Verkehr wird mit Hubschraubern und Radar überwacht. Natürlich, wir werden aufpassen, wir haben keinen Grund, unser Leben aufs Spiel zu setzen, besonders jetzt, eine Woche nach der Hochzeit, wir haben doch so lange darauf gewartet. Ach so, wird das Mädchen lächeln, Sie sind also auf Hochzeitsreise. Ja, wir haben beschlossen, ein bißchen zu radeln. Als Sie hereinkamen, habe ich mir schon gedacht, das sind Jungvermählte: Sie passen schrecklich gut zueinander, ich gratuliere, das freut mich sehr, ich bin selbst erst seit kurzem verheiratet, mein Mann ist Motorradrennfahrer, er hat ein großartiges Motorrad, wir fahren sehr schnell. Ich schätze den Rennsport auch, wird Weta die Unterhaltung aufgreifen, und ich hätte gern, daß mein Mann auch Motorradfahrer wäre, aber leider ist er Ingenieur, wir haben kein Motorrad, wir haben nur ein Auto. Ja, werde ich bestätigen, leider nur ein Auto, und das ist ein Gebrauchtwagen, aber im Prinzip könnte ich auch ein Motorrad kaufen. Natürlich, kaufen Sie es, wird das Mädchen lächeln, kaufen Sie es, mein Mann wird Ihnen das Fahren beibringen, das ist, glaube ich, nicht allzu schwierig, die Hauptsache ist, rechtzeitig auszukuppeln und die Kühlung zu regulieren. Da wird Weta den Vorschlag machen: wissen Sie was, warum sollten Sie uns nicht mit Ihrem Mann nächste Woche besuchen, kommen Sie auf Ihrem Motorrad, unsere Datscha steht unmittelbar am Wasser, die zweite Schneise nach links, das wird sehr lustig sein, wir werden zusammen essen und Tee trinken. Danke, wird das Mädchen sagen, wir kommen bestimmt, ich werde ohnedies in ein paar Tagen Urlaub nehmen, sagen Sie nur, was für ein Kuchen Ihnen gefällt: Kalte Schnauze oder Cremetörtchen, ich bringe sie zum Tee mit. Besser Cremetörtchen, Kalte Schnauze kaufen mein Mann und ich uns selbst, ja, Cremetörtchen, ja, und wenn es Ihnen nicht allzuviel Mühe macht, bringen Sie noch zwei Kilogramm Trüffeln mit, das Geld gebe ich Ihnen gleich wieder. Ich bitte Sie, lassen Sie das mit dem Geld! FISCH-FISCH-FISCH. TIER-GIMPEL-HANDLUNG. Aquarien mit Wassermolchen und grüne Papageien an Stangen. HEIMATMUSEUM. Sei aufgeschlossen, lerne deine Heimat kennen, das ist nützlich. AGT – Agentur für geheime Transporte. SCHUHE! Und ich las das Wort »Schuhe: obuv« an dem Laden als »Liebe: lubov«. BLUMEN. BÜCHER. Das Buch – dein bestes Geschenk, alles wirklich Gute in mir verdanke ich Büchern, Buch um Buch, achten Sie Bücher, sie veredeln und erziehen den Geschmack, ein Blick ins Buch ist Lug und Trug, das Buch, der Freund des Menschen, es schmückt das Interieur, Exterieur, Foxterrieur, ein Rätsel:

was ist das – es hat hundert Blatt und alle ohne Stengel, Lösung – ein Buch. Aus der Enzyklopädie: Artikel *Geschichte des Buches in Rußland*: der Buchdruck entstand in Rußland bei Ioann Fjodorow, den das Volk den ersten Drucker nennt, er trug einen langen Bibliotheksstaubmantel und eine runde Mütze, aus reiner Wolle gestrickt. Und dann gab ihm der Flußdampferkoch Ilja ein Buch: nimm, lies. Und der Hagel hüpfte und sprang durch viele spitze Tannennadeln hindurch wie silberne Erbsen und machte das blasse Moos naß. Dann noch: ich näherte mich meinem Bestimmungsort – überall war Finsternis und Wirbelsturm. Als der Rauch sich verzogen hatte, war niemand am Platz, doch am Ufer schritt Burago entlang, ein Ingenieur, der Wind zauste seine Socken. Ich sage nur eines, General, ich sage nur eines, General: nun, hat die Mascha Pilze gesammelt? Oft hab ich Unglück angekündet, allein mit der Signalkanone. Anfang Juli bei außerordentlich heißem Wetter, gegen Abend, ein junger Mann. Aber, Sie – sprechen Sie doch, ach Sie-ie-ie! Gibt es weiße? Ja, weiße auch. Zop-zop, zajda-brajda, rita-umalajda-brajda, tschikiumatschiki-briki, rita-usalajda. Strahle, strahle, am Himmel sind Sterne, friere, friere, Wolfsschwanz! Rechte Seite. ÜBERSCHUHE – REGENSCHIRME – SPAZIERSTÖCKE, alles in einem Geschäft, um, ohne Zeit zu verlieren, alles auf einmal zu kaufen. MODEATELIER, rei letae dom. WURST. Mancher will Wurst, doch sieh da – mancher will heiße Würstchen mit Brötchen! KURZWAREN – TRIKOTAGEN. KULTURPARK, der Zaun ist zwölfeinhalb Parsek lang. Und erst danach die POST. Guten Tag, darf ich mir einen Stempel auf meine Marke drücken, genauer, darf ich mir einen draufdrücken lassen, und noch genauer, wie soll ich es machen, daß man mir mit Ihrer Hilfe einen Stempel auf meine Marke drückt und sie somit entwertet. Geben Sie her, zeigen Sie, was ist denn das für eine Marke, Junge, das sind Streichhölzer. Ich weiß, ich dachte nur, daß es für Sie ganz gleich ist, hier ist auch ein Ziegenmelker abgebildet, schauen Sie hin. Sie sah es sich an und lachte: das Bild muß man über Dampf ablösen. Na schön, gut, ich dämpfe es ab, ich wohne nicht weit weg, ich glaube, ich kann Mama überreden, daß sie mir erlaubt, den Teekessel aufzustellen, (Mama, darf ich Wasser aufsetzen? willst du Tee? trinkst du denn etwa Tee vor der Schule, von was für Tee kann hier die Rede sein, wenn es Zeit ist, Mittag zu essen, es geht darum, Mama, daß ich unbedingt ein kleines Bild über Dampf ablösen muß. Über Dampf? Über Dampf, so hat man es mir auf der Post gesagt. O, Gott, was hast du dir da schon wieder ausgedacht, auf was für einer Post denn, wer hat das gesagt, weshalb, was für ein Bild, du verbrühst dir das Gesicht!), aber ich bin nicht ganz sicher, kann man das nicht hier bei Ihnen auf der Post machen, ich habe einmal zufällig gesehen – das Fenster war offen –, wie Sie in dem Zimmer Tee trinken, wo die Pakete und Drucksachen liegen, Sie tranken einen Elektrotopf, da waren einige Frauen und ein Mann im Mantel zusammen, Sie haben gelacht. Ja, richtig, sagte sie, wir haben einen, komm her Junge.

Und du bist hinter ihr den langen Korridor entlang gegangen, wo Birnen ohne Lampenschirme hingen und es nach richtiger Post roch: Siegellack, Leim, Papier, Bindfaden, Tinte, Stearin, Kasein, überreife Birnen, Honig, knarrende Stiefel, Crème brûlée, billige Gemütlichkeit, Plötzen, junge Bambuspflanzen, Rattenmist, Tränen des Oberpostschreibers. Am Ende des Flurs war ein kleiner Saal, er krönte ihn gleichsam: so krönt ein See einen Fluß, der in ihn mündet. In dem Saal lagen Pakete und Drucksachen auf Regalen, hierhin und dorthin adressiert, das Fenster war vergittert, und mitten in dem Zimmer auf dem Tisch blitzte silbern ein Elektrotopf mit einem bunten Kabel, das in einem Stecker endete. Die Frau steckte den

Stecker in die Steckdose, setzte sich auf einen Stuhl, und du setztest dich auf einen anderen – und ihr fingt an zu warten, bis es anfing zu kochen. Ich kenne dich gut: deiner Natur nach bist du unruhig, du hast kein Sitzfleisch, weder in der Schule noch zu Hause, du bist noch zu jung, und daher verträgst du kein langes Schweigen, keine ausgedehnten Pausen im Gespräch, dadurch wird es dir peinlich, du fühlst dich nicht wohl in deiner Haut, mit einem Wort, du erträgst keine Passivität, keine Untätigkeit, keine Stille. Jetzt, wärst du allein in diesem Postzimmer gewesen, hättest du es mit deinem Schrei ebenso gefüllt, wie du leere Schulklassen, Toilettenräume und Korridore damit füllst. Aber du bist nicht allein hier, und obwohl ein in der Tiefe deines Wesens anwachsender unbeschreiblicher Schrei immer höher steigt und jeden Augenblick hervorbrechen kann, und du dann platzen und dich öffnen wirst wie eine frühe Aprilknospe und dich ganz in deinen eigenen Schrei verwandelst: ich bin die Wasserlilie, Lilie, Lilie, ilie, ilie, ilie, ie, ie,e,e,e, – kannst du nicht, hast du nicht das Recht, diese junge empfindsame Frau zu erschrecken. Denn wenn du anfängst zu schreien, dann wird sie dich fortjagen und keinen Stempel auf den Ziegenmelker drücken, schrei auf keinen Fall hier, auf der Post, sonst hast du die Sammlung nicht, von der du so lange geträumt hast, die Sammlung, die aus einer einzigen entwerteten Marke besteht. Oder einem Streichholzschachteletikettchen. Beherrsch dich, lenk dich ab, denk an etwas nicht Hiesiges, Rätselhaftes, oder beginn ein unverbindliches Gespräch mit der Frau, umsomehr als sie dir, soweit ich es verstehe, gleich gefallen hat. Gut, doch wie fängt man an, mit welchen Worten, ich habe plötzlich vergessen, wie man Gespräche anfängt, die ganz unverbindlich sind. Ganz einfach, frag sie, ob du ihr eine Frage stellen darfst. Danke schön, danke schön, sofort. Darf ich Ihnen eine Frage stellen? Natürlich, Junge, natürlich. Na und jetzt, was soll ich weiter sagen? Jetzt frag sie nach Brieftauben oder nach der Arbeit, erkundige dich, wie es bei ihr so geht. Ja, das war es: ich wollte von Ihnen wissen, wie es bei Ihnen auf dem Polster so geht, das heißt nein, auf der Post, auf dem Postamt Postimt Possen Posten postum Po. Was, wie, auf der Post? Gut, Junge, gut, aber warum interessiert dich das? Sie haben sicher auch Postbrieftauben, nicht wahr? Nein, wozu denn? Aber die Brieftauben, wo sollen sie denn leben, wenn nicht bei Ihnen, auf dem Briefposten? Nein, wir halten keine, wir haben Briefträger. In diesem Falle kennen Sie doch den Briefträger Michejew oder Medwedjew, er sieht so aus wie Pawlow und fährt auch auf dem Fahrrad, aber machen Sie sich keine Hoffnung, ihn durch das Fenster zu sehen, er radelt nicht hier, nicht in der Stadt, er ist außerhalb der Stadt im Dienst, in einer Datschensiedlung, er hat einen Bart – hat man Sie ihm nicht vorgestellt? Nein, Junge. Schade, sonst würden wir uns gern über ihn unterhalten, und Sie hätten es nicht langweilig mit mir. Ich habe es doch nicht langweilig, antwortet die Frau. Wie schön, also habe ich Ihnen ein bißchen gefallen, ich habe ein Anliegen an Sie, wenn ich mich nicht irre: mir ist der Gedanke gekommen, mit Ihnen eine Bekanntschaft anzuknüpfen und sogar noch mehr, ich heiße soundso, und Sie? Du bist ein komischer Junge, sagt die Frau, ein komischer Junge, lachen Sie nicht, ich lasse Sie die ganze Wahrheit wissen, so wie es ist, sehen Sie, mein Schicksal ist beschlossen: ich werde heiraten, sehr bald, vielleicht in vierzehn oder dreizehn Tagen. Aber die Frau, die meine Ehefrau werden soll, ist außerordentlich moralisch, verstehen Sie, was ich da meine? und sie ist unter keinen Umständen vor der Ehe bereit. Aber ich brauche das sehr, unbedingt, andernfalls wird mein übermenschlicher Schrei aus mir herausfließen wie Blut. Doktor Sause nennt einen solchen Zustand einen Anfall auf der Basis des gesamten Nervenpolsters, darum habe ich beschlossen, Sie zu fragen, ob Sie mir helfen können, mir einen Dienst, eine Freundlichkeit erweisen würden, das wäre sehr freundlich von Ihnen, Sie sind doch eine Frau, Sie möchten auch, nehme ich an, auf Ihrer Nervenpost schreien, warum sollten wir nicht unsere Possen befriedigen, mache ich denn gar keinen Eindruck auf Sie, ich habe mir doch solche Mühe gegeben, Ihnen zu gefallen! Sie können sich nicht vorstellen, was ich ohne Sie für eine Sehnsucht haben werde, wenn wir das Bildchen abgelöst und Sie einen Stempel darauf gedrückt haben und ich fort in das Haus meines Vaters gegangen bin: ich werde keinen Trost finden, in Nichts und nirgendwo, aber vielleicht haben Sie irgendeinen, mit dem Sie Ihre Possen befriedigen? Mein Gott, was geht dich das an, sagt die Frau, frecher Kerl, einfach entsetzlich. In diesem Fall bin ich bereit, sofort zu beweisen, daß ich in jeder Hinsicht besser als er bin, übrigens, Sie haben das schon erkannt. Ist denn nicht klar, daß mein Verstand die Beweglichkeit und Logik selbst ist, ist es denn kein Tatbestand, daß, wenn es auf der ganzen Welt nur ein einziges künftiges Ingenieurgenie gibt, daß dies ich bin. Und ich bin es, der Ihnen gleich eine Geschichte erzählen wird, ja irgend so etwas, woraufhin Sie nachgeben müssen. So ist es. Lassen Sie mich mit eigenen Worten einen Aufsatz erzählen, den ich unserer Suppenkelle letzte Woche abgegeben habe. Ich fange einfach vorne an: *Mein Morgen. Aufsatz.*

Die Flöte der Rangierlokomotive »Kuckuck« singt im Morgengrauen: Hirtenhorn, Querflöte, Kornett, Kinderweinen, Dideldumdei. Ich wache auf, setze mich im Bett auf, betrachte meine nackten Füße, und dann sehe ich aus dem Fenster. Ich sehe eine Brücke, sie ist ganz leer, sie ist von grünen Quecksilberlampen beleuchtet, an den Lampenpfosten aber sind Schwanenhälse. Ich sehe nur die Fahrbahn der Brücke, aber ich brauche nur auf den Balkon hinauszutreten, und vor mir liegt die Brücke in ihrer vollen Größe, ihr ganzer Bogen ist wie der Rücken einer erschrockenen Katze. Ich lebe zusammen mit Mama und Papa, aber manchmal kommt es vor, daß ich allein lebe, und meine Nachbarin – die alte Trachtenberg oder eher – Tinbergen lebte mit uns in der alten Wohnung, oder wird in der neuen mit uns leben. Wie die übrigen Teile der Brücke heißen, weiß ich nicht. Unter der Brücke ist die Eisenbahnlinie oder, besser gesagt, einige Linien, einige Verkehrsverbindungen, eine gewisse Anzahl gleichartiger Strecken von gleichartiger Breite. Morgens tanzt die Hexe Tinbergen – tanzte, wird tanzen – in der Diele. Sie singt dabei das Lied von Trifon Petrowitsch, vom Kater und vom Baggerführer. Sie tanzt auf Mahagoni-Containern, auf ihren oberen Flächen, unter der Decke und auch daneben. Ich habe es nie gesehen, aber ich habe es gehört. Unter der Decke. Hierhin und dorthin fährt darauf der »Kuckuck«, es schüttelt ihn an den Weichen. Ra-ta-ta. Den Rhythmus klappert sie mit Maracas. Sie stößt und zieht braune Güterwagen. Ich hasse diese zerzauste alte Frau. In den Lumpen, in die sie sich hüllt, mit den langen Krallen, die sie sich wie Haken hat wachsen lassen, mit den jahrhundertealten gequälten Runzeln, mit denen sie ihr Gesicht durchfurcht hat, das Huckebein erschrickt mich und meine geduldige Mutter tags und nachts. Im Morgengrauen aber – das Singen beginnt – da wache ich auf. Ich habe diese Flöte gern. Dideldumdei? fragt sie. Und nach einer Weile Wartens antwortet sie sich selbst: ja-ja-ja, dideldumdei. Sie war es, die den Jakow vergiftet hat, den armen Mann, den Apotheker, Provisor, den Menschen, und sie ist es, die bei uns in der Schule als Konrektor tätig ist, zuständig für den Lehrbetrieb. Dergestalt, wenn ich meinen Morgen zusammenfasse, kann man sagen, daß er mit dem Ruf des Kuckucks beginnt, mit dem Geräusch der Eisenbahn, der Ringeisenbahn. Wenn man sich die Karte unserer Stadt ansieht, wo der Fluß und die Straßen und die Chausseen abgebildet sind, dann wirkt das so, als ob die

Ringbahn die Stadt zusammendrückt, wie eine stählerne Schlinge, und wenn einem der Konstriktor erlaubt, in den an unserem Haus vorbeifahrenden Zug einzusteigen, dann macht dieser Güterzug einen vollen Kreis und kehrt am nächsten Tag an denselben Platz zurück, an den Platz, wo du eingestiegen bist. Die Züge, die an unserem Haus vorbeifahren, bewegen sich auf einer geschlossenen, folglich unendlichen Kurve um unsere Stadt, das ist der Grund, warum es fast unmöglich ist, unsere Stadt zu verlassen. Auf der Ringbahn verkehren insgesamt zwei Züge: einer fährt im Uhrzeigersinn und einer ihm entgegen. Somit vernichten sie sich gleichsam wechselseitig, gemeinsam aber heben sie Bewegung und Zeit auf. So vergeht mein Morgen. Die Tinbergen hört allmählich auf, die jungen Bambushaine zu zertrampeln, und ihr Lied, blühend, selbstzufrieden und gnadenlos wie das Alter selbst, verstummt in der Ferne hinter den Korallenriffen, und nur die Pauken, Tamburine und Trommeln der über die Brücke rasenden Autos stören – und das auch nur selten – die Stille unserer Wohnung. Verschwindet – löst sich auf.

Großartig, großartig, ein großartiger Aufsatz, sagt Saul. Wir hören seine dumpfe, belegte pädagogische Stimme, die Stimme des führenden Geographen des Gebiets, die Stimme des weitblickenden Leiters, des Vorkämpfers für die Reinheit, Wahrheit und die angefüllten Räume, die Stimme des Verteidigers aller Erniedrigten und Blutbeschmierten. Wir sind wieder hier, in der ungeputzten Männertoilette, wo es häufig so kalt und einsam ist, daß aus unseren blauen Schülerlippen Dampf dringt – das Zeichen des Atmens, das Zeichen des Lebens, ein gutes Zeichen dafür, daß wir noch existieren oder in die Ewigkeit gegangen sind, aber zurückkehren werden wie auch Saul, um die auf der Erde begonnenen großen Dinge auszuführen oder durchzuführen, und zwar: den Empfang aller und jeglicher akademischer Preise, ein

Autodafé im Ausmaß aller Sonderschulen, den Erwerb eines Gebrauchtwagens, die Heirat mit der Lehrerin Wetka, das Erschlagen aller Idioten der Welt mit Angelruten, die Verbesserung des selektiven Gedächtnisses, das Zerschmettern der Schädel der Kreidegreise und Kreidegreisinnen wie der Tinbergen, den Fang unikaler Winterfalter, das Auftrennen der Zwirnfäden an jedem zugenähten Mund, die Organisation von Zeitungen eines neuen Typs – Zeitungen, wo kein einziges Wort geschrieben steht, die Abschaffung der Wettläufe zur Körperertüchtigung, sowie die kostenlose Verteilung von Fahrrädern und Datschen in allen Punkten von A bis Z; außerdem die Wiederbelebung von den Toten all jener, über deren Lippen die Wahrheit drang, hierbei die *vollständige* Wiederbelebung des Präfekten Saul einschließlich seiner Wiedereinsetzung an seinem Arbeitsplatz in seinem Fachgebiet. Ein großartiger Aufsatz, sagt er, wie er auf der Fensterbank sitzt und seine Fußsohlen auf dem Heizkörper der Dampfheizung wärmt, wie spät erkennen wir unsere Schüler, wie schade, daß ich früher Ihr literarisches Talent nicht erkannt habe, ich hätte Perillo überredet, Sie vom Literaturunterricht zu beurlauben, und Sie hätten in den entstandenen Freistunden machen können, was Ihnen Spaß macht, verstehen Sie mich? was Ihnen Spaß macht. So hätten Sie ohne Unterlaß Briefmarken mit der Darstellung des Ziegenmelkers und anderer fliegender Vögel sammeln können. Sie hätten rudern und schwimmen, laufen und springen können, Messerwerfen und Völkerball spielen, wie Stahl gehärtet werden, Gedichte schreiben, auf den Asphalt malen, Pfänderspiele machen können und dabei das herrliche mit nichts Vergleichbare aussprechen: schwarz und weiß – das darf nicht sein, nicht ein ja und auch kein nein – also los: Sie kommen zum Ball, und? Oder Sie hätten im Walde auf einem umgestürzten braunen Baum sitzend schnell und halblaut, ohne irgendjemanden und irgendetwas im Auge zu haben, sich selbst die unvergeßlichen Abzählverse aufsagen können: ene-mene ming-mang, ene-mene ping-pang, ene-mene muh und ab bist du, oder: kam der Mond aus seinem Haus, zog ein großes Messer raus. Aber am schönsten: es lebten einmal drei Japaner – Jak, Jak-Zidrak, Jak-Zidrak-Zidroni, es lebten drei Japanerinnen – Zypa, Zypa-Dripa, Zypa-Dripa-Limpomponi; sie alle heirateten: Jak die Zypa, Jak-Zidrak wie Zypa-Dripa, Jak-Zidrak-Zidroni die Zypa-Dripa-Limpomponi. Ach, wie viele Dinge gibt es auf Erden, mein junger Freund, Dinge, mit denen man sich beschäftigen kann, statt mit dem blödsinnig törichten Geschreibe in den Literaturstunden! Voller Bedauern über das Unmögliche und Verlorene. Voller Trauer. Mit dem Gesicht eines Menschen, den es nie gab, den es nicht gibt und nicht geben wird. Aber Schüler soundso, ich fürchte, diese Unterrichtsstunden lassen sich für Sie nicht vermeiden, und Sie werden mit quälendem Schmerz Abschnitte und Abrisse der Werke auswendig lernen müssen, die man bei uns Literatur nennt. Mit Widerwillen werden Sie unsere verdreckten und verlogenen Ausgeburten der Feder lesen, immer wieder wird es über Ihre Kraft gehen, aber dafür werden Sie, wenn Sie sich durch den Schmelztiegel dieses Unglücks durchgequält haben, männlicher werden, werden Sie aus der eigenen Asche wie Phönix steigen und begreifen – Sie werden alles begreifen. Doch, lieber Lehrer, entgegnen wir, hat Sie denn etwa der Aufsatz, den ich mit eigenen Worten jener Frau auf dem Briefposten erzählt habe, nicht überzeugt, daß wir es auch so seit langem begriffen haben und daß es für uns durchaus nicht notwendig ist, durch irgendwelche literarischen Schmelztiegel hindurchzukommen? Unbedingt, antwortet der Präfekt, ich habe das von den ersten Sätzen an festgestellt, Sie brauchen tatsächlich keine Schmelztiegel. Ich habe von ihrer Notwendigkeit gesprochen – einer für Sie offenbar überflüssigen –, lediglich, um Sie in Ihren Gedanken irgendwie zu trösten, daß es nicht möglich ist, sich vom Unterricht im erwähnten

Fach zu befreien. Glauben Sie mir, noch vor kurzer Zeit hätte ich ohne Schwierigkeit Perillo überreden können, Ihnen den Besuch überhaupt aller Unterrichtsstunden freizustellen, es ist Ihnen sicher bekannt, was für eine Autorität Ihr ergebener Diener in Lehrerkreisen genoß – in der Schule und in der Abteilung für Volks*blendung*. Aber seitdem das mit mir geschehen ist – was genau, das habe ich bis jetzt nicht ganz erkannt –, habe ich alles verloren: Blumen, Nahrung und Tabak – haben Sie gemerkt, ich habe aufgehört zu rauchen? –, Frauen, die Eisenbahnfahrkarte (der Konstriktor versichert mir, sie sei längst abgelaufen, aber ich habe keine Möglichkeit, eine neue zu kaufen, denn man hat mir auch den Lohn gestrichen), Unterhaltungen und vor allem Autorität. Ich kann mir einfach nicht vorstellen, wie das möglich ist: keiner hört auf mich – weder die Lehrer bei den Konferenzen, noch die Eltern bei den Elternversammlungen, noch die Schüler beim Unterricht. Man zitiert mich sogar nicht, wie das früher üblich war. Alles geht so vor sich, als ob es mich, Norwegow, nicht mehr gäbe, als ob ich gestorben wäre. Und da füllte Saul Petrowitsch die Toilette mit seinem leisen flimmernden Lachen. Ja, ich lache, sagte er, doch mit Tränen. Lieber Schüler und lieber Freund Wasserlilie, mit mir ist bestimmt irgendetwas geschehen. Früher, noch vor kurzer Zeit, wußte ich, was da geschehen ist, aber jetzt, sehen Sie, habe ich es wohl vergessen. Mein Gedächtnis, um Ihren Ausdruck zu verwenden, ist selektiv geworden, und ich bin besonders froh, daß wir hier zusammengetroffen sind, im Punkt M, denn ich hoffe auf Ihre Hilfe. Helfen Sie mir, helfen Sie mir, mich zu erinnern, was geschehen ist. Ich habe viele darum gebeten, aber keiner konnte – oder wollte? – mir etwas erklären. Mancher wußte ehrlich die Wahrheit nicht, mancher wußte sie, aber behielt sie für sich: man fand Ausflüchte und log, mancher lachte mich auch einfach unverhohlen aus. Sie jedoch lügen, soweit ich weiß, nie und unter keinen Umständen, Sie können nicht lügen.

Er schwieg, seine Stimme füllte nicht mehr die Leere des Raums, und die Geräusche der abendlichen Stadt wurden hörbarer. Irgendjemand Großes, mit vielen Beinen und von unendlicher Länge wie eine prähistorische Eidechse, die sich später in eine Schlange verwandelt hat, ging auf der Straße an der Schule vorbei, rutschte über das blanke Eis, pfiff eine Serenade Schuberts, hüstelte und wünschte andere zum Teufel, stellte sich Fragen und antwortete selbst darauf, entzündete Streichhölzer, verlor Mützen, Tücher und Handschuhe, preßte mit der Hand in der Tasche den soeben gekauften Kraftmesser zusammen, blickte von Zeit zu Zeit auf die Uhr, überflog mit den Augen die Seiten der Abendzeitungen, zog Schlüsse, blickte auf den Schrittmesser, verlor die Orientierung und fand sie wieder, analysierte die Numerierung der Häuser, las Aushänge- und Reklameschilder, träumte vom Erwerb neuer Grundstücke und von immer größeren Gewinnen, erinnerte sich an die Taten vergangener Tage, verbreitete um sich den Geruch von Eau de Cologne und Krokodilleder-Portemonnaies, spielte auf der Ziehharmonika, verzog das Gesicht zu einem törichten und niederträchtigen Grinsen, beneidete den Datschenbriefträger Michejew um seinen Ruhm, sehnte sich nach unerfahrenem Besitz und wußte nichts von uns, dem Präfekten und den Schülern, die sich hier, in den betrüblichen Grenzen des Punktes M, unterhielten. Dieses Wesen, vielfüßig, als sei es eine prähistorische Eidechse und unendlich wie mittelalterliche Folter, ging immer weiter und kannte keine Müdigkeit und Ruhe und konnte dennoch nicht vorübergehen, denn es konnte nie vorübergehen. Auf dem Hintergrund seiner Bewegung, auf dem Hintergrund des unaufhörlichen Geräuschs dieses Schreitens hörten wir Straßenbahnklingeln, Bremsenquietschen und das Zischen, das entsteht, wenn die Kontaktbogen der Oberleitungsbusse über die Stromkabel gleiten. Später drangen dumpfe Stöße zu uns, die durch die schnelle Berührung einer Holzmasse mit einer verzinkten Blechmasse entstehen: wahrscheinlich schlug einer der Sonderschüler, der nicht in das Haus seines Vaters zurückkehren wollte, systematisch mit einem Stock gegen Regenrinnen und versuchte, als Zeichen des Protests gegen alles, darauf Flöte zu spielen, ein Notturno. Die Geräusche, die im Hause selbst entstanden, waren folgende. Im Keller arbeitete der taubstumme Heizer soundso – seine Schaufel kratzte über die Kohle, die Türen der Heizung quietschten. Auf dem Flur wischte die Putzfrau den Fußboden: der Schrubber mit dem darüber gewickelten feuchten Aufnehmer tauchte gemessen in den Eimer, gluckste, platschte auf den Fußboden und befeuchtete geräuschlos einen neuen Abschnitt der trockenen Fläche – das Baden des roten Pferdes, der Walzer eines erkälteten Menschen, skirly in der vollen Badewanne. In einem anderen Korridor, eine Etage höher, schritt der Konrektor Schejna Solomonowna Trachtenberg, ihre Prothese klopfte und quietschte. Im zweiten Stockwerk war es leer und still, im dritten aber, im sogenannten Festsaal, dröhnte wie wahnsinnig die Probe des vereinigten Tanzorchesters der Sonderschulen der Stadt: fünfzig Idioten bereiteten sich auf neue Konzerte vor. Jetzt übten sie die Tanzballade »Bojaren, wir sind zu euch gekommen«: sie sangen und schrieen, stampften und pfiffen, wieherten und grunzten. Ihr Bojaren, sie ist doof, ihr jungen Leute, sie ist doof, sangen die einen. Ihr Bojaren, wir werden es ihr beibringen, Ihr jungen Leute, wir werden es ihr beibringen, versprachen die anderen. Teilnahmslos bummerten die Pauken, langsam sich windend krochen die Oboen, dröhnte eine große Tommel mit einem auf die Seite gemalten Ziegenmaul, in einem hysterischen Anfall zuckte ein pockennarbiges hartflügeliges Klavier, verlor Takt und Tonfolge und verschluckte die eigenen Tasten. Dann trat oben in der dritten Etage eine unheilschwangere Pause ein, und nach einer Sekunde, wenn wir dieses Wort richtig verstehen, blökten sie alle, Tänzer und Sänger im

Chor los, schrieen die Hymne der erleuchteten Menschheit los, bei deren ersten Akkorden jeder, der Ohren hat, verpflichtet ist, alles aus der Hand zu legen, sich zu erheben und hingegeben zu lauschen. Wir erkannten kaum das Lied. Es erreichte den Punkt M und hatte dabei alle Hindernisse überwunden, doch die Treppengeländer, die Stufen, der Treppenschacht und die spitzen Ecken an den Kehren hatten seine starren Glieder zerbrochen und verunstaltet, so daß es blutüberströmt, von Schnee bedeckt, im zerfetzten und schmutzigen Kleid des Mädchens vor uns stand, mit dem man gewaltsam das getan hatte, was man wollte. Doch zwischen den Stimmen, die die Kantate ausführten, zwischen den Stimmen, die nichts bedeuteten und nichts wert waren, zwischen den Stimmen, die sich zu einem gedankenlosen, sinnlosen und stimmlosen lauten Lärmknäuel verwirrten, zwischen den zur Vergessenheit verdammten Stimmen, zwischen den unvorstellbar gewöhnlichen und falschen Stimmen war eine, die uns wie die Verkörperung der Reinheit, Kraft und des tödlich feierlichen Kummers vorkam. Wir hörten sie in ihrer ganzen unverzerrten Klarheit: sie glich dem Schweben eines verwundeten Vogels, war von einer Farbe wie funkelnder Schnee, sang die Stimme und klang, klang die Stimme und drang, schwamm die Stimme, die Stimme schwamm und schmolz, ja sie schmolz dahin. Und sie drang durch alles, alles verachtend, sie wuchs heran und fiel, um wieder zu wachsen. Die Stimme war nackt und eigensinnig und angefüllt mit dem pulsierenden lauten Blut eines singenden Mädchens. Und es gab dort keine anderen Stimmen, im Festsaal, dort gab es nur ihre Stimme. Und – hören Sie es – flüsterte Saul Petrowitsch, mit dem Flüstern eines Bezauberten und Entzückten –, hören Sie es, oder kommt es mir nur so wunderbar vor? Ja-ja-ja, Saul Petrowitsch, wir hören es, da singt Rosa Wetrowa, das liebe Mädchen, die Grabesblume, der beste Alt unter den behinderten Kindern aller Schulen. Und von nun an, wenn Sie auf die

Frage: was machen Sie denn da, dort in der Toilette? uns antworten: ich erhole mich nach dem Unterricht, oder ich wärme mir meine Fußsohlen – dann glauben wir Ihnen nicht, Ihnen, dem prächtigen aber listigen Pädagogen. Denn jetzt haben wir alles begriffen. Sie warten wie ein gewöhnlicher verliebter Schüler, wann die Probe beendet ist und aus dem Festsaal unter den anderen Behinderten und Totgeborenen auch sie herabkommt – sie, mit der Sie sich auf der Hintertreppe im rechten Flügel verabredet haben, wo es keine einzige heile Birne mehr gibt und es dunkel ist, dunkel und nach Staub riecht, wo auf dem Treppenabsatz zwischen dem ersten und zweiten Stockwerk ausgediente Matten aus der Turnhalle auf einen Haufen geworfen sind. Sie sind zerrissen, das Sägemehl quillt aus ihnen heraus, und dort, eben an dieser Stelle gilt dies: komm, komm, wie sehne ich mich nach deinem unberührten Körper. Ein Flüstern des Entzückten. Nur vorsichtig, seien Sie vorsichtig, man kann Sie hören, – Holzauge sei wachsam. Genauer, hüten Sie sich vor der Witwe Tinbergen. Unermüdlich und unablässig zieht sie in den Nächten durch die Etagen der dichtvermauerten, weise schweigenden Dummenschule. Von Mitternacht an hört man im Hause nur die Schritte der Tinbergen – i-i-i, eins-zwei-drei, eins-zwei-drei. Sie singt, sie brabbelt Hexen-Zaubersprüche, dreht sich im Walzertakt oder stampft eine Polka, die Korridore entlang durch die Klassen und über die Treppen, hängt im Treppenschacht, verwandelt sich in eine brummende Mistfliege, dreht sich im Treppenhaus und klappert mit den Kastagnetten. Nur sie, die Tinbergen, und nur die Uhr mit dem goldenen Pendel in Perillos Zimmer: eins-zwei-drei – nachts die ganze Schule – das einsame nächtliche Pendel, das die Dunkelheit in gleiche still-dunkle Stücke zerschneidet, in fünfhundert, fünftausend, fünfzig, entsprechend der Zahl der Lernenden und Lehrenden: dir, mir, dir, mir. Am Morgen, bei Sonnenaufgang – jedem das Seine. Am frostigen, nach feuchten

Lappen und Kreide riechenden Morgen, wenn man in Schuhbeuteln seine Überschuhe abgibt und seine Pantoffeln anzieht – jedem das Seine, zusammen mit der Garderobennummer. Also seien Sie dort vorsichtiger, auf den Matten.

Also, sagt der Lehrer Saul zu uns, ich höre euch aufmerksam zu, will die Wahrheit hören, nur die Wahrheit. Sie müssen mir die Augen für die Wahrheit öffnen, damit ich sehend werde, hebt mir, wie es bei Gogol heißt, die Augenlider. Eine große Nase wie bei einem römischen Legionär, stämmig, tödlich zusammengepreßte Lippen. Das ganze Gesicht ist grob geschnitzt, oder vielleicht auch grob aus weißem Marmor mit rosa Adern gemeißelt, ein Gesicht mit gnadenlosen Falten, die Folge einer nüchternen Beurteilung der Erde und des Menschen darauf. Der schwere Blick eines römischen Legionärs, der in den ersten Reihen der unerschütterlichen Legion marschiert. Die Rüstung, der weiße, mit dem Pelz des italienischen Purpurwolfs besetzte Mantel. Der Helm vom abendlichen Tau befeuchtet, die kupfernen und goldenen Verschlüsse hier und dort sind etwas matt, doch das Auflodern der nahen und fernen Feuer, die an den Seiten der Via Appia brennen, lassen dennoch Harnisch und Helm und Verschlüsse blinken. Alles, was ringsum geschieht, ist gespenstisch, grandios und schrecklich, denn es hat keine Zukunft. Lieber Saul Petrowitsch, deinem unvergeßlichen Vermächtnis folgend – es pocht an unsere Herzen wie die Asche des Claes an Ulenspiegels Brust – haben wir tatsächlich eine der höchsten menschlichen Errungenschaften erworben, wir haben es gelernt, nie und in nichts zu lügen. Wir stellen das ohne falsche Bescheidenheit fest, denn hier, im Gespräch mit Ihnen, dem Lehrer, der unser Gewissen und unsere glückliche Jugend geworden ist, wäre sie nicht am Platze. Aber, Präfekt, von was für hohen Prinzipien im Umgang mit den Menschen wir uns auch leiten lassen, sie, diese Prinzipien, ersetzen uns um keinen Preis unser widerliches Gedächtnis: es ist wie früher selektiv, und wir dürften kaum in der Lage sein, Licht zu verbreiten und Ihnen Ihre schweren Lider zu heben. Wir erinnern uns auch fast gar nicht, was mit Ihnen geschehen ist, denn es ist doch schon soundsoviel Zeit vergangen – oder sie wird vergehen – seit damals, als. Richtig, antwortet Saul, nicht wenig ist vergangen, richtig, nicht wenig, nicht richtig wenig, richtiger, viel. Doch bemühen Sie sich trotzdem, strengen Sie Ihr erstaunliches, sei es auch widerliches Gedächtnis an. Helfen Sie Ihrem Lehrer, der unter seiner Unwissenheit leidet! Ein Tropfen Tau ist aus dem Hahn gefallen und in das jahrtausendealte rostige Becken getropft, um die dunklen schmierigen Röhren der Kanalisation entlang, durch die Filter und Reinigungsanlagen neuester prämiierter Konstriktionen hindurch als irgendjemandes ungetrübte Seele still in den Kummer der Lethe zu rinnen, deren Wasser auf immer zurückgewandt dein Boot und dich, verwandelt in eine weiße Blume, auf die weiße Sandbank hinaus bringen; der Tropfen bleibt einen Augenblick am mandolinenförmigen Blatt deines Ruders hängen und taucht erneut feierlich in die Lethe – verschwindet – löst sich auf – und nach einer Sekunde, wenn du die Bedeutung des Wortes richtig verstehst, glänzt er unsterblich im Trichter eines soeben gebauten römischen Aquädukts. Nebelung, den soundsovielten, des Jahres soundsoviel vor unserer Zeitrechnung, Genua, Dogenpalast. Ein Birkenrindenpiktogramm, zusammengerollt. Geliebter Senator und Legionär Saul, wir teilen Ihnen eilends mit, daß wir, die Ihnen dankbaren Schüler, uns endlich an einige Einzelheiten des Ereignisses erinnert haben, das mit Ihnen früher oder später geschehen ist und Sie so sehr beunruhigte. Wir haben unser Gedächtnis anstrengen können und sind jetzt, wie es uns scheint, dahinter gekommen, was eigentlich geschehen ist, und wir sind bereit, Ihnen Ihre schweren Lider zu heben.

Wir teilen Ihnen eilends mit, daß der Direktor N. G. Perillo, von Sch.S.Trachtenberg-Tinbergen zur bösen Tat angestiftet, Sie auf Ihren eigenen Wunsch entlassen hat. Das kann nicht sein, entgegnet Norwegow, ich habe nichts dergleichen getan, warum? weshalb? aus welchem Grund? Ich erinnere mich an nichts, erzählen Sie. Aufgeregt.

Fünftes Kapitel
Vermächtnis

Es geschah an einem der Tage jenes bezaubernden Monats, wenn an frühen Abenden am westlichen Teil des Himmels im Sternbild des Stiers der Saturn zu sehen ist, der bald hinter dem Horizont verschwindet, in der zweiten Hälfte der Nacht aber sich im Sternbild des Capricorne der strahlende Jupiter erkennen läßt und gegen Morgen erheblich weiter links und tiefer im Gestirn des Aquarius der Mars auftaucht. Doch die Hauptsache – in diesem Monat blüht in unserem Schulfliedergarten berauschend der Faulbeerbaum: wir, die Dummköpfe mehrerer Generationen, haben ihn hier gepflanzt, damit all die Klugen, die auf der Straße vorbeigehen, uns beneiden. Verehrter Saul Petrowitsch, gestatten Sie mir, hier zu bemerken, daß wir, die Gefangenen der Sonderschule, die Sklaven des Perillo-Pantoffelsystems, die des Rechts auf die normale menschliche Stimme Beraubten und daher zum unartikulierten pränatalen Schrei Gezwungenen, wir, die kümmerlichen Gnitzen, die sich in den unvermeidbaren Spinnennetzen der Unterrichtsstunden verfangen haben, wir alle auf unsere Weise, auf törichte Weise sie lieben, unsere verhaßte Sonderschule mit all ihren Gärten, Lehrern und Garderoben. Und wenn man uns den Vorschlag machen würde, in eine normale, in eine gewöhnliche Schule für Normale überzuwechseln, und uns dabei mitteilte, daß wir gesund geworden und normal seien, dann – nein, nein, wir wollen nicht, jagt uns nicht fort! – würden wir losheulen und die Tränen mit dem verfluchten Pantoffelbeutel abwischen. Ja, wir lieben sie, denn wir sind an sie gewöhnt, und wenn wir einmal in jeder Klasse soundsoviele sogenannte Jahre abgesessen und sie irgendwann abgeschlossen haben, mit ihren zerschnitzten schwarzbraunen Bänken, dann werden wir schrecklich niedergeschlagen sein. Denn dann, wenn wir sie verlassen, verlieren wir alles, alles was wir hatten. Wir bleiben allein, bleiben einsam, das Leben schleudert uns weit auseinander, unter die Massen der Neunmalklugen, die nach Macht, nach Frauen, nach Autos, nach Ingenieurdiplomen drängen, wir aber – die ganz Törichten – wir brauchen das alles nicht, wir wollen nur eines, in der Klasse sitzen, aus dem Fenster auf die vom Wind angenagten Wolken schauen, uns um den Lehrer nicht kümmern, mit Ausnahme von Norwegow, und auf die hellweiße Klingel warten, die einer Handvoll Faulbeerblüten in jenem berauschenden Monat gleicht, wenn Sie, Saul Petrowitsch, der Geograph von höchstem Format, schnell – um nicht zu sagen *kopfüber* – zu uns in die Klasse zu Ihrer letzten Unterrichtsstunde im Leben kommen. Barfuß. Warmes Wetter. Warmer Wind. Als die Tür auffliegt, gehen die Fenster, die Fensterrahmen weit auf. Warmer Durchzug. Geranientöpfe stürzen auf den Boden, gehen in Brüche. In Brocken des Humus wühlen glänzende Regenwürmer. Saul Petrowitsch, Sie aber lachen. Sie lachen, wie Sie auf der Schwelle stehen. Sie zwinkern uns zu, erkennen alle und jeden. Guten Tag, Saul Petrowitsch, an einem warmen Maidonnerstag, in der Windjacke mit aufgekrempelten Ärmeln, in Hosen mit weitem Schlag, im Sommerhut mit vielen mit der Lochzange geschlagenen Löchern. Guten Tag, Ihr Teufel, setzt euch hin, was sollen denn diese törichten Förmlichkeiten, es ist doch Frühling. Übrigens, habt Ihr gemerkt, wie der ganze Mensch, wenn er vom frischen Atem des Frühlings gepackt ist, kräftig wird? Schon recht, ich werde euch das irgendwann erzählen. Aber jetzt fangen wir mit dem Unterricht an. Ach, Freunde, Ihr guten, heute haben wir uns laut Plan mit den Gebirgssystemen zu befassen, mit irgendwelchen Kordilleren und Himalajas. Aber wer braucht denn das alles, wer braucht denn das, frage ich euch, wenn über die ganze liebe Erde lauter schnelle Autos rasen und mit ihren Reifen das trübe Wasser der Pfützen verspritzen und auf diese Art all unsere lieben Freundinnen von der Straße in ihren kurzen Röckchen bespritzen. Die Armen! Die Tropfen fliegen ihnen sogar an die allerheimlichsten Stellen, weit oberhalb der Knie, sie verstehen, was ich sagen will? Fröhlich, die Segeltuchhosen hochgezogen und an der Karte beider Erdhälften herumhüpfend, die an eine gigantische blaue Brille ohne Steg erinnern. Schüler soundso, tun Sie etwas Gutes, nennen Sie uns eine Reihe weiblicher Vornamen, wie ich Ihnen das beigebracht habe, nach dem Alphabet. Einer von uns – jetzt sehe ich aus der Ferne nicht, wer es ist – steht auf und sagt schnell halblaut: Agnija, Agrippina, Christina, Clara, Barbara, Dora ... Ja, wiederholen Sie mit dem Lächeln eines gerührten Menschen, Julija, Leokadija, Walentina, danke schön, nehmen Sie Platz. Ihr treuen Freunde, wie freue ich mich, euch heute am Tage des Frühlings begrüßen zu dürfen. Frühling, das ist doch kein Winter, als in meinen einsamen Hof voller traurigem Schnee dein Glöckchen drang. Das ist eine Geschichte! Als ich nachts durch Ostrov fuhr, besorgte ich mir drei Flaschen Cliquot, und gegen Morgen des nächsten Tages näherte ich mich dem gewünschten Ziel. Alles war Finsternis und Wirbelwind. Nein, unseren heutigen Schwung widmen wir im Gegenteil der Wüste, auf der tulpenrotes Blut lastet. Schüler soundso, ich beobachte etwas Schreckliches: von den drei Fenstern, die zum offenen Himmel führen, sind nur zwei geöffnet, machen Sie doch das dritte auch auf! danke. Heute werde ich Ihnen eine Geschichte erzählen, die ich in einer Cliquotflasche am Ufer des Datschenflusses Lethe gefunden habe. Ich nannte diese Geschichte *Der Zimmermann in der Wüste.*

Ihr Freunde, Ihr guten, in der Wüste lebte ein Zimmermann, ein großer Meister seines Fachs. Er hätte bei Bedarf ein Haus bauen können, ein Boot, ein Karussel, eine Schaukel, hätte eine Versandkiste oder einen anderen Kasten zusammenfügen können, wenn er nur das Material gehabt hätte, wenn es nur etwas gegeben hätte, woraus es sich hätte machen lassen. Aber in der Wüste war es nach einem Ausdruck des Zimmermanns selbst wüst und leer: keine Nägel, keine Bretter. *Sehr geehrter Legionär Saul, wir sind verpflichtet, Sie unverzüglich mit folgender Tatsache zu konfrontieren: kaum hatten Sie die Worte,* keine Nägel, keine Bretter *ausgesprochen, da wurde es im Auditorium der Sankt Laurentius Universität, die mit dem Orden der Erzführenden Marsflamme ausgezeichnet ist und wo Sie Ihre übliche Vorlesung halten, für einen Augenblick gleichsam dunkel, uns schien, irgendein Schatten – ein Vogel oder ein Pterodaktylos oder ein Hubschweber – fiel auf das Katheder und ersetzte die Sonne. Doch sofort danach – war er wieder fort.* Einige Menschen – sprachen Sie weiter, als ob Sie nichts bemerkt hätten – werden sagen: das stimmt nicht, es kann keinen solchen Ort geben, wo sich nicht ein-zwei Bretter und ein Dutzend Nägel finden, und wenn man ordentlich sucht, dann findet man überall Material für eine ganze Datscha mit Veranda, wie sie jeder von uns hat, wenn er nur den Wunsch, etwas Nützliches zu tun, nicht aufgibt und an den Erfolg glaubt. Ich aber werde erzürnt antworten: in der Tat: der Zimmermann fand erst ein Brett und dann ein zweites. Außerdem lag seit langem in seiner Tasche ein Nagel, der Mann hatte ihn für alle Fälle aufgehoben, in einem Zimmermannsleben kann manches passieren, manches, wofür ein Zimmermann einen Nagel braucht, zum Beispiel um eine Linie zu ziehen, um Punkte zum Bohren einzukerben, und ähnliches. Aber ich muß hinzufügen: ungeachtet dessen, daß der Zimmermann den Wunsch nicht aufgegeben hatte, etwas Nützliches zu tun, und er bis zum Schluß an den Erfolg glaubte, konnte er nicht mehr als die beiden zehn Millimeter starken Bretter finden. Er durchzog zu Fuß und auf seinem kleinen Zebra die gesamte Wüste, erforschte jede Wanderdüne und jede Niederung, in der kümmerlicher Saksaul wuchs, ritt auch am Meeresufer entlang, doch – zum Teufel! – die Wüste schenkte ihm kein Material zum Bauen. *Präfekt Saul, es beunruhigt uns, da scheint wieder der Schatten gewesen zu sein – jetzt eben, vor einem Augenblick.* Einmal, müde vom Suchen und der Sonne, sagte der Zimmermann zu sich: na gut, du hast nichts, um ein Haus, ein Karussel oder eine Kiste zu bauen, aber du hast zwei Bretter und einen guten Nagel, also muß man wenigstens etwas aus dieser geringen Zahl von Einzelteilen machen, denn ein Handwerksmeister kann doch nicht die Hände in den Schoß legen. Nach diesen Worten legte der Zimmermann ein Brett quer über das andere, holte aus der Tasche den Nagel und nahm aus der Werkzeugkiste einen Hammer, und mit dem Hammer schlug er den Nagel an die Stelle, wo sich die Bretter kreuzten, und vereinigte sie auf diese Weise fest miteinander: da entstand ein Kreuz. Der Zimmermann trug es auf den Gipfel der höchsten Düne, stellte es senkrecht auf, grub es in die Erde ein und ritt auf seinem kleinen Zebra ein Stück fort, um sich an dem Kreuz aus der Ferne zu freuen. Das Kreuz war fast von beliebiger Entfernung aus zu sehen, und der Zimmermann freute sich darüber so sehr, daß er sich vor Freude in einen Vogel verwandelte. *Sehr, sehr beunruhigend, lieber Saul, der Schatten ist wieder auf Ihr Katheder gefallen, fiel darauf und ist vergangen, fiel darauf und ist vergangen, ist weggetaut, der Schatten eines Vogels, jenes Vogels oder Nichtvogels.* Das war ein großer schwarzer Vogel mit einem geraden weißen Schnabel, der abgerissene krächzende Laute ausstieß. *Saul Petrowitsch, vielleicht ein Ziegenmelker? Der Schrei des Ziegenmelkers, der Schrei des Ziegenmelkers, schützt den Ziegenmelker in seinem Bereich, am Schilf entlang, an den grünen Hecken, Sonntagsjäger und Berufsjäger, Gräser und Hirten, Wächter und Weichensteller, ra-ta-ta, ra-ta-ta, i-i-i-i.* Der Vogel flog fort, setzte sich auf den Querbalken des

Kreuzes und saß da, die Bewegung des Sandes beobachtend. Und da kamen einige Menschen. Sie fragten den Vogel: wie heißt das, worauf du sitzt? Der Zimmermann antwortete: das ist ein Kreuz. Sie sagten: wir haben da einen Menschen bei uns, den wir hinrichten wollen, dürfen wir ihn nicht an dein Kreuz schlagen, wir werden nicht wenig zahlen. Und sie zeigten dem Vogel einige Roggenkörner. *Geliebter Senator und Legionär Saul, schauen Sie, um unser aller willen, schauen Sie aus dem Fenster, uns scheint dort auf dem Querbalken der Feuerleiter jemand zu sitzen, vielleicht ist das ein Ziegenmelker, vielleicht ist er es, der den Schatten auf Ihr Katheder wirft?* Und sie zeigten dem Vogel einige Roggenkörner. Ja, sagte der Zimmermann, ich bin einverstanden, ich freue mich, daß Ihnen mein Kreuz gefällt. Die Menschen gingen fort und kamen nach einiger Zeit wieder und führten mit sich an einem Strick einen elenden und bärtigen Mann, der wie ein Bettler aussah. *O, Präfekt, Sie hören die stumme und beunruhigte Stimme unserer Klasse nicht, o weh! Noch einmal: schauen Sie sich um, es droht Gefahr! Dort, vor dem Fenster, auf der Feuerleiter.* Sie stiegen auf den Gipfel der Düne, rissen dem Menschen seine Fetzen herunter und fragten den schwarzen Vogel, ob er Nägel und Hammer habe. Der Zimmermann antwortete: ich habe einen Hammer, aber ich habe keinen einzigen Nagel. Wir werden dir Nägel geben, sagten sie, und brachten bald viele – große und glänzende. Jetzt mußt du uns helfen, sagten die Menschen, wir werden diesen Menschen festhalten, du aber schlage seine Hände und Füße an das Kreuz, hier hast du drei Nägel. *Passen Sie auf, Hauptmann Saul, steuerbord ist ein Schatten, lassen Sie aus allen Kanonen eine Salve abgeben, Ihr Fernglas ist beschlagen, da naht ein Ulalume.* Der Zimmermann antwortete: ich glaube, das wird diesem Menschen nicht guttun, es wird ihm wehtun. Wie dem auch sei, entgegneten die Menschen, er hat Strafe verdient, und du bist verpflichtet, uns zu helfen, wir haben dich bezahlt und werden noch mehr bezahlen. Und sie zeigten dem Vogel eine Handvoll Weizenkörner. *O weh, wehe dir, Saul!* Da beschloß der Zimmermann, zu einer List zu greifen. Er sagte zu den Menschen, die gekommen waren: seht Ihr denn nicht, daß ich ein gewöhnlicher schwarzer Vogel bin, wie kann ich denn Nägel einschlagen? Verstell dich nicht, sagten die Menschen, uns ist zur Genüge bekannt, was du für einer bist. Du bist doch ein Zimmermann, ein Zimmermann aber ist verpflichtet, Nägel einzuschlagen, das ist seine Lebensaufgabe. Ja, antwortete da der Zimmermann, ich habe mich für eine kurze Zeit in einen Vogel verwandelt und werde bald wieder ein Zimmermann werden. Aber ich bin ein Handwerksmeister und kein Henker. Wenn Ihr einen Menschen hinrichten müßt, dann kreuzigt ihn selbst, mir geht das nicht von der Hand. Törichter Zimmermann, lachten sie auf, wir wissen, daß du in deiner verdammten Wüste kein einziges Brett und keinen einzigen Nagel mehr hast und deshalb nicht arbeiten kannst und dich quälst. Noch einige Zeit – und du stirbst am Nichtstun. Wenn du aber einverstanden bist, uns zu helfen, den Menschen zu kreuzigen, bringen wir dir auf Kamelen viel ausgezeichnetes Bauholz, und du kannst dir ein Haus mit Veranda bauen, wie jeder von uns es hat, Schaukeln, ein Boot – alles, was du willst. Stimm zu, es wird dir nicht leid tun. *Wie wird es Ihnen leid tun, Präfekt, daß Sie unseren stummen Rat nicht vernehmen – schauen Sie aus dem Fenster, schauen Sie!* Der Vogel dachte lange nach, dann flog er vom Kreuz herab und verwandelte sich in einen Zimmermann. Gebt Nägel und Hammer her – stimmte der Zimmermann zu, ich werde euch helfen. Und schnell schlug er die Hände und die Füße des Todgeweihten an sein Kreuz, während jene, die anderen, den Unglücklichen festhielten. Am nächsten Tage brachten sie dem Zimmermann das Versprochene, und er arbeitete viel und mit Vergnügen, ohne sich um die großen schwarzen Vögel zu kümmern, die zur frühen hellblauen

Dämmerung angeflogen kamen und den ganzen Tag an dem gekreuzigten Menschen pickten und erst abends wegflogen. Einmal, da rief der gekreuzigte Mensch den Zimmermann. Der Zimmermann stieg auf die Düne und fragte, was der Mensch wolle. Dieser sagte: ich sterbe, und ich möchte dir von mir erzählen. Wer bist du? fragte der Zimmermann. Ich lebte in der Wüste und war ein Zimmermann, sagte der Gekreuzigte mit Mühe, ich hatte ein kleines Zebra, aber fast kein Brett und keine Nägel. Da kamen Menschen und versprachen, mir das notwendige Material zu geben, wenn ich ihnen helfe, einen Zimmermann zu kreuzigen. Erst lehnte ich es ab, dann aber stimmte ich zu, denn sie boten mir eine ganze Handvoll Weizenkörner. Wozu brauchtest du Körner, wunderte sich der Zimmermann, der auf der Düne stand, kannst du dich denn auch in einen Vogel verwandeln? *Weshalb schauen Sie nicht aus dem Fenster, Präfekt, weshalb?* Warum hast du das Wort *auch* gesagt, antwortete der gekreuzigte Zimmermann, o Unverständiger, hast du denn bis jetzt nicht begriffen, daß zwischen uns kein Unterschied ist, daß du und ich ein und derselbe sind, hast du denn nicht begriffen, daß man dich an dem Kreuz, das du im Namen deiner hohen Zimmermannsmeisterschaft geschaffen hast, selbst kreuzigte, und als man dich kreuzigte, du selbst die Nägel einschlugst. Nachdem er so mit sich selbst geredet hatte, starb der Zimmermann. Endlich haben Sie, unser guter Präfekt, unsere Signale von dem Unglück gehört, und endlich blicken Sie sich um. Aber es ist zu spät, Lehrer: der Schatten, der seit einem gewissen Augenblick – *keine Nägel, keine Bretter* – unser Denken beunruhigte, sitzt nicht mehr auf dem Querbalken der Feuerleiter und liegt nicht mehr auf dem Katheder – und das ist kein Schatten und kein Ziegenmelker und nicht der Schatten des Ziegenmelkers. Das ist die Konrektorin Tinbergen, die auf der anderen Seite des in den Himmel geöffneten Fensters hängt. In Fetzen, die sie sich für wenig Geld bei einer Bahnhofszigeunerin erworben hat, in einer Altweiber-Strickhaube, aus der ihre kurzgeschnittenen Gorgo-Schlangen heraushängen, die platingrau wirken, hängt sie auf der anderen Seite des Fensters, als ob man sie an einem Strick aufgehängt hätte, tatsächlich aber hängt sie ohne Hilfe äußerlicher Kräfte und Gegenstände, einfach wie es sich für eine Hexe gehört, hängt wie ein Bild von sich selbst in dem ganzen Fensterrahmen, der ganzen Fensteröffnung, hängt, weil sie so hängen will. Und ohne in die Klasse zu gehen und sogar ohne auf die Fensterbank zu treten, schreit sie Sie an, unvergleichlicher Saul Petrowitsch, taktlos und unpädagogisch, ohne uns zu bemerken, die wir erstarrt und kreidebleich vor Erregung sind, schreit und zeigt ihre faulen Metallzähne: Aufruhr! Aufruhr! Und dann verschwindet sie. Präfekt Saul – kommen Ihnen wirklich die Tränen, Ihnen, der Sie mit einem Lappen und einem Stück Kreide in der Hand dort stehen, an der Tafel, die man auf englisch *blackboard* nennt? Man hat uns abgehört, abgehört, jetzt wird man Sie auf eigenen Wunsch entlassen, aber mit welcher Begründung eigentlich? Wir werden eine Petition schreiben! Mein Gott, – das sagen bereits Sie, Norwegow, – glaubt Ihr denn, daß es so schlimm für mich wäre, die Arbeit zu verlieren? Ich werde schon durchkommen, ich werde schon irgendwie zuende leben, mir bleibt nicht mehr viel. Aber es tut mir quälend weh, Freunde, von euch Abschied zu nehmen, von euch Mädchen und Jungen der grandiosen Epoche ingenieur-literarischer Anstrengungen, von euch, den künftigen und den Vergangenen, von Denen die-Da-sind und weggehen und mit sich das große Recht nehmen zu richten ohne gerichtet zu werden. Lieber Präfekt, wenn Sie der Ansicht sind, daß wir, die wir gekommen sind zu richten, irgendwann Ihre auf dem Korridor und dann auf der Treppe verhallenden Schritte vergessen, dann irren Sie, wir werden sie nicht vergessen. Ihre fast geräuschlosen bloßen Füße haben sich in unser Gehirn eingeprägt und sind dort für immer festgehalten, als ob Sie sie in von der Sonne aufgeweichten Asphalt eingedrückt hätten, über den Sie im feierlichen Parademarsch des Thermidor-Kalenders gezogen sind. Die Erinnerung an diese Geschichte ist bitter für mich, mein Herr, ich möchte in Ihrem Garten zusammen mit Ihnen ein bißchen schweigen. Darf ich mich dort in den Korbsessel setzen, um das Gras nicht unnötig niederzutreten, warten Sie ein bißchen, ich fahre bald fort. Wenn ich wieder da bin.

Wenn du auf die Brücke trittst, achtest du auf die Geländer: sie sind kalt und rutschig. Die Sterne aber fliegen. Die Sterne aber. Die Straßenbahnen sind verfroren, gelb und unirdisch. Die elektrischen Vorortzüge unten werden die langsamen Güterzüge bitten, vorbeifahren zu dürfen. Geh die Treppe auf den Bahnsteig hinab, kauf eine Fahrkarte zu irgendeinem Bahnhof, wo es ein Bahnhofsbüfett gibt, kalte Holzbänke, Schnee. An den Tischen im Büfettraum lesen ein paar Betrunkene, die ohne Unterlaß singen, einander Gedichte vor. Es wird einen kalten erstarrenden Winter geben, und dieses Bahnhofsbüfett an einem Dezembernachmittag wird es auch geben. Es wird von innen von Ziehharmonikas und Gedichten zerschlagen sein. Man wird singen – wild und heiser. *Trinken Sie Ihren* Tee, *verehrter Herr, er wird sonst kalt.* Über das Wetter. Vor allem über die Dämmerung. Im Winter in der Dämmerung für dich, als du klein warst. Da kommt die Dämmerung. Man kann nicht leben, und man kann nicht vom Fenster weggehen. Die Schularbeiten für morgen sind in keinem der bekannten Fächer gemacht. Ein Märchen. Draußen ist Dämmerung, Schnee von der Farbe taubenblauer Asche oder irgendeines Flügels, irgendeiner Taube. Die Schularbeiten sind nicht gemacht. Eine träumerische Leere des Herzens, des Sonnengeflechts. Traurigkeit des ganzen Menschen. Du bist klein, aber du weißt es, du weißt es schon. Mama hat gesagt, auch das geht vorüber, die Kindheit geht vorüber wie eine orangene zitternde Straßenbahn über eine Brücke, sie schleudert in alle Richtungen kalte Feuerspritzer, die es fast nicht gibt. Schlips, Uhr, Aktentasche. Wie bei Vater. Aber da wird das Mädchen sein, das auf dem Sand an dem Flußufer schläft, das einfache, mit den einfachen Wimpern in sauberem enganliegendem Badehöschen. Sehr schön. Fast schön. Fast unschön, sie träumt von Feldblumen. In einer ärmellosen Bluse. Auf dem heißen Sand. Er wird kalt werden, wenn es soweit ist. Wenn es Abend ist. Ein zufälliger Dampfer: von der Sirene zittern die einfachen Wimpern – sie wacht auf. Doch du weißt noch nicht, ob sie es ist. Lichtüberströmt läßt er ein gemütliches Kabbelwasser hinter sich, möge sich die Nacht darum kümmern. Doch es ist noch nicht Nacht. Anbranden violetter Wellen. Am Ufer ist es tief, da sind Quellen. Dieses Wasser kann man trinken, muß sich darüber beugen. Die Lippen einer Liebenden, Zärtlichen. Das Stampfen des Dampfers, Plätschern, die zitternden Lichter verschwinden. Am anderen Ufer zündet jemand im Gespräch mit einem Freund ein Feuer an, um Tee zu kochen. Sie lachen. Man hört das Zischen der Streichhölzer. Wer bist du, ich weiß es nicht. In den Wipfeln der Kiefern, in den Kronen, nächtigen die Mücken. Gerade Mitte Juli. Später werden sie zum Wasser hinuntergehen. Es riecht nach Gras. Sehr warm. Was für ein Glück, aber du weißt es nicht. Weißt es noch nicht. Ein Wachtelkönig. Die Nacht flutet heran und ebbt hinfort und dreht sorgsam die Mühlsteine der himmlischen Mühle. Was hat dieser Fluß für einen Namen? Der Fluß hat einen Namen. Auch die Nacht hat einen Namen. Was träumt dir? Nichts träumt dir. Es träumt dir der Wachtelkönig, der Ziegenmelker. Aber du weißt es noch nicht. Fast unschön. Aber unvergleichlich, weil es die erste ist. Eine feuchte salzige Wange, Stille, unsichtbar in der Nacht. Liebe, wie schwer bist du in der Ferne zu erkennen. Ja, du wirst mich erkennen, bestimmt. Das Lied der Jahre, die Melodie des Lebens. Alles übrige bist nicht du, alle anderen sind fremd. Wer bist du selbst? Du weißt es nicht. Du erfährst es erst später, wenn du die Perlenkugeln des Gedächtnisses aufreihst. Wenn du aus ihnen bestehst. Du wirst ganz Gedächtnis sein. Das Teuerste, das Böseste, das Ewigste. Dein Leben lang wirst du versuchen, den Schmerz aus dem Sonnengeflecht herauszukratzen. Aber das Geflecht der Weiden, aber das Mädchen, das auf dem heißen Sand etwa am 15. Juli des unwiederbringlichen Jahres schläft, aber das Mädchen. Rühren Sie nicht an ein Blatt, rascheln Sie nicht. Sie schläft. Morgen. *Einsam und verlassen, wie die Kirche im Wind stand. Mädchen, du bist gekommen und hast gesagt, es leben goldene Vögel.* Morgen. Tau, der unter dem Fuß vergeht. Eine Weide. Der Klang des zum Fluß getragenen Eimers, die Klanglosigkeit des vom Fluß getragenen Eimers. Asche von silbernem Tau. Ein Tag, der sein Gesicht bekommt. Ein Tag in seiner Fleischlichkeit. Menschen, liebt den Tag mehr als die Nacht. Lächle, ganz stille halten, das gibt eine Fotographie. Die einzige, die nach allem bleibt, was sein wird. Aber du weißt es noch nicht. Später – einige Jahre nacheinander – das Leben. Wie heißt es. Es heißt *Leben.* Warme Bürgersteige. Oder umgekehrt, schneebedeckte. Das heißt *Stadt.* Du fliegst aus der Haustür auf hohen klappernden Absätzen. Schlank, früh, parfümiert und im Nimbus eines Pariser Hutes. Klappern. Kinder und Vögel fangen an zu singen. Etwa sieben Uhr. Sonnabend. Ich sehe dich. Dich sehe ich. Klappern über den ganzen Hof, den ganzen Weg, wo der Flieder noch nicht aufgebrochen ist. Aber er wird aufbrechen. Mama hat es gesagt. Mehr nicht. Nur das. Doch, auch etwas anderes. Aber jetzt weißt du es. Man kann Briefe schreiben. Oder einfach schreien, vom Wunschtraum wahnsinnig werden. Aber das vergeht auch. Nein, Mama, nein, das bleibt. Mit klappernden Absätzen. Sie da? Ja. Sie da? Ja. Sie da? Ja. Ra-ta-ta: ohne Unterlaß. Die ganze Stadt besteht aus diesem Parfum. Es ist zu spät, um zu sprechen, wenn man verbrennt. Aber man kann Briefe schreiben. Jedes Mal an den Schluß schreiben – *leb wohl*. Du mein Glück, wenn ich vor Unbill, Wahnsinn und Traurigkeit sterbe, wenn es früher sein sollte, als mir vom Schicksal bestimmt, ohne mich satt an dir geschaut zu haben, wenn ich mich nicht genug an den alten Mühlen gefreut habe, die auf den smaragdenen Wermut-Hügeln leben, wenn ich mich nicht sattgetrunken habe am durchsichtigen Wasser aus deinen ewigen Händen, wenn ich den Weg nicht zuende machen kann, nicht alles sagen kann, was ich von dir sagen wollte und von mir, wenn ich einmal sterbe, ohne mich zu verabschieden, verzeih. Vor allem wollte ich sagen – sagen vor einer sehr langen Trennung –, daß du natürlich alles lange selbst weißt, oder nur ahnst. Wir ahnen es alle. Ich möchte sagen, daß wir irgendwann auf dieser Erde uns schon einmal kannten, du erinnerst dich sicher. Denn der Fluß hat einen Namen, wir sind wieder da, zurückgekehrt, um uns wieder zu begegnen. Wir sind Die-die-Da-sind. Jetzt weißt du es. Sie heißt Weta. Die da.

Junger Mann, was ist mit Ihnen? Schlafen Sie, Hallo? Nein, wie könnte das sein, ich habe mich ein wenig in mich zurückgezogen, aber nun bin ich schon wieder da, machen Sie sich keine Sorgen, Doktor Sause nennt das ein Sichauflösen in der Umgebung, das ist nicht selten. Ein Mensch löst sich auf, als ob man ihn in eine Badewanne mit Schwefelsäure gelegt hätte. Einer meiner Kameraden – wir gehen in dieselbe Klasse – sagt, er habe irgendwoher ein ganzes Faß Säure bekommen, aber vielleicht lügt er, ich weiß es nicht. In jedem Fall will er darin die Eltern auflösen. Nein, nicht alle Eltern überhaupt, nur seine. Ich glaube, er liebt seine Eltern nicht. Nun, mein Herr, ich glaube, sie werden die Früchte ernten, die sie selbst gesät haben, und es ist nicht

Ihre und nicht meine Aufgabe zu entscheiden, wer da recht hat. Ja, junger Mann, nicht Ihre, nicht meine. Er wiegt den Kopf, schnalzt mit der Zunge, knöpft die Knöpfe des Staubmantels auf und wieder zu. Gebückt und hölzern und trocken. Doch kehren wir zu den Hammeln zurück, mein Herr. Eines Tages, immer noch in diesem bemerkenswerten Monat, drang durch die Sonderschule das Gerücht, daß Sie, Saul Petrowitsch, auf magisches Geheiß hin entlassen worden seien. Da haben wir uns hingesetzt und eine Petition geschrieben. Sie war lakonisch und streng im Stil; darin hieß es: An den Direktor der Schule N. G. Perillo. Petition. Aufgrund dessen, daß der Geographielehrer P. P. Norwegow auf eigenen Wunsch entlassen worden ist, was in Wirklichkeit aber nicht stimmt, fordern wir sofortige Auslieferung der schuldigen Hintermänner. Und die Unterschriften: In vorzüglicher Hochachtung, Schüler soundso und Schüler soundso. Wir traten zu zweit auf, klappernd und klopfend, schlugen mit allen Türen der Welt. Wir traten erzürnt auf, und Perillo saß hingelümmelt und mürrisch im Sessel, ungeachtet dessen, daß es ein Morgen in mittleren Jahren war, noch nicht müde, munter, voller Hoffnung und *Planktons* für die Zukunft. In Perillos Zimmer teilte die Uhr mit dem goldenen Pendel gleichmäßig die nichtexistierende Zeit ein. Nun, haben Sie etwas geschrieben, sagte der Direktor zu uns. Du und ich, wir fingen an, in den Taschen die Petition zu suchen, aber konnten lange nichts finden, aber dann hast du – eben *du* und nicht ich – von irgendwoher unter dem Hemd ein zerknülltes Blatt herausgeholt und hast es auf die Glasplatte vor den Direktor gelegt. Aber das war nicht die Petition – mir war das sofort klar, nicht die Petition, denn die Petition hatten wir auf ein anderes Papier geschrieben, auf einen schönen Kopfbogen mit Wasserzeichen und einigen speziellen Stempeln, auf Petitionspapier. Das Blatt aber, das jetzt auf der Glasplatte vor Perillo lag – in dem Glas spiegelten sich ein Stahlschrank, ein vergittertes Fenster, unordentliches Laub von draußen, die geschäftige Straße, der Himmel –, das war ein einfaches Heftblatt mit Linien, und das, was du auf das Blatt geschrieben hattest – denn das hattest eben du geschrieben –, war keine Petition, sondern jene Notiz über das verlorene Vertrauen, die ich schon hundert Jahre vergessen hatte und nie geschrieben hätte, wenn es dich nicht gäbe. Das heißt, mir liegt daran zu unterstreichen, daß du sie geschrieben hast und ich zu ihr keinerlei Beziehung habe. Oh weh, wehe uns, Saul, uns hat ein Dritter verraten, alles ist zunichte: die Petition ist weg, und den Text wieder herzustellen geht über unsere Kraft, wir haben schon alles vergessen. Wir erinnern uns nur, daß das Gesicht von Nikolaj Gorimirowitsch, nachdem er anfing, die Notiz zu lesen, sich irgendwie veränderte. Es blieb natürlich weiterhin mürrisch, denn es konnte nicht anders als mürrisch sein, aber es bekam noch etwas Zusätzliches. Einen weiteren Zug. Einen Schatten. Oder so: über das Gesicht des Direktors zog gleichsam ein leichter Wind. Der Wind nahm nichts fort, sondern fügte nur etwas Neues hinzu. Irgendeinen speziellen Staub. Wahrscheinlich irren wir uns nicht, wenn wir sagen: das Gesicht von Perillo wurde mürrisch und speziell. Richtig, das war jetzt ein spezielles Gesicht. Aber was las Perillo, – interessierte sich Saul, was habt Ihr angestellt, meine Freunde? Ich weiß nicht, fragen Sie ihn, das hat er geschrieben, *der andere*. Ich werde es gleich erzählen. Da ging es um folgendes. Wie Ihr ergebener Korrespondent bereits dem italienischen Maler Leonardo mitgeteilt hat, saß ich in einem Boot und ließ die Ruder treiben. An einem Ufer zählte der Kuckuck meine Jahre. Ich stellte mir Fragen, einige Fragen, ich wollte schon antworten, konnte es aber nicht. Ich wunderte mich, dann aber geschah etwas in mir – im Herzen und im Kopf. Als hätte man mich umgeschaltet. Und da spürte ich, daß ich entschwunden war, doch zunächst wollte ich es nicht glauben, sträubte mich. Und ich sagte mir: das stimmt nicht, das kommt dir nur so vor, du bist ein bißchen müde, heute ist es sehr heiß, nimm die Ruder und rudere nach Haus, nach Syrakus, die taurischen Schiffe zu zählen. Und ich versuchte, die Ruder zu packen, streckte die Hände nach ihnen aus. Aber das gelang nicht. Ich sah die Griffe, doch meine Hände spürten sie nicht. Das Holz der Ruder floß durch meine Finger wie Sand, wie Luft, wie nichtexistierende Zeit. Nein, im Gegenteil: ich, meine früheren Handflächen umschlossen das Holz wie Wasser. Das Boot wurde an einer einsamen Stelle ans Ufer getrieben. Ich machte eine gewisse Anzahl von Schritten über den Sand und blickte mich um. Auf dem Sand war nichts geblieben, das meinen Spuren glich, im Boot aber lag eine weiße Wasserlilie, die die Römer Nymphea alba nannten. Das heißt, eine weiße Lilie. Und da begriff ich, daß ich mich in sie verwandelt hatte und von nun an nicht mir, nicht der Schule, nicht Ihnen, Nikolaj Gorimirowitsch, persönlich gehöre – nein, niemandem auf der Welt. Ich gehöre von nun an dem Datschenfluß Lethe, der gegen seine eigene Strömung auf eigenen Wunsch hin strebt. Und – es lebe der Windbringer! Was die beiden Schuhbeutel für die Pantoffeln betrifft, so fragen Sie meine Mama, sie weiß alles. Sie wird sagen: auch das geht vorüber. Sie weiß es.

Mama, Mama, hilf mir, ich sitze hier in Perillos Zimmer, und er ruft *dort* an, bei Doktor Sause. Ich will es nicht, glaube mir. Komm hierher, ich verspreche dir, alle deine Aufträge auszuführen, ich gebe dir mein Wort, die Füße am Eingang abzutreten und abzuwaschen, gib mich nicht her. Ich fahre lieber wieder zum Maestro. Mit Vergnügen. Du verstehst, in diesen wenigen Sekunden habe ich vieles überdacht, habe ich erkannt, daß ich im Grunde die ganze Musik außerordentlich liebe, besonders das Dreiviertel-Akkordeon. I-i-i, eins-zwei-drei, eins-zwei-drei und eins und zwei und drei. Auf der Baccarole. Laß uns wieder zur Großmutter fahren, uns ein wenig unterhalten, und von dort gehen wir sofort zum Maestro, er wohnt ganz in der Nähe, du erinnerst dich. Und ich gebe dir mein Wort, daß ich nie wieder hinter euch herspionieren werde. Glaub mir, es ist mir ganz egal, was du da mit ihm treibst, dort, im Turm, im oberen Stockwerk. Treib das nur, ich aber werde Czardas lernen. Und wenn ihr die skirlierende Treppe zurückkommt, dann spiele ich euch was vor. Sexten oder sogar Gammen. Und bitte, macht euch keine Sorgen. Was geht es mich an! Wir sind doch seit langem alle erwachsene Menschen, alle drei, du, der Maestro und ich. Sollte ich das denn nicht begreifen. Könnte ich denn jemanden verpetzen? Niemals, Mama, niemals. Erinnere dich, hätte ich etwa nur ein einziges Mal – zu Papa? Nein. Treibt das nur, treibt das nur, ich aber werde Czardas spielen. Stell dir vor, da ist der Tag, an dem wir wieder hinfahren werden. Sonntag, morgen; Vater rasiert sich im Badezimmer, ich putze die Schuhe, und du machst uns das Frühstück. Rührei, Fladen, Milchkaffee. Papa hat großartige Stimmung, gestern hatte er eine schwere Sitzung, er sagt, daß er verteufelt müde sei, aber dafür hätten alle soviel abbekommen, wie sie es verdienten. Darum singt er beim Rasieren sein beliebtes neapolitanisches Liedchen: »In Napolis Hafen kommt keiner zum Schlafen. Giannettas Takelage wird noch einmal geflickt, an Land die Equipage vor großer Fahrt geschickt.« Nun, fahrt Ihr zum Unterricht? fragt er beim Frühstück, obwohl er besser als wir weiß, daß es so ist, daß ja, wir fahren, ja, zum Unterricht. Ja, Papa, ja, Musikunterricht. Wie geht es ihm denn, eurem Einäugigen, ich habe ihn lange nicht gesehen, musiziert er wie früher, komponiert er verschiedene Hopsasas und Tralalas? Natürlich, Papa, was soll er sonst machen, er ist doch Invalide, er hat eine Menge Freizeit. Diese Invaliden kennen wir, lacht Papa, diese Invaliden sollten Schleppkähne beladen und nicht auf Fiedeln herumsägen, wenn es nach mir ginge, die würde ich schon was sägen lassen, diese Möchtegern-Mozarts. Übrigens, bemerkst du, Mama, er spielt nicht Geige, sein Hauptinstrument ist die Trompete. Um so mehr, sagt Papa, wenn es nach mir ginge, den würde ich blasen lassen, wo es sich gehört. Besser wäre es, fährt Papa fort und wischt mit einem Stück Brot den Rest des Spiegeleis auf, besser wäre es, wenn er sich die Strümpfe häufiger wüsche. Was hat das mit den Strümpfen zu tun, gibst du, Mama, zurück, wir sprechen hier über Musik; natürlich, jeder kann seine Schwächen haben, dieser Mensch ist nicht verheiratet, er ist allein, muß alles selbst machen. Sieh da, sagt Papa, wasch ihm doch noch die Strümpfe, wenn du Mitleid mit ihm hast, was ist da für ein Genie aufgetaucht, kann noch nicht einmal Strümpfe waschen! Schließlich gehen wir fort. Nun, fahrt nur, gibt uns Papa auf den Weg, während er auf der Schwelle steht, fahrt nur. Er trägt seinen einzigen und geliebten Pyjama, hat ein Paket Zeitungen unter dem Arm. Sein großes Gesicht – es ist fast ohne Runzeln – leuchtet und glänzt vom kürzlichen Rasieren. Ich werde etwas lesen, sagt er. – Vorsichtig mit dem Akkordeon, macht keinen Kratzer an den Kasten. Im Vorortzug sind viele Leute – alle fahren irgendwohin, irgendwohin auf die Datschen. Nirgendwo ist ein Sitzplatz, doch sobald wir auftauchen, blicken sich alle nach uns um und sagen zueinander: laßt die Mutti mit dem Jungen durchgehen, stört sie nicht, gebt der Mutti mit dem Jungen mit dem Akkordeon einen Sitzplatz, laßt sie sich hinsetzen, sollen sich doch hinsetzen, sie haben ein Akkordeon. Wir setzen uns hin und sehen aus dem Fenster. Wenn der Tag, an dem wir zum Unterricht fahren, in den Winter fällt, dann sehen wir durch das Fenster Pferde, die vor Schlitten gespannt sind, sehen Schnee und verschiedene Spuren im Schnee. Wenn die Sache im Herbst geschieht, dann ist hinter dem Fenster alles anders: die Pferde sind vor Wagen gespannt oder laufen einfach so auf den rostfarbenen Wiesen herum. Mama, gleich kommt bestimmt der Konstriktor. Woher weißt du denn das, das muß gar nicht sein. Du wirst es sehen. Die Fahrkarten bitte, sagt der Konstriktor und kommt herein. Mama öffnet die Handtasche, sie sucht die Fahrkarten, kann sie aber lange nicht finden. Sie regt sich auf und legt sich alle die kleinen Dinge auf die Knie, die sie in der Handtasche hat, und das ganze Abteil beobachtet, wie sie das macht. Das Abteil betrachtet die Gegenstände: zwei oder drei Taschentücher, ein kleines Parfumfläschchen, ein Lippenstift, ein Notizbuch, eine getrocknete Kornblume, die an irgendetwas weit Zurückliegendes erinnert, ein Brillenfutteral, die Wohnungsschlüssel, ein Nähkissen, eine Rolle Nähseide, Streichhölzer, eine Puderdose und der Schlüssel *von der Großmutter.* Schließlich findet Mama die Fahrkarten und streckt sie dem Konstriktor entgegen, einem dicken Mann im schwarzen Eisenbahnermantel. Lässig dreht er die Fahrkarten in der Hand um, prüft sie im Licht, macht lässig ein Auge zu und kennzeichnet sie mit der Lochzange, die an manches erinnert: an eine Zuckerzange, an eine Haarschneidemaschine, an einen Kraftmesser, an eine kleine Beißzange, an eine Zange zum Zahnziehen und an eine Taschenlampe mit Handdynamo. Als er das Akkordeon bemerkt, zwinkert mir der Dicke lässig zu und fragt: eine Baccarole? Ja, eine Dreiviertel-Barracude. Wir fahren zum Unterricht, fügt Mama erregt hinzu. Das ganze Abteil hört zu, löst sich fast von den gelben lackierten Bänken, will kein Wort versäumen. Der Lehrer wartet auf uns, fährt Mama fort, wir sind ein bißchen spät dran, haben den Zehnuhrzug nicht geschafft, aber wir legen vom Bahnhof an einen Schritt zu, gehen etwas schneller als gewöhnlich der Sohn hat einen begabten Lehrer er ist Komponist freilich er ist nicht ganz gesund wissen Sie von der Front aber sehr begabt und lebt allein in einem alten Haus mit einem Türmchen Sie verstehen es ist nicht allzu gemütlich bei ihm und Unordnung aber was hat das für eine Bedeutung wenn es um das Schicksal des Sohnes geht sehen Sie die Lehrer haben mir geraten dem Sohn Musikunterricht zu geben wenigstens

Anfängerunterricht er hat kein schlechtes Gehör und da haben wir einen Pädagogen gefunden wir haben einen Bekannten und der hat uns empfohlen wir sind sehr dankbar sie waren zusammen an der Front unser Bekannter und der Lehrer und sind schon viele Jahre miteinander befreundet übrigens wenn Sie einen Sohn haben und er hat ein ordentliches Gehör dann wenn Sie es möchten könnte ich Ihnen die Adresse geben ein ehrlicher Mann und ein bemerkenswerter Musiker ein Fachmann in seinem Bereich man kann nur alle Achtung haben er nimmt nicht viel wenn es Ihnen bequemer ist dann kann man sich auch einigen und er kommt ins Haus das fällt ihm nicht schwer ist auch für Sie dann billiger ich werde Ihre Adresse aufschreiben. Das ist nicht nötig, sagt der Konstriktor lässig, was soll sie, die ganze Musik, was schon allein so eine Baccarole kostet. Das stimmt aber nicht antwortet Mama ein Akkordeon kann man auch im Kommissionsgeschäft kaufen dort ist es durchaus nicht teuer darf man denn ans Geld denken wenn es um das Schicksal des Sohnes geht schließlich kann man sich auch eins leihen lassen Sie mich mal mit Ihrer Frau sprechen wir Frauen verstehen einander immer besser mein Mann und ich könnten Ihnen Geld leihen vielleicht nicht den ganzen Betrag aber einen Teil Sie würden uns allmählich das Geld zurückzahlen wir hätten Vertrauen zu Ihnen das kann man zu Ihnen ja haben. Das ist nicht nötig, antwortet der Konstriktor, ich würde mir mit Vergnügen bei Ihnen Geld borgen, aber ich will mit dieser ganzen Musik nichts zu tun haben, was schon der Lehrer allein an Geld kostet, und wozu auch, ich habe doch gar keinen Sohn, weder einen Sohn noch eine Tochter, so entschuldigen Sie bitte, danke schön. Lässig. Der Konstriktor geht fort, das Abteil setzt sich wieder zurecht und weist die Fahrkarten vor. Als wir aus dem Zug steigen und den Bahnsteig verlassen, blicke ich mich um: ich sehe, wie das ganze Abteil uns nachblickt. Wir, die wir unseres Weges gehen, spiegeln uns in den Augen und Scheiben des immer schneller davonfahrenden Zuges: meine mittelgroße Mama in ihrer braunen Übergangsjacke mit einem Pelzkragen von einem schwächlichen Steppenfuchs, meine Mama mit einem beschuppten, fest aussehenden Hut, der aus wer weiß was gemacht ist, in Überschuhen; und ich hager und groß, im dunklen Staubmantel mit sechs Knöpfen, der aus einem Staatsanwaltsmantel von Vater genäht ist, mit einer schrecklichen dunkelroten Schirmmütze, in Stiefeln mit Haken und Galoschen. Wir fliegen vom Bahnhof immer weiter, lösen uns in der Welt der Gegenstände, Klänge und Farben der Vorstadt auf, dringen mit jeder Bewegung immer tiefer in den Sand ein, in die Baumrinde, werden zur optischen Lüge, zur Erfindung, zu einem Kinderspaß, zu einem Licht- und Schattenspiel. Wir verwandeln uns in die Stimmen der Vögel und Menschen, wir erhalten die Unsterblichkeit des Inexistenten. Das Haus des Maestro – am Rande der Siedlung – erinnert an ein Schiff, das aus Würfeln und Streichholzschachteln zusammengesetzt ist. Du siehst den Maestro aus der Ferne: er steht mitten in der verglasten Veranda vor dem Notenpult und übt auf einer kleinen Flöte, die an anderen Tagen ein Fernrohr zu sein scheint; hinzukommt, daß er wie ein Seeräuberhauptmann eine schwarze Augenbinde hat. Der Garten ist voller schwarzer, vom starken Wind verunstalteter Bäume, über den See aber, gerührt von der ungewöhnlichen Melodie, schwimmen in der kalten und harten Beleuchtung des Sonntagshimmels gläsern die Boote. Guten Tag, Maestro, da sind wir, wir sind wieder da, um Unterricht zu nehmen. Wir hatten solche Sehnsucht nach der Musik, nach Ihnen und nach Ihrem Garten. Die Tür der Veranda fliegt auf, der Hauptmann bewegt sich gemächlich auf uns zu. Mama, was hast du für ein Gesicht! Hat wirklich der Seewind es so verändert. Gleich, ja, jetzt gleich. Mama, ich kann nicht so schnell wie du. Gleich. Gleich werden wir auf die Schwelle des Hauses treten und uns in seine seltsame Architektur stürzen, uns in die Korridore, Treppen und Etagen einsaugen lassen. Da treten wir schon ein. Eins. Zwei. Drei.

Entschuldigen Sie, mein Herr, ich bin wohl vom Wesentlichen unseres Gespräches zu weit abgekommen. Ich möchte sagen, daß Saul Petrowitsch unverändert auf der Fensterbank mit dem Rücken zum Fenster sitzt. Seine bloßen Fußsohlen ruhen auf dem Heizkörper, und der Lehrer sagt lächelnd zu uns: ja, ich erinnere mich gut, daß Perillo mich auf magisches Geheiß hin entlassen wollte. Aber er überlegte es sich und gab mir eine Probezeit – zwei Wochen, und um nicht hinauszufliegen, beschloß ich, mich von der besten Seite zu zeigen. Ich beschloß, mich auf jede nur mögliche Weise zu bemühen. Ich beschloß, nicht zu spät zur Schule zu kommen, beschloß, Sandalen zu kaufen und zu tragen, ich schwor, den Unterricht streng nach Plan durchzuführen. Ich hätte irgendjemandem die Hälfte des Datschensommers gegeben, nur um bei euch, meine Freunde, zu bleiben. Aber da geschah eben gerade das, wonach ich euch immerzu frage. Ich erinnere mich nicht – versteht Ihr? Ich erinnere mich nicht, was in der Periode meiner Probezeit geschehen ist, anscheinend ganz zu ihrem Anfang. Das einzige, was ich weiß –, daß es sich am Vorabend einer der üblichen Prüfungen ereignete. Schüler soundso, tun Sie eine gute Sache, helfen Sie. Mein Gedächtnis wird von Tag zu Tag schlechter, wird trübe wie Tischsilber, das nutzlos im Büfett liegt. So hauchen Sie doch dieses Silber an und reiben Sie es mit einem Flanellappen ab. Saul Petrowitsch, antworten wir, wie wir dort auf den Kacheln stehen – oder wie diese Fliesen da genannt werden –, Saul Petrowitsch, wir wissen es, wir wissen es jetzt, wir haben uns erinnert, nur regen Sie sich nicht auf. Ja, ich rege mich nicht auf, bei Gott, nur erzählt es bitte. Erzählt es. Erregt. Saul Petrowitsch, das wird wohl eine sehr unangenehme Neuigkeit für Sie sein.

Nur los, spornt uns der Lehrer an, ich bin ganz Ohr. Wissen Sie, woran es liegt, Sie haben es doch früher gewußt, was geschehen ist, Sie haben es uns damals doch selbst erzählt. Nun ja, nun ja, ich sage doch: mein Gedächtnis ist wie Silber. Dann hören Sie zu. An jenem Tag hatten wir das Abschlußexamen in der Klasse soundso ablegen müssen, gerade das Examen bei Ihnen in Geographie. Wir sollten um neun Uhr kommen, da waren wir in der Klasse versammelt und warteten auf Sie bis um zwölf, aber Sie kamen nicht. Da nahte mit knallenden Absätzen Perillo und sagte, das Examen würde auf morgen verschoben. Einer von unseren Leuten nahm an, Sie seien krank, und wir beschlossen, Sie zu besuchen. Wir begaben uns ins Lehrerzimmer, und die Tinbergen gab uns Ihre Stadtadresse. Wir fuhren hin. Die Tür öffnete irgendeine Frau, ungewöhnlich blaß und grau. Ehrlich gesagt, einer solchen Kreidefrau sind wir noch nie begegnet. Sie sprach kaum hörbar durch die Zähne, trug einen unverständlichen Staubmantel von der Farbe eines Lakens ohne Knöpfe und ohne Ärmel. Das war sogar eher kein Staubmantel, sondern ein Sack, aus zwei Laken genäht, in den man nur eine Öffnung geschnitten hat – für den Kopf, verstehen Sie? Die Frau sagte, sie sei mit Ihnen verwandt und fragte, was sie Ihnen ausrichten solle. Wir antworteten, das sei nicht nötig, und erkundigten uns, wo wir Sie, Saul Petrowitsch, finden könnten, wie wir Sie denn sehen könnten. Die Frau aber sagte: er wohnt jetzt nicht hier, er wohnt außerhalb der Stadt, in der Datscha, denn es ist Frühling. Sie bot an, uns die Adresse zu geben, aber Ihre Datscha, die kennen wir ja Gott sei Dank, und wir beschlossen, sofort hinzufahren. Einen Augenblick, unterbricht Saul, damals war ich wirklich schon in die Datscha übersiedelt, aber Sie sind nicht in die richtige Wohnung geraten, denn in meiner Wohnung konnte keine solche Frau sein, noch weniger eine Verwandte, ich habe keine Verwandten, nicht einmal männliche, meine Wohnung ist immer vom

Frühjahr bis zum Herbst leer, Sie haben die Adresse verwechselt. Das ist möglich, Saul Petrowitsch, sagen wir, aber diese Frau kannte Sie aus irgendeinem Grunde, und sie wollte uns erklären, wie man zu Ihnen auf die Datscha kommt. Seltsam, antwortet Saul nachdenklich, und was hatte die Wohnung für eine Nummer, wissen Sie es noch? Die und die Nummer, Saul Petrowitsch. Die und die? fragt der Lehrer zurück. Ja, die und die. Das beunruhigt mich, sagt Saul, ich begreife nichts, das beunruhigt mich. Wieso konnte da eine Frau sein? Doch haben Sie nicht bemerkt, ob dort neben der Tür im Treppenhaus Schlitten standen? Ja, die standen da, Saul Petrowitsch, Kinderschlitten, gelbe, und die Zugschnur war aus einem Petroleumlampendocht. Richtig, also ganz richtig, doch mein Gott, was für eine Frau? Und warum eine graue, warum im Staubmantel? Ich kenne solche Frauen nicht, das beunruhigt mich, na ja – fahren Sie fort. Niedergeschlagen. Ja, und dann begaben wir uns zu Ihnen auf die Datscha. Der Morgen ging schon seinem Ende zu, doch ungeachtet dessen waren in den Büschen neben dem Eisenbahngelände längs der Strecke die Nachtigallen weiter dabei, einträchtig zu schlagen. Wir standen im Tambour, im Raum zwischen den Türen, aßen Eis und hörten ihnen zu – sie waren lauter als alles in der Welt. Wir nehmen an, Saul Petrowitsch, daß Sie nicht vergessen haben, wie man vom Bahnhof zu Ihnen auf die Datscha kommt, und wollen Ihnen den Weg nicht beschreiben. Es wäre nur zu bemerken, daß in den Gräben am Wege noch Tauwasser stand und die jungen Blätter des Wegerichs es gierig tranken, um zu überleben und zu leben. Man kann auch erwähnen, daß in den Gartengrundstücken die ersten Menschen auftauchten: sie verbrannten Abfälle, gruben in der Erde, klopften mit Hämmern, wehrten die ersten Bienen ab. Alles in unserer Siedlung war an jenem Tag genauso wie an dem entsprechenden Tag des Vorjahres und aller vorangegangenen Jahre, und unsere Datscha stand da und versank im glücklichen gefüllten Flieder. Aber dort, in unserem Garten, waren jetzt irgendwelche anderen Datschenbewohner geschäftig, nicht wir, denn zu jener Zeit hatten wir unsere Datscha schon verkauft. Vielleicht hatten wir sie auch noch nicht gekauft. Mit Sicherheit läßt sich hier nichts behaupten, im gegebenen Falle hängt alles von der Zeit ab oder umgekehrt, nichts hängt von der Zeit ab, wir können alles durcheinander bringen, es kann uns so vorkommen, daß jener Tag dann und dann war, aber in Wirklichkeit fällt er in einen ganz anderen Zeitraum. Es ist furchtbar schlimm, wenn eines das andere überlagert, ohne jegliches System. Sehr richtig, sehr richtig, jetzt sind wir nicht einmal in der Lage, mit Sicherheit zu behaupten, ob wir, also ob unsere Familie irgendeine Datscha hatte, oder ob sie eine hatte und noch hat, oder ob sie erst eine haben wird. Ein Gelehrter – ich habe das in einer wissenschaftlichen Zeitschrift gelesen – sagt: wenn Sie sich in einer Stadt befinden und sich in einem bestimmten Augenblick vorstellen, Sie hätten außerhalb der Stadt eine Datscha, dann heißt das nicht, daß Sie sie in Wirklichkeit haben. Und umgekehrt: wenn Sie in der Hängematte auf der Datscha liegen, können Sie sich nicht ernsthaft vorstellen, daß die Stadt, wohin Sie nach dem Essen fahren wollen, tatsächlich existiert, und die Datscha und die Stadt, zwischen denen Sie den ganzen Sommer hin und her hetzen, schreibt der Gelehrte, sind nur Früchte Ihrer über die Maßen angeschlagenen Phantasie. Der Gelehrte schreibt: wenn Sie die Wahrheit wissen wollen, so lautet sie: Sie haben *hier* nichts – keine Familie, keine Arbeit, keine Zeit, keinen Raum, nicht sich selbst, Sie haben das alles nur ausgedacht. Einverstanden, hören wir Sauls Stimme, soweit ich mich erinnere, habe ich nie daran gezweifelt. Und da sagten wir: Saul Petrowitsch, irgendwas ist aber doch da, das ist genau so offensichtlich, wie daß der Fluß einen Namen hat. Aber was, was eigentlich, lieber Lehrer? Und da antwortete er: liebe Freunde, vielleicht werdet Ihr mir nicht glauben, eurem zickigen Ruhestandstrommler, Zyniker und Flegel, diesem Windbeutel, dieser Wetterfahne, aber glauben Sie mir, dem anderen, dem Bettlerpoeten und Bürger, der erschienen ist, um aufzuklären und einen Funken in den Verstand und die Herzen zu legen, auf daß Ihr in Haß und Freiheitsdrang entflammet. Heute schreie ich mit meinem ganzen Blut, wie man von nahender Rache schreit: es gibt auf der Welt nichts, es gibt auf der Welt nichts, es gibt auf der Welt nichts, außer dem Wind! Und der Windbringer? fragten wir. Und außer dem Windbringer, antwortete der Lehrer. Im Inneren der ungestrichenen Heizkörper gluckste das Wasser, draußen marschierte die tausendfüßige unvergängliche und unausrottbare Straße, im Heizungskeller zockelte von einem Kessel zum anderen, unverständliche Laute von sich gebend, mit der Schaufel in der Hand unser Heizer und Wächter, im dritten Stockwerk donnerte kanonengleich die Dummenquadrille und erschütterte die gesamte Institution von Grund auf.

Also, unsere Datscha stand da und versank in gefülltem Flieder. Doch dort, in unserem Garten, waren jetzt andere geschäftig, nicht wir, aber vielleicht waren das trotzdem wir, aber wir erkannten uns nicht, als wir an uns vorbeieilten in Richtung auf Saul. Wir begaben uns bis ans Ende der Straße, bogen nach links ab und dann – wie das oft vorkommt – nach rechts und befanden uns am Rande eines Haferfeldes, hinter dem, wie Sie wissen, der Datschenfluß Lethe seine Wasser strömen läßt und das Gebiet des Ziegenmelkers beginnt. Auf dem Wege, der das Haferfeld in zwei Teile schneidet, begegneten wir dem Briefträger Michejew oder Medwedjew. Er fuhr langsam auf dem Fahrrad, und obwohl es keinen Wind gab, zerzauste der Wind dem Briefträger den Bart, und aus diesem lösten sich Flocken – Flocke um

Flocke – gleichsam als ob es kein Bart, sondern eine Wolke war, die dem Sturm preisgegeben ist. Wir grüßten ihn. Doch mürrisch – oder etwa traurig? – erkannte er uns nicht, antwortete nicht und radelte weiter, in Richtung auf die Pumpe. Wir blickten ihm nach und: haben Sie nicht Norwegow getroffen? Ohne sich umzuwenden, ein Ideal des Briefträgerradfahrers, ein Monolith, ein Sklave, tödlich an den Sattel gemauert, krächzte Michejew rabengleich heiser nur ein Wort: *dort*. Und seine Hand, vom Lenker gelöst, vollzog eine Geste, die später auf vielen alten Ikonen und Fresken festgehalten worden ist: das war die Hand, die von Gnade zeugte, die Hand, die schenkte, die Hand, die zu sich rief und Frieden stiftete, die Hand, am Ellenbogen und am Handgelenk gebeugt – die Handfläche zum makellos strahlenden Himmel gewandt, die Geste des Friedensstifters. Und diese Hand wies *dorthin*, in die Richtung des Flusses. Freunde, unterbricht Norwegow, ich freue mich, daß Ihr auf dem Wege zu mir unseren verehrten Briefträger getroffen habt, in unseren Gegenden hält man das für ein gutes Omen. Aber ich bin erneut beunruhigt, ich möchte wieder zu dem Gespräch über jene Frau zurückkehren, ich erwarte weitere Einzelheiten. Sagen Sie, mit wem oder womit könnten Sie sie vergleichen, nennen Sie eine Metapher, nennen Sie einen Vergleich, sonst kann ich sie mir nicht genau genug vorstellen. Lieber Postfekt, wir könnten sie mit dem Schrei eines nächtlichen Vogels vergleichen, der in einem menschlichen Bild verkörpert ist, auch mit der Blüte einer verblühenden Chrysantheme, auch mit der Asche verbrannter Liebe, ja mit Asche, mit dem Atem des Atemlosen, mit einem Geist, und noch eines: die Frau, die uns die Tür öffnete, war jener Kreideengel von der Großmutter mit dem einen angebrochenen Flügel, jener – nun, Sie wissen das sicherlich. So stehen also die Dinge, reagiert Saul, ich beginne, Schlimmeres zu vermuten, ich bin verzweifelt, ja, es kann doch nicht sein, ich unterhalte mich doch in gewohnter Weise hier mit euch, ich höre doch jedes Wort, fühle, empfinde, sehe, und nichtsdestotrotz, gleichsam wie, gleichsam als ob, wie aus Ihren Beschreibungen hervorgeht ... nein, ich habe aber das Recht, auch nicht zu glauben, nicht anzuerkennen, nein zu sagen, nicht wahr? Entschlossen. Mit zerzausten grauen Haaren. Gestikulierend. Saul Petrowitsch, dort wo das Haferfeld endet, dort beginnt fast unmittelbar die Lethe. Ihr Ufer ist ziemlich hoch, abfallend, es besteht in hohem Grade aus Sand. Auf der oberen Kante des Abbruchs wachsen auf einem Rasenfleck Fichten. Von diesem Fleck aus sind das andere Ufer und der ganze Fluß gut zu sehen – stromaufwärts und stromabwärts. Die Farbe des Flusses ist dunkelblau, sauber, er läßt seine Wasser sorgsam, ohne Eile strömen. Was seine Breite betrifft, so sollte man darüber besser jene seltenen Vögel befragen, welche. Sie fliegen und kehren nicht zurück. Als wir an den Abbruch herantraten, sahen wir gleich Ihr Haus – es stand wie immer auf dem anderen Ufer in den Auen, ringsum schwankten die Blumen und lebten die Libellen. Da gab es auch Mauersegler und Schwalben. Sie aber, Saul Petrowitsch, Sie selbst saßen am Wasser, einige Angeln waren ausgeworfen, und die Ruten waren an besonderen Gabeln befestigt. Immer wieder biß etwas an, und kleine Glöckchen, die Sie an den Ruten befestigt hatten, klingelten und weckten Sie vom mittäglichen Träumen. Sie wachten auf, zogen die Schnur ein und holten den üblichen Sperling, genauer Gründling heraus. Nein, nein, bemerkt der Geograph, es gelang mir kein Mal, auch nur ein einziges Fischlein zu fangen, bei uns in der Lethe gibt es einfach keine Fische, da haben Molche angebissen. Da ist zu bemerken, sie sind keineswegs schlechter als Karauschen oder Barsche, sogar besser. Getrocknet erinnern sie geschmacklich an Plötzen, eine hübsche Sache zum Bier. Ich habe sie gelegentlich am Bahnhof verkauft: ich bringe einen ganzen Eimer und verkaufe sie, dort neben dem Bierstand. Es kommt vor, daß sie einem, während man sie trägt, einfach vor den Augen, einfach im Eimer vertrocknen, wenn es heiß ist natürlich. Wir kamen also an den Abbruch heran und erblickten Sie, wie Sie auf dem gegenüberliegenden Sand saßen, und grüßten Sie: guten Tag, Saul Petrowitsch! beißt etwas an? Seid gegrüßt, antworteten Sie vom anderen Ufer, heute nicht so sehr, die Sonne sticht. Wir schwiegen ein Weilchen, man hörte, daß die Lethe zurückfließt. Dann fragten Sie: und Ihr, meine Freunde, warum seid Ihr nicht beim Unterricht, geht spazieren? Aber nicht doch, Saul Petrowitsch, wir wollen Sie holen. Ist etwas in der Schule geschehen? Eigentlich nicht, gar nichts, richtiger, sehen Sie, es hat sich so ergeben, daß Sie heute nicht zur Prüfung gekommen sind, Gebirgssysteme, Flüsse und anderes – Geographie. Sieh doch einer an, antworteten Sie, aber ich kann heute nicht, ich fühle mich nicht so gut. Was haben Sie denn, Angina? Schlimmer, Kinder, erheblich schlimmer. Saul Petrowitsch, möchten Sie nicht zu uns übersetzen, auf unser Ufer, Sie haben ein Boot, aber wir haben hier nichts, unser Boot ist zwar hier, aber die Ruder sind im Schuppen verschlossen, wir haben hier ein Geschenk für Sie, wir haben eine Torte mitgebracht. Greift selbst zu, Freunde, sagten Sie, ich habe gar keinen Appetit, auch esse ich Süßes nicht gern, danke schön, langt nur zu. Gut, wir, wir werden sie sicher gleich aufessen. Wir schnürten die Schachtel auf, zerteilten die Torte mit dem Federmesser in zwei gleiche Teile und fingen an zu essen. Ein Lastkahn, ein Motorschiff zog an uns vorüber, auf Deck hing Wäsche an Leinen, und auf einer Schaukel schaukelte ein einfaches Mädchen. Wir winkten ihr mit dem Deckel der Tortenverpackung zu, aber das Mädchen bemerkte es nicht, denn es blickte in den Himmel. Schnell aßen wir die Torte auf und fragten: Saul Petrowitsch, was sollen wir der Tinbergen und Perillo übermitteln, wann kommen Sie wieder? Ich verstehe nichts, ich höre nicht, antworteten Sie, laßt erst einmal den Lastkahn vorüber sein. Wir warteten, bis der Lastkahn fortgefahren war, und sagten wieder: was sollen wir der Trachtenberg sagen, wann Sie kommen? Ich weiß nicht, wie es weitergeht, Kinder, es sieht so aus, daß ich wohl überhaupt nicht mehr kommen werde, sagt ihr, daß ich von diesem Dienstag an bei euch nicht mehr arbeite, ich quittiere den Dienst. Was soll denn das, Saul Petrowitsch, das tut uns aber sehr leid, es wird öde sein ohne Sie, ganz unerwartet. Seid nicht traurig, lächelten Sie, in der Sonderschule sind auch ohne mich viele qualifizierte Pädagogen. Doch von Zeit zu Zeit werde ich heranfliegen und einen Besuch machen, wir werden uns sehen und plaudern, Teufel noch eins. Saul Petrowitsch, können wir Sie in der nächsten Woche auf dem anderen Ufer mit der ganzen Klasse besuchen? Gern, ich warte mit Vergnügen auf euch, nur sagt es den anderen im voraus: ich brauche gar nichts zu essen, ich habe den Appetit ganz verloren. Was ist denn das für eine Krankheit, Saul Petrowitsch? Das ist keine Krankheit, Freunde, das ist keine Krankheit, sagten Sie, standen auf und klopften die bis zu den Knien hochgekrempelten Hosen ab, die Sache ist doch die, daß ich *gestorben* bin, sagten Sie, ja trotz allem gestorben bin, zum Teufel, gestorben. Die Medizin ist bei uns natürlich besch-eiden, aber was das betrifft, ist sie immer exakt, da gibt es keinen Irrtum, die Diagnose ist sicher: *er ist tot*, so sprachen Sie, da kann man einfach wütend werden. Gereizt. So dachte ich mir das schon, spricht Saul, wie er auf der Fensterbank sitzt und seine bloßen Fußsohlen am Heizkörper wärmt. Als Sie von der Frau sprachen, die die Tür aufgemacht hat, da hatte ich gleich so ein schlechtes Vorgefühl. Nun, klarer Fall, jetzt fällt es mir ein, das war eine Bekannte von mir, eher sogar eine Verwandte. Aber was war denn danach, Schüler soundso? Wir kehrten in die Stadt zurück, begaben uns in die Schule und erzählten allen, was mit uns, oder genauer, was mit Ihnen geschehen ist. Alle waren gleich traurig, viele bekamen totenblasse Gesichter und fingen an zu weinen, besonders die Mädchen, besonders Rosa. Oh Rosa, sagt Saul, arme Rosa Wetrowa. Dann aber fand die Beerdigung statt, Saul Petrowitsch, man hat Sie am Donnerstag beerdigt, Sie lagen im Festsaal, sehr viele Menschen waren gekommen, um Abschied zu nehmen: alle Schüler, alle Lehrer und fast alle Eltern. Man hat Sie, verstehen Sie, schrecklich geliebt, besonders wir, die Sonderschüler. Wissen Sie, was interessant ist: neben Ihrem Kopf stand ein riesiger Globus, der größte der Schule, und die, die in der *verehrten* Wache standen, drehten ihn der Reihe nach – das war schön und feierlich. Die ganze Zeit spielte unser Blasorchester, fünf oder sechs Kinder, wobei es nur zwei Trompeten gab, das übrige waren Trommeln, große und kleine, können Sie sich das vorstellen? Reden wurden gehalten, Perillo weinte und schwor, daß er in der Abteilung für *Volksblendung* erreichen werde, daß die Schule in Norwegow-Schule umbenannt würde. Rosa aber – wissen Sie? – Rosa las für Sie wunderbare und sehr schöne Gedichte, sie sagte, sie hätte die ganze Nacht nicht geschlafen und gedichtet. Ach so? Aber ich erinnere mich schwach ... bringt mir doch wenigstens eine Zeile in Erinnerung. Gleich, gleich, es lautete wohl so:

Ich wollte gestern schlafen, da rauschten sieben Winde,
Ganz kalte grabeskalte, so rauschten sieben Winde.
Und Saul Petrowitsch starb da, es rauschten sieben Winde.
Nur ich schlaf nicht im Hause, es rauschten sieben Winde.
Das Hündchen hört man jaulen, es rauschten sieben Winde.
Da kam wer, ein mir Naher durch Schnee und durch die Winde,
Er kaum auf meine Stimme, er flüsterte mir Worte,
Und ich, bemüht um Antwort, rief ihn bei seinem Namen–
Er kam zu meinem Grabe,
Da hat er mich erkannt.

Oh Rosa, sagt Saul innerlich zerrissen, mein armes Mädchen, meine Liebe, ich habe dich erkannt, habe dich erkannt, ich danke dir. Schüler soundso, ich bitte Sie, schützen Sie sie um meinetwillen, um meiner alten Freundschaft mit Ihnen willen, Rosa ist sehr krank. Und erinnern Sie sie bitte, daß sie es nicht vergißt, mich zu besuchen, den Weg und die Adresse kennt sie ja. Ich wohne noch immer dort am anderen Ufer, wo die Mühlen sind. Sagen Sie, ist sie noch immer eine ausgezeichnete Schülerin? Ja, ja, lauter Einser. Und da hörten wir, wie es im dritten Stockwerk und dann auf der ganzen Haupttreppe von oben nach unten losdonnerte, losbrüllte und schrie: das bedeutete, daß die Probe beendet war, und flieht, aus dem Saal zur Straße strebt. Die Blöden von Chor und Orchester stürzten sich auf einmal in ihrer ganzen idiotischen Masse in die Garderoben, spuckten einander in den Mund, brüllten, schnitten Fratzen, krümmten sich mit ihren Körpern, stellten einander Beine, grunzten und lachten. Als wir unsere Gesichter wieder auf Saul Petrowitsch richteten, war er schon nicht mehr unter uns. Die Fensterbank war leer. Draußen aber schritt die unendliche tausendfüßige Straße.

Was für eine traurige Geschichte, junger Mann, wie gut verstehe ich Ihr Gefühl, das Gefühl eines Schülers, der seinen geliebten Lehrer verloren hat. Etwas Ähnliches ist mir übrigens auch in meinem Leben widerfahren. Glauben Sie, ich bin nicht sofort Akademiemitglied geworden, es war nicht nur ein Dutzend meiner Lehrer, die ich vorher habe zu Grabe tragen müssen. Indessen, fährt Akatow fort, Sie hatten mir versprochen, mir etwas von einem Buch zu erzählen, das Ihnen damals wohl Ihr Lehrer gegeben hatte. Das ist mir ganz entgangen, mein Herr, jenes Buch hat er mir bei einer anderen Begegnung gegeben, früher oder später, aber wenn Sie gestatten, will ich es gleich erzählen.

Saul Petrowitsch saß wieder dort auf der Fensterbank und wärmte sich die Füße. Wir kamen gedankenversunken hinein: lieber Präfekt, sicher ist Ihnen bekannt, daß die Gefühle, die wir unserem Lehrer in Biobotanik, Weta Arkadjewna, gegenüber hegen, nicht ohne Grund und Sinn sind. Bis zu unserer Hochzeit ist es anscheinend nicht mehr weit, sie liegt, wenn Sie den Ausdruck gestatten, nicht mehr hinter den Bergsystemen. Aber in einigen delikaten Fragen sind wir ganz naiv. Könnten Sie nicht – einfacher gesagt, sagen Sie doch mal, wie man das machen muß, Sie hatten doch Frauen. Frauen? fragt Saul zurück, ja, soweit ich mich erinnere, hatte ich Frauen, aber die Sache hat einen Haken. Verstehen Sie, ich kann nichts vernünftig erklären, ich weiß selbst nicht mehr, wie das eigentlich geht. Sobald es zuende ist, vergißt man gleich alles. Ich erinnere mich nicht an eine einzige Frau von all denen, die bei mir waren. Das heißt, ich erinnere mich nur an ihre Namen, Gesichter, die Kleidung, die sie trugen, an einzelne Sätze, ein Lächeln, Tränen, ihren Zorn, aber zu dem Punkt, nach dem Sie fragen, sage ich nichts. Ich erinnere mich nicht, kann mich nicht erinnern. Denn das ist alles mehr im Gefühl bedingt als in Empfindungen und natürlich nicht im nüchternen Verstand. Gefühle aber vergehen so schnell. Nur eines will ich bemerken: jedes Mal ist es genauso wie das Mal davor, doch zugleich ganz anders, neu. Aber kein einziges Mal gleicht es dem ersten und einzigen Mal mit der ersten Frau. Doch über das erste Mal werde ich überhaupt kein Wort sagen, denn das läßt sich absolut mit nichts vergleichen, und es ist noch kein einziges Wort erfunden, das man darüber sagen könnte, wenn es nicht sinnloses Gerede sein soll. Begeistert. Mit dem Lächeln des vom Unmöglichen Träumenden. Hier haben Sie ein Buch, fuhr Norwegow fort, und holte, wer weiß woher, ein Buch hervor, ich habe es zufällig, es gehört mir nicht, man hat es mir für ein paar Tage gegeben, nehmt es, lest es, vielleicht findet Ihr dort etwas für euch. Danke, sagten wir, und gingen fort, um es zu lesen, lasen schon. Mein Herr, das war die Übersetzung einer ausgezeichneten Broschüre eines deutschen Professors, es ging um Familie und Ehe, und sobald ich sie aufgeschlagen hatte, wurde mir alles klar. Ich las nur eine Seite, die ich zufällig aufgeschlagen hatte, etwa die Seite soundso, und gab Saul das Buch zurück, denn ich hatte alles begriffen. Was denn, junger Mann? Ich hatte begriffen, wie sich unser Leben mit Weta Arkadjewna aufbauen wird, auf welcher Grundlage. Da war alles geschrieben. Ich habe die ganze Seite auswendig gelernt. Dort stand: er (das heißt ich, mein Herr) war einige Tage verreist. Er hatte Sehnsucht nach ihr, sie aber (also Weta Arkadjewna) nach ihm. Mußten sie (das heißt wir) das voreinander verbergen, wie das infolge falscher Erziehung häufig vorkommt? Nein, er kehrt nach Hause zurück und sieht, daß alles sehr schön aufgeräumt ist (Arkadij Arkadjewitsch, Sie würden bestimmt bei uns im Wohnzimmer hängen, das heißt Ihr Porträt, das Sie in voller Größe zeigt, an jenem Abend wird es mit Blumen geschmückt sein). Wie absichtslos sagt sie: »Die Badewanne ist gerichtet, frische Wäsche habe ich schon zurechtgelegt, ich selbst habe schon gebadet« (begreifen Sie, mein Herr?). Wie schön, daß sie sich freut und im Vorgeschmack der Liebe alles dafür vorbereitet hat. Nicht nur er wünscht sie, sondern auch sie wünscht ihn, und ohne falsche Scham läßt sie ihn das wissen. Verstehen Sie, mein Herr? Sie *wünscht* mich, Weta *wünscht, wünscht*, ohne etwas Falsches. Ich verstehe, junger Mann, ich verstehe. Sie haben meinen Gedanken nicht ganz richtig verstanden. Ich meinte etwas anderes, ich spielte nicht so sehr auf die geistig-physiologischen Grundlagen Ihrer Beziehungen an, sondern auf die materiellen. Wovon, einfacher gesagt, wollen Sie existieren, von welchen Mitteln, was für ein Einkommen haben Sie? nehmen wir einmal an, Weta wird in kurzer Zeit einverstanden sein, Sie zu heiraten, nun, wie geht es weiter? wollen Sie dann arbeiten oder lernen? Bah! ach, davon reden Sie, mein Herr, übrigens ich ahnte schon, daß Sie danach auch fragen würden. Aber, sehen Sie, wahrscheinlich werde ich in allerkürzester Zukunft unsere Sonderschule abschließen, wahrscheinlich als Auswärtiger. Und dann werde ich sofort in einem der Fachbereiche an einer Ingenieurschule studieren: ich träume wie viele meiner Klassenkameraden davon, Ingenieur zu werden. Ich werde schnell, um nicht zu sagen *Hals über Kopf* Ingenieur werden, ein Auto kaufen usw. Also machen Sie sich keine Sorgen, es wäre mir angenehm, wenn Sie mich als potentiellen Studenten auffassen würden, nicht weniger als das. Erlauben Sie, aber was sollen dann alle Ihre Ausführungen zu den Schmetterlingen? Sie informierten mich über eine große Sammlung, ich war überzeugt, daß vor mir ein hoffnungsvoller junger Kollege steht, aber nun stellt sich heraus, daß ich es schon eine geschlagene Stunde mit einem Ingenieur der Zukunft zu tun habe. Oh, ich habe mich geirrt, mein Herr, Ingenieur möchte jener werden, der *andere*, der jetzt nicht hier ist, obwohl er vielleicht gleich einmal hereinschaut. Ich will das um keinen Preis, besser Hähnchen am Spieß verkaufen, besser Lehrling eines eiskalten Schusters werden, besser Neger im hohen Alter, aber Ingenieur – nein, um nichts in der Welt. Kommen Sie mir bloß nicht damit. Ich bin fest entschlossen: nur Biologe, wie Sie, wie Weta Arkadjewna, mein Leben lang ein Biologe, und vor allem im Bereich der Schmetterlinge. Ich habe eine kleine Überraschung für Sie, Arkadij Arkadjewitsch, in den nächsten Tagen will ich meine Sammlung zum entomologischen Wettbewerb der Akademie senden, einige Tausend Schmetterlinge. Den Brief habe ich schon vorbereitet, ich wage zu hoffen, daß der Erfolg nicht lange auf sich warten läßt, und ich bin sicher, daß Ihnen meine künftigen Erfolge nicht gleichgültig sein werden, und daß Sie sich mit mir freuen. Mein Herr, stellen Sie sich nur einmal vor, da ist der Morgen, einer der ersten Morgen, der mich und Weta neben mir antrifft. Irgendwo hier auf der Datscha bei Ihnen oder bei uns, das ist nicht wichtig. Ein Morgen, voller Hoffnungen und glücklicher Vorgefühle, ein Morgen, der durch die Nachricht von der Verleihung des Akademiepreises an mich gekennzeichnet ist. Ein Morgen, den wir nie vergessen werden, weil, nun, Ihnen brauche ich nicht zu erklären weshalb: darf denn ein Gelehrter den Augenblick der Ernte des Ruhms vergessen! Irgendein Morgen . . .

Schüler soundso, gestatten Sie mir, dem Autor, Sie zu unterbrechen und Ihnen zu erzählen, wie ich mir den Moment vorstelle, in dem Sie den langerwarteten Brief von der Akademie erhalten, ich habe, wie Sie ja auch, keine schlechte Phantasie, ich glaube, ich werde das können. Natürlich, erzählen Sie, sagt er.

Nehmen wir einmal an, an einem solchen Morgen – nehmen wir an, an einem Morgen irgendeines Julisonnabends – hält der Briefträger mit dem Namen Michejew, vielleicht auch Medwedjew (er ist ziemlich alt, und zwar ist er mindestens siebzig, er ist pensioniert und erhält bei der Post den halben Lohn eines Zeitungs- und Briefausträgers, eines Zustellers von Telegrammen und sonstigen Benachrichtigungen, die er übrigens nicht in einer gewöhnlichen Briefträgertasche transportiert, sondern in einer für einen Briefträger ungewöhnlichen Tasche – seine Tasche ist eine gewöhnliche Haushaltstasche aus schwarzem Kunstleder, er hat sie auch nicht an einem Riemen über der Schulter, sondern an den gewöhnlichen Handgriffen am Fahrradlenker), also an einem Juli-Sonnabendmorgen hält der Briefträger Michejew sein Fahrrad neben eurem Haus an und steigt in der Manier alter Männer, pensioniert-unbeholfen ab in den bitteren

Straßenstaub, den gelben Straßenstaub, den leichten und fliegenden Straßenstaub, und betätigt den verrosteten Hebel der Fahrradklingel. Die Klingel versucht zu klingeln, aber es kommt fast kein Laut heraus, denn die Klingel ist fast gestorben, denn viele der notwendigen Zahnräder darin sind allzusehr abgenutzt, haben einander während des langen Dienstes aufgefressen, das Hämmerchen aber, das an einer Schraube befestigt ist, ist fast unbeweglich vor Rost. Dennoch hörst du, der du an diesem Morgen auf der offenen Veranda sitzt, die vom fröhlich zwitschernden Garten deines Vaters umhüllt ist, den heiseren Laut der sterbenden Klingel oder richtiger, du hörst ihn nicht, sondern fühlst ihn. Du steigst die Stufen der Veranda hinab, gehst durch den fröhlichen Bienengarten, öffnest die Gartentür, siehst Michejew und begrüßt ihn: guten Tag, Briefträger Michejew (Medwedjew). Guten Tag, sagt er, ich habe Ihnen einen Brief von der Akademie gebracht. Geben Sie ihn mir, danke schön, sagst du lächelnd, obwohl dein Lächeln keinerlei Nutzen hat, denn dein Lächeln ändert nichts, weder in deinen alltäglichen Beziehungen noch im Schicksal des alten Landbriefträgers, ebenso wie es tausend andere dieser unverbindlichen Lächeln nicht geändert haben, die ihn jeden Tag treffen, an vielen hundert Gartenpforten der Datschen und Nicht-Datschen, an Türen, Toren und Zaundurchschlupfen. Und du wirst mir zustimmen müssen, du begreifst das alles selbst ausgezeichnet, aber die Gewöhnung an höfliche Gesten, die man uns von klein auf in der Schule und zu Hause beigebracht hat, arbeitet von selbst, unabhängig von deinem Bewußtsein: während du zu Michejew sagst – geben Sie ihn mir, danke schön, nimmst du aus seiner alten venösen Hand einen gelben Umschlag und – lächelst. In einem der Augenblicke eurer kurzen Begegnung, eures traditionellen, das heißt keinem von euch notwendigen, aber dennoch unvermeidlichen Dialogs (»Guten Tag, Briefträger Michejew«. »Guten Tag, ich habe Ihnen einen Brief von der Akademie gebracht.« »Geben Sie ihn mir, danke schön«), in diesem Moment deines und seines Lebens, im Augenblick, als hinter deinem Rücken tiefblaue Gartenvögel singen, in der Stunde des Dahingleitens der graublauen, fröhlichen Boote, die über den von hier unsichtbaren Fluß Lethe und über andere unsichtbare Flüsse gleiten, streckt dir seine graublaue und vom Alter her narbige und seit Geburt unschöne Hand den gelben Umschlag hin und kommt kaum mit deiner jungen, von der Sonne dunklen und im Grunde faltenlosen Hand in Berührung. Wird denn wirklich, denkst du in diesem Augenblick, wird denn wirklich auch meine Hand einmal so? Doch da beruhigst du dich schon: nein, nein, sie wird es nicht, ich nehme doch in der Schule an den Wettläufen zur Körperertüchtigung teil, Michejew aber hat das nicht getan. Daher hat er auch solche Hände, schließt du, lächelnd. »Geben Sie ihn mir, danke schön.« »Bitte«, kommt es undeutlich und ohne Lächeln über die Lippen von Michejew (Medwedjew), dem Landausträger von Briefen und Telegrammen, dem Zusteller von Benachrichtigungen und Zeitungen, dem alten Mann, dem pensionierten Briefträger, dem unfröhlichen Radfahrer mit der ungewöhnlich gewöhnlichen Tasche am Lenker, dem träumerischen, mürrischen und trinkenden Mann. Da steigt er, ohne zu dir oder in den Garten voller tiefblauer Vögel zu schauen, ebenso ungeschickt auf sein Fahrrad, wie er vor einer Minute abgestiegen war, bringt ungeschickt seine Pedale in Bewegung und fährt seine, oder richtiger die fremden Briefe in Richtung auf das Erholungsheim und das Pumpwerk, in Richtung auf den Rand der Siedlung, die Blumenwiesen, die Schmetterlinge und die silbernen Haselnußsträucher. Er hat noch einen etwas schweren Kopf, er sollte wohl möglichst rasch die restlichen Briefe und Schriftstücke austragen, seien sie alle verflucht, sich dann aber nach Hause begeben und ein bißchen reinen Alkohol – seine Alte arbeitet als Krankenschwester im örtlichen Krankenhaus, und dieses gute Mittel geht im Hause nie aus und wird nicht vergeudet – mit etwas Wasser verdünnen und dann ein paar eingelegte Tomaten aus dem Eichenfäßchen dazu essen (im Keller, wo es steht, sind Spinnen, Kälte, gekeimte Kartoffeln und modriger Geruch), schließlich aber irgendwohin unter die Fichten und Ebereschen radeln oder zu eben jenen Haselnußsträuchern hinter dem Pumpwerk und im Schatten schlafen, bis die Sonne aufhört zu brennen. Wenn ein Briefträger über siebzig ist, tut es ihm nicht gut, den ganzen Tag in solcher Hitze herumzufahren, er muß sich auch Ruhe gönnen. In der Tasche aber sind noch einige Briefe: jemand schreibt an jemand, jemand ist nicht zu faul zu antworten, sich jedes Mal bei den Nachbarn einen Umschlag zu leihen, eine Marke zu kaufen, sich an die Adresse zu erinnern und in der Hitze nach einem Briefkasten zu suchen. Ja, es sind noch einige Briefe da, und sie müssen ausgetragen werden. Und da fährt er gerade in Richtung auf das Pumpwerk. Der schmale Weg, den man im ungemähten Gras kaum erkennen kann, führt bergauf, und Michejews Beine, die in schwarzen Schuhen mit hohen Absätzen, fast wie bei Damenschuhen, stecken, rutschen ab und an von den Pedalen ab, und dann hört der Lenker auf, dem Briefträger zu gehorchen, das Vorderrad versucht, sich quer zur Bewegung der übrigen Teile dieser unkomplizierten Maschine zu stellen, das Rad rutscht weg, seine Speichen schneiden dabei den Pusteblumen die Köpfchen ab – die weißen Samenfallschirme fliegen auf und senken sich auf Michejew (Medwedjew), überschütten den alten Postmann, als hätten sie die Absicht, seinen Filzhut und seine schwarze wollene russische Bluse zu befruchten, die bei solchem Wetter sicherlich sehr warm ist. Die Fallschirmchen senken sich auch auf die Hosen aus imprägniertem Stoff, von denen ein Hosenbein, das rechte, etwas über Michejews Wade mit einer Wäscheklammer aus Lindenholz zusammengehalten ist, damit der Stoff nicht bestimmungswidrig in den Übertragungsmechanismus fällt

– die Kette, das kleine Zahnrad, das mit dem Hinterrad mit Hilfe einer Buchse verbunden ist, das große Zahnrad mit den daran angeschweißten Pedalhebeln –, sonst würde Michejew gleich ins Gras, in die Blumen fallen und hierbei alle Briefe verstreuen. Dann ergreift sie der Wind und trägt sie über den Fluß auf die Überflutungswiesen: so ist es schon geschehen oder konnte geschehen – ist also so gut wie geschehen –, und was soll der alte Postmann dann anderes machen, als sich beim Fährmann ein Boot nehmen und dorthin fahren, auf die andere Flußseite, und seine, oder genauer, die fremden Briefe suchen und sammeln: es finden doch Menschen die Zeit zu schreiben, da hat doch einer genug Geduld, aber daran, daß all ihr dummes Geschreibsel, all diese Glückwunschpostkarten und angeblich dringenden Telegramme an einem schönen Morgen über den Fluß fliegen können, wenn nur Michejew vom Fahrrad ins Gras fällt – daran hat keiner von ihnen auch nur ein einziges Mal gedacht, denn jeder gibt sich Mühe, nicht selbst von seinem eigenen Fahrrad herabzufallen, und da denkt man natürlich nicht an den alten Briefträger, der sein ganzes Leben nichts anderes kennt, als ihre unglücklichen Gekraksel in verschiedene Häuser zu bringen. Dieser Wind – sagt Michejew (Medwedjew) halblaut zu sich selbst – da pfeift ein Wind in der Höhe, der bringt bestimmt Regen herbei. Aber dem ist nicht so, da ist kein Wind, weder oben noch unten. Und bis sich über die Siedlung Regen ergießen wird, vergeht noch mindestens eine Woche, und die ganze Zeit wird es klar und windlos sein, und der Taghimmel wird wie tiefblaues Wachs-Detailpapier sein, der nächtliche aber wie schwarze Karnevalsseide mit großen feuchten Sternen aus verschiedenfarbiger Metallfolie. Michejew aber – er betrügt sich jetzt einfach selbst, er ist einfach diese Hitze satt, diese Briefe, dieses Fahrrad, diese unverbindlich-höflichen Empfänger, die immer lächeln, wenn sie ihn am Rande ihrer Gärten grüßen, wo die Äpfel reifen und prall werden, und er, Michejew, will sich Hoffnung machen auf wenigstens irgendeinen Wandel in diesem heißen, langweiligen und für ihn eintönigen Datschenleben, dem er gleichsam angehört, doch an dem er fast überhaupt nicht teilhat, obwohl jeder, der hier oder auf der anderen Seite des Flusses sein Haus hat, Michejew persönlich kennt; und wenn er auf seinem altertümlichen Rad mit der klanglosen Klingel vorbeifährt, dann lächeln die Datschenbewohner, die ihm entgegenkommen, Michejew zu, er aber, mürrisch oder traurig oder greisenhaft träumerisch, schaut sie schweigend an, als ob er sich an ihnen erfreut, und radelt weiter – in Richtung auf den Bahnhof, in Richtung auf den Hafen oder – wie jetzt – in Richtung auf das Pumpwerk. Schweigend. Michejew ist kurzsichtig, er trägt eine randlose Brille, von Zeit zu Zeit läßt er sich einen Bart wachsen, und von Zeit zu Zeit rasiert er ihn ab, vielleicht aber reißt ihn auch der Wind aus, ob mit oder ohne Bart bildet er in der Vorstellung der Datschenbewohner den seltenen Typ eines alten Träumers, Anhängers des Fahrradfahrens und Meisters der Postmanipulationen. Der Wind, so belügt er sich weiter, wird gegen Abend bestimmt Sturm sein, Gewitter, er wird alle Gärten zerzausen, sie werden feucht und zerzaust sein und die Katzen zerzaust und feucht: sie werden sich auf den Dachböden verstecken, in den Kellern, sie werden jammern, der Fluß wird anschwellen, wird über die Ufer schwappen und die Datschen überfluten, all diese auf den Veranden brodelnden Samoware und blakenden Petroleumlampen, wird die Briefkästen an den Zäunen überfluten und alle Briefe, die jetzt bei ihm in der Tasche liegen und die er bald in die Briefkästen verteilt, wird er in Nichts verwandeln, in leere Papierfetzen mit verwaschenen und ihres Sinnes verlustig gegangenen Worten, die Boote aber – diese blödsinnigen abgenutzten flachen Kähne, in denen die Nichtsnutze aus dem Erholungsheim und die faulen Datschenbewohner herumfahren – diese Boote werden mit dem Boden nach oben den Fluß hinabtreiben bis zum Meer. Ja, träumt Michejew, der Wind wird dieses ganze Garten-Samowarleben auf den Kopf stellen und wenigstens für kurze Zeit den Staub niederschlagen. »Aus Staub«, erinnert sich plötzlich der Pensionär an etwas irgendwo und irgendwann Gelesenes, »verfertigt die Brise silberne Kiele«. Ja, so ist es, aus Staub, analysiert Michejew, und zwar Kiele, das heißt Kiele für Boote, Kielboote, also nicht die Flachboote, der Teufel soll sie holen. Käme nur der Wind bald. »Ein Wind in den Feldern, ein Windlein in den Pappelwäldern«, zitiert Michejew wieder im Kopf, während der kleine Weg nach rechts abbiegt und ein wenig bergab verläuft. Jetzt kann man bis zu der kleinen Brücke über die Schlucht, wo jede Menge Kletten wachsen und sicher Schlangen leben, die Pedale in Ruhe und die Beine sich ausruhen lassen: sollen sie doch frei herunterhängen, an beiden Seiten des Rahmens baumeln und die Pedale nicht berühren, soll doch das Rad von selbst rollen – dem Wind entgegen. Der Windbringer? denkst du von Michejew. Du siehst ihn schon nicht mehr, er ist, wie man manchmal sagt, um die Ecke verschwunden – hat sich im Datscha-Trugbild des Juli aufgelöst. Ganz mit den Flugsamen der Pusteblumen überschüttet, auf jedem Meter seines Fahrradwettlaufs riskierend, die Sommerpostkarten zu verlieren, die aus Langeweile geschrieben sind, jagt er mit seinen venösen alten Männerhänden jetzt dem Erträumten entgegen. Er ist voller Sorgen und Aufregungen, er ist fast über Bord des Datschenseins geworfen, und das gefällt ihm nicht. Armer Kerl, Michejew, denkst du, bald, bald werden deine Schmerzen vorüber sein, und du selbst wirst zu metallischem Gegenwind, zur Bergpusteblume, zum Ball des sechsjährigen Mädchens, zum Pedal eines Chausseefahrrades, zur militärischen Dienstpflicht, zum Aluminium der Flugplätze, zur Asche der Waldbrände, wirst Rauch, Rauch rhythmischer Lebensmittel- und Textilfabriken, zum Kreischen der Viadukte, zu Kieselstein der Meeresufer, zum Licht des

Tages und zu den Schoten der stachligen Akazien. Oder du wirst zum Weg, zu einem Teil des Weges, zu einem Stein des Weges, zu einem Busch am Wege, zum Schatten auf dem winterlichen Wege, wirst ein Bambusschößling, wirst ewig. Glückspilz Michejew. Medwedjew?

Meiner Ansicht nach haben Sie großartig von unserem Briefträger berichtet, lieber Autor, und haben den Morgen des Briefempfangs nicht schlecht beschrieben, ich hätte das unter keinen Umständen so plastisch gekonnt, Sie sind sehr begabt, und ich bin froh, daß Sie es waren, der die Arbeit auf sich genommen hat, über mich zu schreiben, eine so interessante Geschichte von uns allen, ich wüßte wirklich nicht, wer sonst das mit solchem Erfolg machen könnte, danke schön. Schüler soundso, mir ist Ihre hohe Wertung meiner bescheidenen Arbeit außerordentlich angenehm, wissen Sie, ich strenge mich in letzter Zeit nicht wenig an, schreibe einige Stunden am Tag, in den übrigen Stunden, also wenn ich nicht schreibe – dann denke ich darüber nach, wie ich morgen besser schreiben könnte, wie ich so schreiben könnte, daß es allen künftigen Lesern gefällt, und vor allem natürlich Ihnen, den Figuren des Buches: Saul Petrowitsch, Weta Arkadjewna, Arkadij Arkadjewitsch, euch, den Wasserlilien, euren Eltern, Michejew (Medwedjew) und sogar Perillo. Aber ich fürchte, daß es ihm, dem Nikolaj Gorimirowitsch, nicht gefällt: er ist doch, wie es in früheren Romanen geschrieben steht, *ein bißchen zu* müde und mürrisch. Ich glaube, wenn ihm mein Buch in die Hand fällt, wird er euren Vater anrufen – euer Vater und er sind, soweit mir bekannt, alte Bataillonskameraden, haben zusammen mit Kutusow selbst gedient – und sagen: wissen Sie eigentlich, was man über uns beide für eine Schmähschrift zusammengeschmiert hat? Nein, wird der Staatsanwalt sagen, was denn für eine? Ein Antiuns, wird der Direktor sagen. Und wer ist der Autor? wird sich der Staatsanwalt interessieren, nennen Sie mir den Autor. Der Schreiberling soundso, wird der Direktor berichten. Und ich fürchte, danach werde ich große Unannehmlichkeiten haben, bis zu den allerunangenehmsten, fürchte ich, man wird mich gleich *dorthin* schicken, zu Doktor Sause. Das stimmt, lieber Autor, unser Vater ist gerade in dem Bereich tätig, im Bereich der Unannehmlichkeiten, aber warum wollen Sie denn unbedingt auf dem Titelblatt Ihren richtigen Namen angeben, warum wollen Sie kein *Mynoduesp*? Dann kann man Sie doch unter keinen Umständen finden, auch nicht am hellichten Tage mit einem Scheinwerfer. Eigentlich ist das kein schlechter Gedanke, wahrscheinlich werde ich das so tun, aber dann wird mir das Saul gegenüber unangenehm sein: mutig und unbeugsam, hätte er in seinem Leben nie so gehandelt. Als Ritter ohne Furcht und Tadel ging der Geograph allein gegen alle mit offenem Visier, erzürnt. Er könnte schlecht von mir denken, könnte wohl annehmen, daß ich nichts tauge – weder als Dichter noch als Bürger, seine Meinung aber ist für mich äußerst wertvoll. Schüler soundso, raten Sie mir bitte, wie ich mich verhalten soll. Lieber Autor, mir scheint, obwohl Saul Petrowitsch nicht bei uns ist und auch anscheinend bereits nicht mehr an Sie denkt, wäre es dennoch besser, so zu handeln, wie er, unser Lehrer, in einem ähnlichen Falle gehandelt hätte: er hätte kein Pseudonym gewählt. Richtig, ich danke Ihnen, jetzt aber möchte ich Ihre Meinung zum Buchtitel wissen. Allem Anschein nach nähert sich die Erzählung ihrem Ende, und es ist Zeit zu beschließen, was für einen Titel wir auf den Umschlag schreiben. Lieber Autor, ich würde Ihr Buch die SCHULE DER DUMMEN nennen, wissen Sie, es gibt eine Klavierschule, eine Barrakudaschule, soll das bei Ihnen doch die SCHULE DER DUMMEN sein, um so mehr als das Buch nicht nur von mir handelt, oder von *ihm, dem anderen,* sondern von uns allen zusammen, den Schülern und Lehrern, nicht wahr? Ja, hier nehmen einige Menschen aus eurer Schule teil, aber ich habe den Eindruck, wenn man das Buch DIE SCHULE DER DUMMEN nennt, dann werden sich einige Leser wundern: es heißt SCHULE, erzählt aber wird nur von zwei oder drei Schülern, wo sind denn die übrigen, wo sind denn die jungen Charaktere, deren Vielfalt uns erstaunen läßt, an denen unsere heutigen Schulen so reich sind! Keine Sorge, lieber Autor, übermitteln Sie Ihren Lesern, ja, sagen Sie es direkt so, daß der Schüler soundso Sie gebeten hat zu übermitteln, daß es in der ganzen Schule außer Ihnen beiden und vielleicht noch Rosa Wetrowa absolut nichts Interessantes und keine bemerkenswerte Vielfalt gibt, alles schlimme Dummköpfe, sagen Sie ihnen, daß Wasserlilie gesagt hat, man könne nur über ihn schreiben, denn nur über ihn lohne es sich zu schreiben, denn er sei um soviel besser und klüger als die übrigen, daß das sogar Perillo zugibt, so daß, wenn man über die Schule der Dummen spricht, es genügt, über den Schüler soundso zu sprechen, und alles würde sofort klar, so übermitteln Sie, und warum kümmern Sie sich denn überhaupt darum, wer da was sagen oder denken wird, denn es ist doch Ihr Buch, lieber Autor, Sie haben das Recht, mit uns, den Figuren und den Titeln, so umzugehen, wie es Ihnen gefällt, also wie Saul Petrowitsch bemerkte, als wir ihn wegen der Torte fragten – *los*: DIE SCHULE DER DUMMEN. Gut, ich bin einverstanden, aber wir sollten für alle Fälle noch ein paar Seiten mit dem Gespräch über irgendetwas Schulisches anfüllen, erzählt den Lesern von dem Botanikunterricht, zum Beispiel, denn den gibt Weta Arkadjewna Akatowa, der gegenüber Ihr schon so lange Zeit Gefühle hegt. Ja, lieber Autor, mit Vergnügen, das gefällt mir, ich nehme an, daß sich bald alles endgültig entscheidet, unsere Beziehungen werden immer klarer und zeichnen sich immer schärfer ab, als ob es nicht Beziehungen seien, sondern ein Boot, das über die Lethe im Nebel am frühen Morgen gleitet, wenn der Nebel immer lichter wird und das Boot immer näher kommt, ja wir sollten noch ein paar Seiten über meine Weta schreiben, aber ich, wie das häufig ist, ich weiß nicht, wie ich anfangen soll, mit welchen Worten. Helfen Sie mir. Schüler soundso, ich glaube, am besten fängt man mit den Worten an: *und dann.*

Und dann trat sie ein. Sie trat in den Biologieraum ein, wo in den Ecken zwei Skelette standen. Eines war künstlich, das andere echt. Die Schulverwaltung hatte sie im Fachgeschäft SKELETTE gekauft, im Zentrum unserer Stadt, wobei echte dort erheblich teurer als künstliche sind, und das ist verständlich, mit dieser Lage der *Singe* muß man schon einverstanden sein. Einmal, als ich mit unserer guten lieben Mutter an dem Geschäft SKELETTE vorbeiging – es war bald nach Saul Petrowitschs Tod –, sahen wir ihn am Schaufenster stehen, wo verschiedene Warenmuster ausgestellt waren und ein Schild hing: *Ankauf von Skeletten von jedermann.* Du erinnerst dich, der Herbst nahte, die ganze Straße war in lange Musketiersmäntel gehüllt, und verfrorene offene Droschken und leichte Kutschen, die ihre Feierlichkeit verloren hatten, spritzten sie mit ihren Rädern und Hufen voll, und alles redete nur vom Wetter, trauerte dem verlorenen Sommer nach. Saul Petrowitsch hingegen – unrasiert und hager – stand am Schaufenster nur in der Windjacke und den bis zum Knie aufgeschlagenen Segeltuchhosen, und das einzige, was in seinem Äußeren dem Herbst entsprach, waren Gummilatschen an den bloßen Füßen. Mama erblickte den Lehrer und schlug die Hände in schwarzen Zwirnhandschuhen zusammen: meine Güte, Pawel Petrowitsch, was machen Sie denn hier bei solchem schlechten Wetter, Sie sehen ja ganz elend aus, Sie haben ja nur Hemd und Hosen an, Sie werden sich eine Lungenentzündung holen, wo ist denn Ihr guter warmer Anzug und Ihr fester Wollmantel, den wir Ihnen zum Abschied geschenkt haben; und die

Mütze, wir haben sie solange alle zusammen ausgesucht, mit dem ganzen Elternkomitee! Ach, Mamascha, antwortete Saul lächelnd, machen Sie sich keine Sorgen, um Gottes willen, mit mir wird nichts passieren, passen Sie besser auf Ihren Sohn auf, ihm läuft es ja schon aus der Nase, und zu jener Kleidung will ich Ihnen folgendes sagen: der Teufel mag sie holen, die mag ich nicht, das kann ich nicht, darin ersticke ich, hier reibt es, dort drückt und zerrt es, verstehen Sie? Das war mir alles fremd, nicht erarbeitet, nicht mit meinem Geld erworben – da habe ich's verkauft. Vorsicht, Norwegow nahm Mama am Arm, der Omnibus wird Sie bespritzen, treten Sie vom Straßenrand zurück. Aber warum, fragte sie und bemühte sich, möglichst schnell von seiner Berührung freizukommen, und das war allzu auffällig, warum sind Sie hier, neben einem so seltsamen Geschäft? Ich habe soeben mein Skelett verkauft, sagte der Lehrer, ich habe es auf Rentenbasis verkauft, habe es vermacht. Übermitteln Sie Perillo, er kann ja ein Auto nehmen und hierher kommen, ich habe das Skelett unserer Schule vermacht. Aber weshalb denn, staunte Mama, ist Ihnen *das* etwa nicht kostbar? Das schon, Mamascha, natürlich kostbar, aber irgendwie muß man ja sein tägliches Brot erarbeiten: willst du leben – versteh dich zu drehen, nicht wahr? Sie wissen doch, im Etat der Schule werde ich nicht mehr geführt, und wenn man sich nur mit Privatstunden durchschlagen will, dann geht das nicht lange gut: überlegen Sie doch, gibt es denn in den heutigen Schulen viele, die in meinem Fach nicht mitkommen? Nun ja, nun ja, sagte Mama, nun ja. Mehr sagte Mama nicht, und wir drehten uns um und gingen fort. Auf Wiedersehen, Saul Petrowitsch! Wenn wir einmal zu solchen werden, wie Sie einer sind, das heißt, wenn es uns einmal nicht mehr gibt, dann werden wir unsere Skelette auch unserer lieben Schule vermachen, und dann werden ganze Generationen von Dummköpfen – die sehr guten, die guten und die ausreichenden – den Bau des menschlichen

Knochengerüsts an unseren unvergänglichen Knochen erlernen. Lieber Saul Petrowitsch, ist das nicht der kürzeste Weg in die Unsterblichkeit, an die wir alle so fieberhaft denken, wenn wir allein mit unserer Eitelkeit sind! Wenn sie hereintrat, dann standen wir auf und verdeckten mit unseren Körpern die Skelette, und sie konnte sie nicht sehen, wenn wir uns aber hinsetzten, dann blieben die Skelette stehen, und sie sah sie wieder. Richtig, sie standen immer da – an schwarzen metallischen Dreifüßen. Gib zu, du hattest sie ein wenig liebgewonnen, besonders jenes echte. Ich habe da nichts zu verbergen, ich hatte sie wirklich gern und mag sie noch jetzt, viele Jahre später, weil sie irgendwie sie selbst bleiben, sie sind unabhängig und ruhig in jeder Situation, besonders jenes in der linken Ecke, das wir Saul nannten. Hör einmal, warum hast du denn eben solche unverständlichen Worte ausgesprochen: *noch jetzt, viele Jahre später,* was möchtest du damit sagen, ich verstehe nicht, gehen wir denn etwa nicht mehr in die Schule, lernen nicht mehr Botanik, machen keine Wettläufe zur Körperertüchtigung, tragen nicht in Schuhbeuteln weiße Pantoffeln, schreiben keine erklärenden Vermerke über das verlorene Vertrauen? Wohl nicht, wir schreiben sie wohl nicht mehr, wir laufen nicht und lernen nicht, wir sind seit langem nicht in der Schule, entweder haben wir sie mit Auszeichnung abgeschlossen, oder man hat uns wegen Unfähigkeit von der Schule geschickt – ich erinnere mich jetzt nicht. Gut, aber was haben denn wir beide all diese Jahre nach der Schule getan? Wir haben gearbeitet. Ach so, aber wo denn und als was? Oh, an ganz verschiedenen Stellen. Die erste Zeit waren wir in der Staatsanwaltschaft beim Vater im Dienst, er nahm uns zu sich als Bleistiftanspitzer, und wir nahmen an verschiedenen Gerichtssitzungen teil. An jenen Tagen führte unser Vater einen Prozeß gegen den verstorbenen Norwegow. Aber worum ging es, hat denn der Lehrer irgendetwas nicht richtig gemacht? Ja, ungeachtet des neuen Gesetzes über die Wetterfahnen, das die Vernichtung derselben vorschreibt, welche sich auf Dächern und in Höfen privater Häuser befinden, hat Saul seine Wetterfahne nicht eingezogen, und unser Vater forderte von den Richtern und Beisitzern die höchste Strafe für den Geographielehrer. Das Urteil erging in seiner Abwesenheit, und er wurde zur Höchststrafe verurteilt. Zum Teufel, weshalb ist denn niemand für ihn eingetreten? Irgendwo hat man vom Fall Norwegow etwas erfahren, es hat Demonstrationen gegeben, aber das Urteil blieb in Kraft. Dann haben wir als Hausmeister im Alarmministerium gearbeitet, und einer der Minister hat uns oft zu sich gebeten, um uns bei einer Tasse Tee bezüglich des Wetters zu konsultieren. Man achtete uns, und wir waren gut angesehen und wurden zu den wertvollen Mitarbeitern gezählt, denn kein anderer im Ministerium hatte so alarmierende Gesichter wie wir. Man wollte uns schon befördern, zu Liftfahrern ernennen, aber dann reichten wir auf geheimes Geheiß unsere Entlassung ein und erhielten auf Empfehlung von Doktor Sause einen Platz in der Werkstatt von Leonardo. Wir waren als Lehrlinge in seiner Werkstatt im Graben der Festung von Mailand. Wir waren nur bescheidene Lehrlinge, aber wie sehr ist uns dieser berühmte Künstler verpflichtet, den Lehrlingen soundso! Wir halfen ihm, das Fliegen mit vier Flügeln zu beobachten, mischten Lehm, fuhren Marmor, bauten Schleudergeschosse, aber vor allem klebten wir Pappschachteln und lösten Bilderrätsel. Eimal fragte er uns: junger Mann, ich arbeite zur Zeit an einem Frauenporträt und habe fast alles außer dem Gesicht gemalt; ich verliere die Sicherheit, ich bin alt, die Vorstellungskraft beginnt nachzulassen, raten Sie mir, wie Ihrer Ansicht nach dieses Gesicht aussehen soll. Und wir sagten ihm: das muß das Gesicht der Weta Arkadjewna Akatowa sein, unserer geliebten Lehrerin, wenn sie zur gewohnten Stunde in die Klasse kommt. Das ist eine Idee, sagte der alte Meister, so beschreiben Sie mir ihr Gesicht, beschreiben Sie es, ich will diesen Menschen sehen. Und wir beschrieben es. Bald kündigten wir bei Leonardo, wir hatten es satt, immer mußten wir Farben anreiben, und mit nichts bekam man die Hände sauber. Dann arbeiteten wir als Kontrolleure, Schaffner, Rangierer, Bahnpost-Inspekteure, Sanitäter, Baggerführer, Glaser, Nachtwächter, Fährmänner am Fluß, Apotheker, Zimmerleute in der Wüste, Transportarbeiter im Bergbau, Heizer, und wieder als Anstifter, richtiger Anspitzer, ganz genau als Bleistiftanspitzer. Wir arbeiteten da und dort, hier und da – überall, wo die Möglichkeit bestand, Hand aufzulegen, das heißt anzulegen. Und wohin wir auch kamen, es hieß von uns: schaut, da sind sie – Die-die-Da-sind. Wir Wissensdurstigen, wir kühnen Wahrheitsverfechter, wir Erben Sauls, seiner Prinzipien und Äußerungen, wir sind aufeinander stolz. Unser Leben war all diese Jahre ungewöhnlich interessant und erfüllt, aber in all seinen kniffligen Situationen haben wir nicht unsere Sonderschule vergessen, unsere Lehrer, besonders nicht Weta Arkadjewna. Im allgemeinen stellten wir sie uns in dem Augenblick vor, wenn sie die Klasse betritt und wir dastehen, sie anschauen und überhaupt alles, was wir bis jetzt wußten, all das, was völlig überflüssig, dumm und sinnlos wird, und in einem Augenblick wie eine Hülle, eine Schale oder ein Vogel fortfliegt. Aber warum erzählst du nicht, wie sie denn aussah, wenn sie hereinkam, warum gibst du kein, wie Suppenkelle das nennt, kein charakteristisches Porträt? Nein, nein, das geht nicht, ist sinnlos, das belastet nur unser Gespräch, wir verstricken uns in Definitionen und Feinheiten. Aber du hast doch soeben an die Bitte von Leonardo erinnert. Damals, in seiner Werkstatt, konnten wir wohl Weta beschreiben. Wir konnten es, aber unsere Beschreibung war lakonisch, denn damals konnten wir nicht mehr sagen, als wir gesagt haben. Lieber Leonardo, stellen Sie sich eine Frau vor, die so schön ist, daß, wenn Sie sich in ihre Züge versenken, Sie zu Ihren freudigen Tränen nicht *nein* sagen können. Ja, danke, junger Mann, danke, hatte der Künstler geantwortet, das ist genug, ich sehe diesen Menschen schon vor mir. Gut, doch in solchem Falle beschreibe doch wenigstens den Biologiesaal und uns, die, die zunächst gestanden haben und dann gesessen haben, erzähle kurz von den Klassenkameraden, die am Unterricht teilnahmen.

Da gab es ausgestopfte Vögel, Aquarien und Terrarien, ein Porträt des Wissenschaftlers Pawlow beim Fahrradausflug im Alter von neunzig Jahren hing schwebend da, Töpfe und Kästen mit Gräsern und Blumen standen auf den Fensterbänken, darunter waren auch Gewächse von weit her und von früher, von irgendwann aus der Kreidezeit. Außerdem gab es eine Schmetterlingssammlung und Herbarien, die mit Hilfe von Generationen gesammelt worden waren. Wir waren auch da, verloren im Dickicht, Stickicht und Gestrüpp, zwischen Mikroskopen, abfallenden Blättern und angemalten Modellen menschlicher und nichtmenschlicher Innereien – und wir lernten. Bitte zähle die Schiffe des Flußfahrtregisters auf, genauer, erzähle jetzt von uns, die wir da saßen. Ich erinnere mich jetzt an die meisten Namen nicht, aber ich erinnere mich, daß unter uns zum Beispiel ein Junge war, der bei einer Wette mehrere Fliegen hintereinander aufessen konnte, ein Mädchen, das plötzlich aufstand und sich nackt auszog, weil es dachte, es hätte eine schöne Figur, ganz nackt. Da war ein Junge, der die Hand lange in der Tasche behielt, und er konnte nicht anders handeln, denn er war willensschwach. Da war ein Mädchen, das schrieb Briefe an sich selbst und antwortete sich selbst. Da war ein Junge mit sehr kleinen Händen. Und da war ein Mädchen mit sehr großen Augen, mit einem langen schwarzen Zopf und langen Wimpern, sie bekam nur sehr gute Noten, aber sie starb etwa in der siebenten Klasse, bald nach Norwegow, dem gegenüber sie ein glückliches und quälendes Gefühl hegte, er aber, unser Saul Petrowitsch, liebte sie auch. Sie liebten sich bei ihm auf der Datscha, am Ufer der herrlichen Lethe, und hier, in der Schule, auf den ausgedienten Sportmatten, auf den Absätzen der Hintertreppe, zum Schlag des systematischen Perillo-Pendels. Und vielleicht haben wir gerade dieses Mädchen zusammen mit dem Lehrer Saul Rosa Wetrowa genannt. Ja, vielleicht, vielleicht aber hat es so ein Mädchen auch nie gegeben, und wir haben sie selbst erfunden, wie alles übrige in der Welt. Das ist der Grund warum du, wenn deine geduldige Mutter dich fragt: das Mädchen, ist es wirklich gestorben? dann: das weiß ich nicht, von dem Mädchen weiß ich nichts – antworten mußt. Und da ist sie hereingekommen, unsere geliebte Weta Arkadjewna. Sie ging hinauf auf's Katheder, sie öffnete das Klassenbuch und rief irgendjemanden auf: Schüler soundso, erzählen Sie einmal von den Rhododendren. Er begann etwas zu sagen, zu sprechen, doch was er auch erzählte, und was von den Rhododendren andere Leute und wissenschaftliche botanische Bücher berichteten, nie hat jemand von Rhododendren das Wichtigste gesagt – hören Sie mich, Weta Arkadjewna? das Allerwichtigste: daß sie, die Rhododendren, jeden Augenblick irgendwo auf den Alpenwiesen wachsen, um vieles glücklicher als wir, denn sie kennen keine Liebe, keinen Haß, kein Perillo-Pantoffelsystem, und sie sterben nicht einmal, weil die ganze Natur mit Ausnahme des Menschen ein einziges nichtsterbendes unausrottbares Ganzes darstellt. Wenn irgendwo im Wald ein Baum an Altersschwäche zugrunde geht, dann gibt er, ehe er stirbt, so viel Samen in den Wind, und es wachsen so viele neue Bäume ringsum aus dem Boden, nah und fern, daß es dem alten Baum, besonders dem Rhododendron – und ein Rhododendron, Weta Arkadjewna, ist doch wohl ein riesengroßer Baum mit Blättern, so groß wie eine kleine Schüssel – nicht wehe tut zu sterben. Und es ist dem Baum gleichgültig, ob er dort auf dem silbrigen Hügel wächst oder ein neuer, der aus seinem Samen entstanden ist. Nein, es tut dem Baum nicht weh. Auch nicht dem Gras, dem Hund, dem Regen. Nur dem Menschen, der mit einem egoistischen Mitleid mit sich selbst belastet ist, tut es weh und ist es bitter zu sterben. Vergessen Sie nicht, sogar Saul, der sich ganz der Wissenschaft und ihren Zöglingen hingegeben hatte, sagte, als er gestorben war: ich bin tot, da kann man einfach wütend werden.

Schüler soundso, laßt mich, den Autor, erneut euer Erzählen unterbrechen. Der Grund ist der, es ist Zeit, das Buch zu beenden: ich habe kein Papier mehr. Freilich, wenn Ihr vorhabt, noch zwei-drei Geschichten aus eurem Leben hier hinzuzufügen, dann laufe ich in einen Laden und kaufe gleich ein paar Packungen. Mit Vergnügen, lieber Autor, ich würde schon wollen, aber Sie glauben es ja doch nicht. Ich könnte Ihnen von unserer Heirat mit Weta Arkadjewna erzählen, von unserem großen Glück mit ihr und auch davon, was sich an einem Tage in unserer Datschen-Siedlung ereignet hat, als der Windbringer sich schließlich an die Arbeit gemacht hat: an jenem Tag ist der Fluß über die Ufer geschwappt, hat alle Datschen überflutet und alle Boote abgetrieben. Schüler soundso, das ist sehr interessant und kommt mir durchaus glaubhaft vor, so laßt uns doch zusammen Papier holen gehen, und ihr erzählt mir unterwegs alles im einzelnen und der Reihe nach. Gut denn, sagt Wasserlilie. Fröhlich plaudernd und das Kleingeld in der Tasche zählend, einander auf die Schulter klopfend und dumme Liedchen pfeifend, treten wir auf die tausendfüßige Straße hinaus und verwandeln uns auf wunderbare Weise in Vorübergehende.